Trilogia obscena

Hilda Hilst

Trilogia obscena

Companhia Das Letras

Grafia atualizada segundo o Acordo Ortográfico da Língua Portuguesa de 1990, que entrou em vigor no Brasil em 2009.

Capa e projeto gráfico
Elisa von Randow

Imagem de capa
Party, de Edu Nóbrega, 2023. Spray e acrílica sobre linho, 125 × 105 cm. Coleção particular.

Imagens de miolo
pp. 4-5: Pierre François Legrand, a partir do desenho de Gerard van Spaendonck, *Chinese aster/ Aster chinensis L.* (parte da série *Fleurs dessinées d'après nature*), 1799-1801, gravura pontilhada, 49,2 × 33,6 cm. Rijksmuseum, Amsterdam.

pp. 8-9 e 144-5: Pierre François Legrand, a partir do desenho de Gerard van Spaendonck, *Tulipe des Jardins/ Tulipa gesneriana L.* (parte da série *Fleurs dessinées d'après nature*), 1799-1801, gravura pontilhada, 49,8 × 33,3 cm. Rijksmuseum, Amsterdam.

pp. 64-5: Pierre François Legrand, a partir do desenho de Gerard van Spaendonck, *Rose à cent feuilles/ Rosa centifolia L.* (parte da série *Fleurs dessinées d'après nature*), 1799-1801, gravura pontilhada, 49,3 × 33,5 cm. Rijksmuseum, Amsterdam.

p. 225: Anton Weiss, *Bloem* (parte da série Bloemen), 1831-32, litografia, 34,3 × 24,1 cm. Rijksmuseum, Amsterdam.

p. 246: Roberto de Biasi/ Estadão Conteúdo.

Revisão
Renata Lopes Del Nero

Dados Internacionais de Catalogação na Publicação (CIP)
(Câmara Brasileira do Livro, SP, Brasil)

Hilst, Hilda, 1930-2004.
Trilogia obscena / Hilda Hilst. — 1ª ed. — São Paulo : Companhia das Letras, 2025.
ISBN 978-85-359-4236-1
1. Ficção brasileira I. Título.

25-285209 CDD-B869.3

Índice para catálogo sistemático:
1. Ficção : Literatura brasileira B869.3

Cibele Maria Dias – Bibliotecária – CRB-8/9427

EDITORA SCHWARCZ S.A.
Rua Bandeira Paulista, 702, cj. 32
04532-002 — São Paulo — SP
Telefone: (11) 3707-3500
www.companhiadasletras.com.br
www.blogdacompanhia.com.br
facebook.com/companhiadasletras
instagram.com/companhiadasletras
x.com/cialetras

Sumário

O caderno rosa de Lori Lamby
(1990)

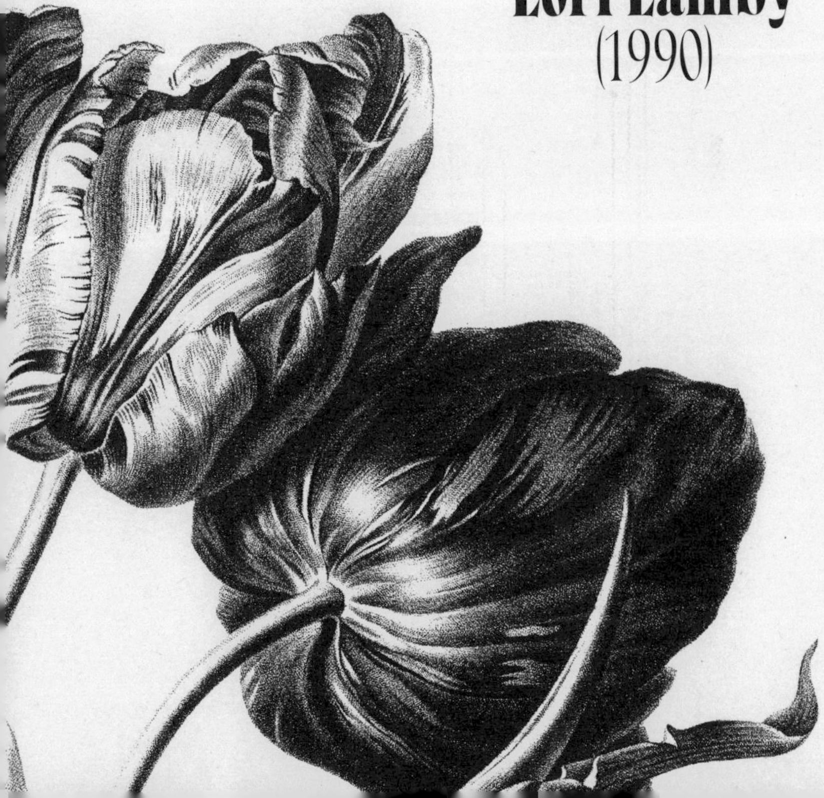

À memória da língua

Todos nós estamos na sarjeta, mas alguns de nós olham para as estrelas.

OSCAR WILDE

E quem olha se fode.

LORI LAMBY

EU TENHO OITO ANOS. Eu vou contar tudo do jeito que eu sei porque mamãe e papai me falaram para eu contar do jeito que eu sei. E depois eu falo do começo da história. Agora eu quero falar do moço que veio aqui e que mami me disse agora que não é tão moço, e então eu me deitei na minha caminha que é muito bonita, toda cor-de-rosa. E mami só pôde comprar essa caminha depois que eu comecei a fazer isso que eu vou contar. Eu deitei com a minha boneca e o homem que não é tão moço pediu para eu tirar a calcinha. Eu tirei. Aí ele pediu para eu abrir as perninhas e ficar deitada e eu fiquei. Então ele começou a passar a mão na minha coxa que é muito fofinha e gorda, e pediu que eu abrisse as minhas perninhas. Eu gosto muito quando passam a mão na minha coxinha. Daí o homem disse pra eu ficar bem quietinha, que ele ia dar um beijo na minha coisinha. Ele começou a me lamber como o meu gato se lambe, bem devagarinho, e apertava gostoso o meu bumbum. Eu fiquei bem quietinha porque é uma delícia e eu queria que ele ficasse lambendo o tempo inteiro, mas ele tirou aquela coisona dele, o piu-piu, e o piu-piu era um piu-piu bem grande, do tamanho de uma espiga de milho, mais ou menos. Mami falou que não podia ser assim tão grande, mas ela não viu, e quem sabe o piu-piu do papi seja mais pequeno, do tamanho de uma espiga mais pequena, de milho verdinho.

não era meu pai. Mas ele disse que era como uma brincadeira. Eu fiquei dizendo isso então, e eu estava gostando muito porque o moço sabe mesmo lamber de um jeito tão lindo. Ele também me dá umas mordidinhas e põe só um pouquinho o dedo lá dentro, não muito, só um pedacinho do dedo. Mami avisou o homem que só pode pôr um pouquinho do dedo senão dói. E foi uma delícia. E eu queria mais, mas o moço, que a mami diz que não é tão moço, estava respirando alto, acho que estava cansado porque é assim que o papi respira quando sobe um morrinho que tem lá numa praia da casa do tio Lalau. Agora eu não vou contar mais porque mamãe chamou para eu tomar leite com biscoito. Depois eu vou pôr talquinho e óleo Johnson na minha coisinha porque ficou muito inchada e gordinha depois do moço me lamber tanto.

Mami me ensinou que a minha coisinha se chama lábios. Achei engraçado porque lábio eu pensei que era a boca da gente, e mami me disse que tem até mais de um lábio lá dentro, foi isso que ela disse quando eu perguntei como era o nome da coisinha. Quem será que inventou isso da gente ser lambida, e por que será que é tão gostoso? Eu quero muito que o moço volte. Tudo isso que eu estou escrevendo não é pra contar pra ninguém porque se eu conto pra outra gente, todas as meninas vão querer ser lambidas e tem umas meninas mais bonitas do que eu, aí os moços vão dar dinheiro pra todas e não vai sobrar dinheiro pra mim, pra eu comprar as coisas que eu vejo na televisão e na escola. Aquelas bolsinhas, blusinhas, aqueles tênis e a boneca da Xoxa.

Eu quero falar um pouco do papi. Ele também é um escritor, coitado. Ele é muito inteligente, os amigos dele que vêm aqui e conversam muito e eu sempre fico lá em cima perto da escada encolhida escutando dizem que ele é um gênio. Eu não sei direito o que é um gênio. Sei daquele gênio da garrafa que também aparece na televisão no programa do gordo, mas sei também da história de um gênio que dava tudo o que a gente pedia quando ele saía da garrafa. Ou quando ele estava dentro da garrafa? Eu sempre pedia pro gênio trazer salchichas e ovos bem bastante porque eu adoro e também pedia pro papi pedir pro gênio tudo que a Xoxa usa e tem. Papi disse quando eu pedi isso pra eu deixar de ser mongoloide. Eu não sei o que é mongoloide, depois vou procurar no dicionário que eu tenho. Papi é muito bom mas ele tem o que a mamãe chama de crse, quero dizer crise, e aí o outro dia ele pegou a televisão e pegou uma coisa de ferro e arrebentou com ela. E comprou outra televisão só pra o escritório dele e também aquele aparelho chamado vídeo. Por isso agora eu estou escrevendo a minha história, porque ele também fica escrevendo a história dele. Ele comprou um outro aparelho que se chama vídeo e pôs lá no escritório dele. Eu já falei isso. Mas é só de vez em quando que tem uma fita bonita pra mim. Às vezes papi e mami se fecham lá, eu não posso entrar mas eu escuto eles rirem bastante. Eu já vi papi triste porque ninguém compra o que ele escreve. Ele estudou muito e ainda estuda muito, e outro dia ele brigou com o Lalau que é quem faz na máquina o livro dele, os livros dele, porque papai escreveu muitos livros mesmo, esses homens que fazem o livro da gente na máquina têm nome de editor, mas quando o Lalau não está aqui o papai chama o Lalau de cada nome que eu não posso falar. O Lalau falou pro papi: por que você não começa a escrever umas bananeiras pra variar? Acho que não é bananeira, é bandalheira, agora eu sei. Aí o papi disse pro Lalau: então é só isso que você tem pra me dizer? E falou uma palavra feia pro Lalau, mesmo na frente dele. Agora tenho que continuar a minha história, mas vou deixar pra continuar amanhã.

Papi não está mais triste não, ele está é diferente, acho que é porque ele está escrevendo a tal bananeira, quero dizer a bandalheira que o Lalau quer. Eu tenho que continuar a minha história

Agora já tem muitos dias que eu não escrevo aqui no meu caderno, eu tive minhas lições e não é muito fácil escrever nesse meu caderno, tem hora pra tudo. E aconteceu bastante coisa. Veio um outro moço diferente, muito peludo. Ele quis que eu andasse como um bichinho, ele falou que podia ser qualquer bichinho, eu disse que gosto muito de gatos, então ele pediu para eu andar igual, como uma gatinha. Mas ele não pediu pra eu tirar a roupa, ele só tirou bem devagar a minha calcinha e pra eu ficar andando como uma gatinha e mostrando o bumbum e fazendo miau. E ele ficou cheirando a minha calcinha enquanto eu ia andando com o bumbum tomando ar fresco, e ele passava a minha calcinha no piu-piu dele e me olhava de um jeito diferente como se estivesse brincando de meio vesgo. Depois eu fiquei brincando com uma bolinha que o homem moço me deu. Esse também não é tão moço, e é muito peludo mesmo. Eu pedi pra ele trazer uma bola cor-de-rosa que aí eu ia brincar de um jeito que ele ia gostar.

— Que jeito? — ele disse.

— Um jeito que o senhor vai gostar.

Mas no fundo eu não sabia que jeito que eu ia brincar. Aí ele disse que se eu brincasse com a bolinha amarela como se ela já fosse cor-de-rosa, ele ia me dar bastante dinheiro. Eu fiquei atrapalhada porque não dava tempo de pensar como eu ia brincar com a bola cor-de-rosa que era amarela. Então eu peguei a bola amarela e pus no meio das minhas coxinhas. O homem perguntou se podia pegar a bola como um cachorrinho que vai tirar a bola de outro cachorrinho. Eu disse que ele podia. Ele ficou de quatro como os cachorrinhos, os cavalinhos, as vacas e os boizinhos e a língua dele ficou pra fora e ele veio com a boca bem aberta tirar a bola que estava no meio das minhas coxinhas. Ele tirou a bola e começou a babar na minha coisinha e disse pra eu dizer que era a cachorrinha dele. Eu disse que era a gatinha. Mas ele queria que eu dissesse que era a cachorrinha.

— O senhor me dá mais dinheiro se eu disser que sou a cachorrinha?

Ele riu e perguntou se eu gostava tanto de dinheiro. Eu disse que sim. Ele falou que ele gostava de eu gostar de dinheiro. Por que será que não dão dinheiro pro papi que é tão gênio, e pra mim eles dão só dizendo que sou uma cachorrinha? Ele pediu para eu segurar a coisa dele, a coisa dele era muito vermelha e eu fiquei olhando antes de pegar.

— Agrada a minha cacetinha, agrada.

— A tua coisa se chama assim?

— Chama sim, lambe a tua cacetinha, sua cadelinha.

E encostou a coisa vermelha na minha boca. Aí eu lambi e tinha gosto salgado e de repente o homem pegou na coisa dele e espremeu a coisa dele na minha coxinha. Depois ele limpou a minha coxinha com o lenço dele e disse que precisava se ontolar. Mami sempre me corrige e diz que é controlar. Que controlar é quando a gente diz: se controla, não come mais doce. Eu entendi mais ou menos. Papai e mamãe têm brigado muito mas eu tenho que continuar a minha história e não posso perder tempo como diz o papi pra mamãe. Então papai veio dar uma espiada no que ele chama agora de "relato". "O meu relato." E disse que estava muito monocórdico. Eu já perguntei o que era monocórdico e ele me disse: leva um bom dicionário de uma vez, você pergunta muito. Aí ele disse que ninguém vai dar um tostão pro que eu escrevo. Eu perguntei por quê. Mamãe falou assim pro papai:

— Tem que ter muito mais bananeira, quero dizer bandalheira. (mami)

— Você está falando igualzinho ao Lalau, e quer saber? não te mete, eu é que escrevo. (papi)

— É que ninguém lê o que você escreve, você já sabe. (mami)

— Tu cu ó que, Judas? (papi) Tu quoque Judas? (correção do Lalau)

— Nós vamos voltar pra aquela merda de antes. (mami)

Aí eu pedi pra todo mundo ir embora senão eu não podia escrever. Depois ele me chamou e começou a me abraçar e mamãe disse pra ele não fazer ceninhas românticas e ser mais objetivo. É isso: objetivo. Depois eles falaram que precisava ter mais conversa, mais diálogo, como eles dizem. Mas como eu vou fazer pra ter diálogo se os homens não falam muito e só ficam lambendo?

— Cacetinha? (mami)

— Mas é a história de uma ninfetinha, você não entende? (papi)

— Ah, isso vai ficar uma bosta mesmo. (mami)

— Mas depois melhora, gente, a coisa tem que ter começo, meio e fim. (papi para mami e para os amigos)

— Vamos ver, eu ainda não dou um tusta pra essa história. (Lalau)

Aí eu perguntei se posso também falar do meu ditado que é assim: A Amazônia é muito grande e bonita e tem madeiras nobres.

— Quem foi essa professora idiota que disse que tem madeiras nobres lá? Tinha, tinha, agora não tem picas. (papi)

— O que são madeiras nobres? (eu)

— São madeiras muito especiais, raras. (mami)

Aí papi disse que não dava pra escrever com essa falação e eu também não sei direito como a gente faz um diálogo. Eu perguntei pro papi se ele gostava de mim e se ele queria me lamber. Ele disse que não, que gosta de lamber a mamãe.

Hoje foi um dia muito maravilhoso e diferente. Apareceu um homem tão bonito aqui e conversou muito com mamãe e papai. Eu ouvi um pouco atrás da porta do escritório e ele disse que precisava de cenário, de mais cenário, e se podia me levar para a praia, que precisava de um cenário de saúde. Que era bom isso de ter uma menininha e que ninguém entendia isso, e que até teve uma conversa com um médico dele sobre isso e o médico deu umas bofetadas na cara dele, quero dizer que o médico é que deu umas bofetadas nele. Papai disse que era uma ideia muito boa isso de praia e cenário e tarado, é, o moço dizia, é negão, cenário de saúde, muito sol, isso dá certo. Então acho que eu vou pra praia com o moço. Depois eu entendi só um pedaço, que o sexo é uma coisa simples, então acho que o sexo deve ser bem isso de lamber, porque lamber é simples mesmo. Depois eles falavam que a Lorinha gosta de fazer sexo, não é uma vítima, ela acha muito bom. Eles riam muito também. O homem disse que me trazia de volta à tardezinha e que ia trazer um peixe lindo pra mamãe e papai. Então eu fui com o tio Abel. Ele se chama assim. Foi lindo desde o começo. No carro eu sentei do lado dele e ele pediu que eu ficasse com as perninhas um pouco abertas. Eu fiquei. Então ele guiava o carro só com uma mão, e com a outra ele beliscava gostoso a minha coisinha e chamava de xixoquinha a minha coisinha. Depois ele ia passando o dedo bem devagarinho e perguntava algumas coisas. Aí eu pedi para escrever num caderninho e ele não entendeu. Eu expliquei que estava escrevendo a minha história e que precisava ter conversa na história porque as pessoas gostam de conversas. Aí ele disse pra eu não me preocupar com isso agora, que ele até pode escrever um pouco para mim, e que essas conversas se chamam diálogos. Ele disse que um dia também sonhou em ser um escritor.

— Papai é um escritor — eu disse.

— É um grande escritor.

— Mas ninguém lê ele.

— É, mas agora vão ler.

— Por quê?

— Porque ele vai contar uma história do jeito que o Lalau gosta.

— O senhor conhece o tio Lalau?

— Conheço sim.

— O papai briga muito com ele.

— Mas não vai mais brigar não.

Agora eu vou continuar a minha história. Aí o homem ficou sério e disse.

— Você está molhadinha.

— Estou sim.

— Então pega um pouquinho no meu pau.

Eu perguntei se o pau era a cacetinha, mas esse homem disse que não, que era pau mesmo. Eu peguei na coisa-pau dele e na mesma hora saiu água de leite. Aí tio Abel disse que aquela vez não valeu, mas que lá na praia ia ser diferente. A viagem foi linda, tinha muito sol, ele parou numa barraquinha e comprou morangos, e disse que ia pôr um morango na minha xixoquinha e depois ia lá buscar. A gente conversou muito, e eu disse que um outro homem ia me comprar uma bolinha pra pôr lá dentro, uma bolinha cor-de-rosa. E que esse homem andava como um cachorro.

— Que mau gosto — ele disse.

Mas não teve muitos diálogos para eu colocar aqui. Depois eu continuo.

Aí nós chegamos no hotel e ele falou que ia dizer que eu era filhinha dele.

— Que tal? — ele disse.

— Está bem — eu disse.

Depois eu falei: tio Abel, o senhor também gosta de brincar de papai? Porque um outro homem também gostava. Ele disse que todo mundo é porco e gosta, só que não fala. Eu disse: é porco brincar de papai?

— É porco sim, mas toda a humanidade, ou pelo menos noventa por cento é gente muito porca, é lixo, foi um grande homem também porco que disse isso. O tio Abel que disse.

— Que esquisito, né, tio? — eu disse. E noventa por cento eu não sei o que é. E humanidade também não.

Depois eu continuei dizendo que ia me atrapalhar porque eu chamava ele de tio Abel e agora ia ter que chamar ele de papai. Então ele disse que não precisava, que tio Abel era melhor mesmo. E que Abel foi um homem muito bom, mas se fodeu.

— Por quê? — eu disse.

— Porque Caim, o irmão dele, matou ele.

— Esse foi outro porco, né, tio Abel?

— Todos nós somos meio Caim, ou inteiro Caim, sabe Lorinha, um dia você vai saber.

Eu não entendi, mas o hotel era mesmo muito lindo. O quarto era também muito bonito e a gente via o mar. Só que não tinha quase gente porque hoje não é sábado nem domingo. É terça-feira. Aí ele tirou a minha roupinha, me carregou no colo, eu fiquei no colo dele, e ele disse pra eu fingir que estava com medo. Eu disse que não tinha medo, que estava muito gostoso.

— Faz de conta que eu sou um homem mau que te peguei e vou fazer coisas porcas com você.

Aí eu comecei a rir e disse que ele era muito bonito e eu não podia dizer que tinha medo. Tio Abel ficou um pouco chateado e disse que assim não ia dar pra brincar. Vai dar sim, pra brincar muito, eu disse, e me encolhi toda no colo dele e falei:

— Ai, não faz assim, eu estou com muito medo.

— Abre a perninha, sua putinha safada.

— Ai, tio Abel, não faz assim, ai ai ai.

Então ele pôs as duas mãos na minha bundinha e me levantou e começou a beijar e a chupar a minha xixoquinha, e desabotoou bem depressa a calça dele, tudo meio atrapalhado, mas era uma coisa mais linda de tão gostoso. Eu gostei bastante de brincar de medo. Depois ele quis ficar lambendo bastante a minha coisinha, ele disse que era uma vaca lambendo o filhotinho dela e lambeu com a língua tão grande que eu comecei a fazer xixi de tão gostoso. Tio Abel lambia com xixi e tudo e eu disse que estava com tontura de tão bom, e também que agora estava ardendo e ficando inchada a minha xixoquinha.

— A tua bocetinha, ele disse. Que é minha agora, ele disse. Vamos passar olinho na minha bocetinha mais piquinininha.

E ele passou óleo, e eu pus o meu maiô e ele também pôs e fomos pro mar. Tinha muito sol, estava um dia maravilhoso, mas eu estava andando com as minhas perninhas meio abertas e ele disse pra eu me esforçar pra andar direito senão podiam querer saber por que eu estava andando assim e era claro que a gente não podia contar.

— Claro que não, tio, senão todo mundo, todos os papi e todas as mami e todos vão pôr as menininhas pra serem lambidas e tem menininha mais bonita ainda que eu, e aí eu não vou ganhar muito dinheiro, né, tio?

— É sim, Lorinha, se tiver muita bocetinha como a sua, de gente piquinininha e tão safadinha, você não vai ganhar tanto dinheiro. Você é impressionante, Lorinha, muito inteligente mesmo, e quer saber, Lorinha? Você me faz sentir que eu não sou mau.

— Por quê, tio? O senhor se sentia um homem mau?

— Eu me sentia um canalha.

— Papi agora também diz que se sente assim. Mas antes ele dizia que a vida tava uma bosta. Mas ele melhorou e não fala mais que a vida tá uma bosta depois que todo mundo começou a ser lambido.

— Todo mundo, quem? — tio Abel disse.

— Eu, a Lorinha — eu disse.

Ele riu muito, e disse que eu era demais. Eu conversei muito com tio Abel e eu não sei se vai dar pra pôr tudo em conversa, quero dizer, em diálogo, porque dá muito trabalho de escrever toda hora na outra linha do caderno, e o meu caderno não é muito grosso, então vou continuar contando do meu jeito e quando der pra pôr na outra linha eu ponho. Nós fomos para um canto da praia, e lá tem uma pedra grande, a gente subiu até a pedra, e no pedaço mais difícil de subir, o tio subia na frente, mas ele gostava muito quando eu subia na frente no pedaço mais fácil, ele dizia:

— Lorinha, você tem a bundinha mais bonita que eu já vi, e eu já vi que você tem dois furinhos, duas covinhas em cima da bundinha, e isso é raro.

— O que é raro?

— Raro é quando pouca gente tem.

— O quê, por exemplo?

— Dinheiro — ele disse — e os teus furinhos.

— Mas dinheiro é fácil.

— É fácil nada.

— Pra mim é fácil.

— É que você é predestinada.

Aí ficou muito complicado pra ele me explicar o que é predestinada. Eu pedi pra ele me escrever essa palavra pra eu pôr aqui no caderno, ele escreveu, mas a coisa de predestinada é mais ou menos assim: uns nascem pra ser lambidos e outros pra lamberem e pagarem. Aí eu perguntei por que quem lambe é que paga, se o mais gostoso é ser lambido. Então ele disse que com gente grande os dois se lambem e tem até gente que não paga nada nem pra ser lambido.

— Então o que é mesmo raro, tio?

— Lorinha, nós estávamos questionando o que é predestinada. Raro já passou.

— Então, o que é predestinada, tio? E o que é questionando?

— Lorinha, predestinada é quem nasceu pra ser lambida. Você. Questionando, a gente fala depois.

Fiz bastante diálogo, e agora vou continuar sem diálogo. Por causa daquilo que eu já expliquei do caderno que não é muito grosso. Porque eu ouvi também o Lalau dizer pro papai que não era pra ele escrever um calhamaço de putaria (desculpe, mas foi o Lalau que disse), que tinha que ser médio, nem muito nem pouco demais, que era preciso ter o que ele chamou de critério, aí o papai mandou ele a puta que o pariu (desculpe de novo, gente, mas foi o papi que falou), então deve ser nem muito grosso nem muito fino, mas mais pro fino, e por isso, eu também, se quiser ver meu caderno na máquina do tio Lalau, não posso escrever dois cadernos, senão ele não põe na máquina dele de fazer livro.

Lá em cima da pedra tinha uma espécie de lagoinha e dentro tinha uns peixinhos bem piquinininhos e o tio Abel falou que eu podia sentar na lagoinha e depois ele ia espiar se algum peixinho entrou na minha bocetinha. Eu fiquei brincando na lagoa sempre com as pernas abertas como o tio Abel gosta e como todo mundo gosta, não sei até por que não construíram a gente com as pernas abertas e aí a gente não tinha sempre que ficar pensando se era a hora de abrir as pernas. Nenhum peixinho entrou lá dentro, mas tio Abel olhava sempre, e punha o dedo lá dentro bem devagarinho (pra não assustar o peixinho que não tinha, mas que podia ter, ele dizia) e punha e tirava o dedo e depois lambia o dedo, e foi fazendo assim tantas vezes e foi ficando tão gostoso que eu tinha vontade de rir e de chorar de tão maravilhoso. Que bom que as pessoas têm língua e têm dedo. E que bom que eu tenho bocetinha. Aí eu falei assim, sem querer: eu amo você, Abel. Aí ele ficou com os olhos molhados e disse: eu também amo você, Lorinha, agora dá uma chupadinha no meu Abelzinho. Ele ficou na beirada da lagoinha e eu fui como um peixinho chupar e lamber o Abelzinho. Achei lindo ele chamar a coisa-pau dele de Abelzinho e disse que ia chamar assim todo mundo. Aí ele falou: não faz a tonta, Lorinha, você só pode chamar de Abelzinho o meu pau. Depois ele me tirou da água e disse que precisava me ensinar a chupar o Abelzinho, que às vezes eu podia descansar e conversar um pouco com ele, com o Abelzinho. E depois chupar de novo. Que era uma "falha", ele falou assim, na minha "educação sentimental" (ele falou assim), eu não saber chupar o Abelzinho. Que tinha uma história muito bonita de um homem que era uma espécie de jardineiro ou que tomava conta de uma floresta, e que esse homem gostava de uma moça muito bonita que era casada com um homem que tinha alguma coisa no abelzinho dele, no pau, quero dizer. E disse que esse jardineiro ou guarda da floresta ensinou a moça a conversar com o pau dele e que lá sim é que tinha essas conversas chamadas diálogos muito lindas mesmo. Ele falou que logo ele ia me trazer o livro e assim eu podia pôr no meu caderno algumas coisas parecidas com isso. Eu disse que não queria copiar ninguém, queria que fosse um caderno das minhas coisas.

Agora veio um bilhete do tio Abel: Lorinha, não encontrei a história da moça e do jardineiro pra mandar pra você. Mas eu encontrei esta outra história, muito bonita também. Aqui você vai aprender muitas coisas. O que você não entender, depois eu explico. É a primeira história de um caderno que vai se chamar: *O caderno negro*.

Vou copiar a história que o tio Abel me mandou, no meu caderno rosa. Quem sabe o tio Lalau vai gostar muito dessa história e aí eu peço pro tio Abel me emprestar e a gente junta o caderno negro com o caderno rosa. O nome dessa história é

O caderno negro (Corina: a moça e o jumento)

Seu pênis fremia como um pássaro.
D. H. LAWRENCE

Hi, hi!
LORI LAMBY

Ha, ha!
LALAU

MINHA FAMÍLIA FOI PARAR numa cidade de Minas chamada Curral de Dentro. Nós éramos muito pobres, e eu fui trabalhar na roça com meus pais. Às vezes eu pensava que a vida não tinha o menor sentido mas logo depois não pensava mais porque a gente nem sabia pensar, e não dava tempo de ficar pensando no que a gente nem sabia fazer: pensar. Eu já estava com quinze anos, e sempre na mesma vida. A única coisa que me alegrava era ver de vez em quando a Corina, filha do seo Licurgo. Ele tinha uma pequena farmácia e todo mundo se tratava com ele. Corina também tinha quinze anos. Peitos grandes, cabelos negros cacheados, bunda redonda, dentes lindíssimos. Dentes lindíssimos era uma coisa muito difícil de ver em Curral de Dentro, porque lá não tinha dentista e quem arrancava os dentes por qualquer toma lá dá cá era Dedé-O Falado. O nome dele era esse porque como todo mundo tinha que arrancar sempre um dente ou dois ou todos, sempre se falava muito no Dedé. Ele não tinha dente algum. Era moço muito delicado, maneiroso, e morava com a mãe. Ela também não tinha dente algum. Todos os domingos eu tentava ver a Corina na parte da manhã, porque o seo Licurgo abria a farmacinha no domingo na parte da manhã. Um domingo cheguei na farmácia e ouvi vozes altas e gritos e choros que vinham lá do quartinho de trás onde se tomava injeção, e reconheci a voz do seo Licurgo e o choro de Corina. Ele dizia que agora, depois de as pessoas terem visto Dedé-O Falado de mãos dadas com ela, ela não ia mais ficar na cidade. Ela ia ficar definitivamente na casa dele, do seo Licurgo, na roça, morando com a velha Cota, que tomava conta do jumento e da casa. Eu só ouvia agora os soluços dela, e nunca tinha ouvido o seo Licurgo gritar daquele jeito. Fiquei desesperado e gritei: por favor, seo Licurgo, para com isso. Ele saiu do quartinho lá de trás, a cara muito vermelha, e perguntou o que é que eu queria. Falei que queria conversar um pouco com a Corina. Ele me disse que a Corina nunca mais ia falar com ninguém, porque moça desavergonhada tem que ficar calada e trancada. Falei o mais que pude com seo Licurgo, que a Corina era uma mocinha muito direita, que as pessoas são faladeiras e têm muita inveja da beleza e da castidade. Seo Licurgo puxou os óculos até a ponta do nariz, me olhou da cabeça aos pés e perguntou o que é que eu entendia por castidade. Eu disse que as santas eram pessoas castas, que eu havia lido isso num livro, uma espécie de catecismo que os meus pais tinham guardado, e que era um livro que a minha finada avó havia nos deixado. Pois olha, Edernir (esse é o meu nome), posso até estar errado, mas acho que você entende tanto de castidade como eu entendo de logaritmo. Ele não falou desse jeito, ele tinha lá o jeito mineiro de falar, mas agora não me lembro mais. Mas, continuando, achei incrível a palavra e perguntei o que era aquilo, o que era logaritmo.

Ele respondeu que era uma coisa bastante enredada, coisa dos números, de aritmética, mas que nunca mais ele esqueceu a palavra, e achava a palavra muito bonita, tão bonita que deu o nome de Logaritmo para o jumento que vivia lá na roça. "É um belo jumento, Edernir, mais escuro que o normal, quase preto, e de pelo muito lustroso, eh pelo bonito, parece até asa de urubu, quer saber Edernir, o pelo do Logaritmo é parecido com o teu cabelo."

Corina nesse instante apareceu no vão da porta com o rosto bastante desfigurado de tanto chorar. Aí seo Licurgo disse: tá bem, minha filha, pode conversar um pouco com o moço Edernir, ele é um bom moço, e diz que entende de castidade. E deu muita risada, entrou lá no quartinho de trás da farmácia dizendo que precisava preparar umas poções pra velha Cota que não parava de cagar, e que a Corina ia levar o remédio pra velha. "Vai arrumar teus trens, Corina, e depois vai e já fica por lá." Mesmo desfigurada eu nunca achei a Corina tão bonita. Ela usava uma blusa da cor do céu azul, uma blusa de seda, e como ela estava suada de tanto chorar e sofrer com os gritos do pai, a blusa ficou agarrada nos peitos, e apareciam os dois bicos de pontas durinhas e saltadas. Eu disse que ela não se desesperasse, que eu tinha certeza que o seo Licurgo ia mudar de ideia, e que ainda que ele não mudasse, eu iria vê-la a cada dia lá na Serra do Ó. A Serra tem esse nome porque as pessoas dizem que lá viveu há muitos anos um velho que não deixava ninguém em paz enquanto as pessoas não diziam Ó quando ele passava. — Vai me ver mesmo? — Corina perguntou. Juro por Deus, eu disse, e peguei e apertei a mãozinha dela. Aí chegou o seo Licurgo e eu tirei depressa a minha mão de cima da mãozinha dela. — Já pode ir, moço Edernir, disse o seo Licurgo. Eu fui. No caminho de volta senti o meu pau duro dentro das calças, cada vez que eu pensava nos peitos e nos bicos pontudos da Corina o meu pau levantava um pouco mais. Eu tinha que ter passado pela capelinha mas do jeito que eu estava não podia. A capelinha era uma construção caindo aos pedaços, cheia de bancos duros, e onde o padre Mel falava sempre aos domingos. Ele se chamava padre Mel porque as beatas diziam que ele falava tão doce que as palavras pareciam mel. O nome verdadeiro dele era Tonhão. Padre Tonhão. Bem, voltando ao meu pau. Eu estava tão perturbado que precisei pôr a mão dentro das calças, e segurei o caralho com força pra ver se ele se acalmava mas o efeito foi instantâneo. Esporrei. Comecei a atravessar a pracinha muito depressa, a mão toda molhada, a calça também, e de repente ouço a voz da comadre Leonida: Edernir! vem aqui um pouco, menino, leva esse bolo de fubá pra tua mãe. Eu comecei a correr mais ainda e ela atrás de mim com o bolo. Me agarrou, me puxou pelas calças e disse credo cruzes Edernir, onde é que tu vai assim, vai caçá o que com essa pressa? E aí me olhou inteirinho e viu a mancha na minha calça. "E não é que o moço tá todo mijado?" Arranquei o bolo das mãos dela e nunca corri tanto. Meus pais estavam na capelinha, ouvindo o sermão do padre Mel, e eu aproveitei para lavar as calças. Depois fiquei zanzando, e Corina não me saía da cabeça. Durante todo aquele domingo fiquei amuado, de cara amarrada, de um tal jeito que os meus pais perguntaram se eu estava sentindo qualquer coisa, se estava doente, ou o que era. Disse a eles que não era nada. À noite fiquei pra lá e pra cá, andando na ruazinha vazia, e fazendo planos para minhas visitas futuras à Corina. Minha mãe me deu chá de erva-cidreira dizendo que aquilo era bom pro nervoso, pro estômago, pra tudo. Na segunda-feira, depois de voltar da roça, disse a meus pais que não tinha vontade de comer nada não, que eu ia andar um pouco lá pela Serra do Ó pra caçar tatu. Eles acharam esquisito porque eu não era de caçar tatu, tinha visto um dia meu pai caçar esse bicho e ele levantou o rabo do bicho e pôs o dedo dentro do cu do animalzinho. É assim que o tatu se aquieta. Tem gente que também se aquieta assim? pensei. E achei horrível. Mas inventei essa mentira e fui. Era bem uma boa légua até a casa de Corina e meu pau foi ficando duro pelo caminho só de pensar que eu ia ver a Corina outra vez. Aí cheguei. A casa era pequena, muito branquinha. Como já estivesse um pouco escuro achei bom gritar o nome dela para que não se assustasse com meus passos. Apareceu a velha Cota, os olhinhos apertados:

"Uai, que que ocê veio fazê aqui uma hora dessa?"

"Vim ver a Corina, velha Cota."

"Uai, não esperava não, então vou botá um trem aqui pra ocê comê."

Aí apareceu a Corina. Ela estava linda. Falou pra velha Cota ir dormir que aquilo não era assunto dela não. A velha saiu resmungando e se fechou no quartinho. "Não liga não, Edernir", a Corina falou, "ela vive dormindo, é só dar uns gritos com ela e ela se aquieta." (Inda bem que a velha Cota era diferente do tatu.) A saia que Corina vestia era bem justa no corpo, bem apertada, e eu podia ver as nádegas estremecendo quando ela se movia. Perguntou se eu queria uns bolinhos de requeijão, eu disse que sim, que queria. Começamos a comer os tais bolinhos, ela sorria, e os dentes brilhavam muito naquela luz do lampião. Perguntei se ela não tinha medo de ficar ali sozinha com a velha Cota, ela respondeu que também não era assim, que sempre tinha algum colega que vinha, depois riu e falou: e tem também o Logaritmo. Eu também ri. E perguntei se podia vê-lo. Ela disse que já estava escuro, e que no escuro eu não ia ver a belezura dele. Que os pelos eram muito lindos de dia, que se pareciam mesmo com os meus cabelos, quase a mesma cor, ela disse. Eu também ri porque nunca ninguém tinha dito que eu tinha o cabelo de jumento, só o seo Licurgo e ela. Ela perguntou se eu não queria sentar na beirada da cama que era mais gostoso que sentar na cadeira. Vi também uma cadeirinha baixa, muito bonitinha, no quarto da Corina. Comecei a querer ver mais de perto a cadeirinha quando ela perguntou se eu não estava sentindo um cheiro gostoso no quarto. Gostoso, sim, eu disse, parece cheiro de folha de eucalipto. É sim, é eucalipto, Edernir, eu pus folha de eucalipto embaixo das cobertas, quer ver? Então Corina se dobrou pra levantar as cobertas e eu não aguentei e abracei-a por trás, ela gemeu e falou: você é tão bonito, Edernir. Eu fui ficando muito nervoso mas fui pondo a mão embaixo da saia tentando suspendê-la, mas a saia era muito justa e não dava pra bolinar as coxas. Ela foi se rebolando e suspendendo a saia e embaixo da saia não tinha calcinha. Fiquei muito excitado quando vi os pelos pretos e enroladinhos, e então ela perguntou assim: "Quer ver de perto a minha vaginona? Pega nela, pega". Tremi inteiro, ajoelhado, ela começou a passar a mão nos meus cabelos de jumento e foi empurrando com força a minha cabeça na direção da boceta. Eu não sabia muito bem o que fazer mas beijei o púbis gordo e escuro de Corina. Ela dizia: abre, abre, põe a língua lá dentro. Eu, nos meus quinze anos quase castos, tinha um pouco de medo de abrir a vagina de Corina, então ela mesmo o fez, e eu comecei a lambê-la desajeitado. Enfia agora o teu pau, Ed, ela falou. Gostei do meu nome assim reduzido, parecia coisa de mocinho de cinema, porque às vezes eu ia até Salinas, uma cidadezinha perto de lá, e ouvia nomes parecidos com esse. Ed, Ned. Bem, então enfiei, mas Corina se contorcia meio desesperada, dizia enfia mais, Ed, mais, Ed, me atravessa com o teu pau, não tô sentindo quase, ela dizia. Eu suava tanto como se estivesse morrendo de febre malsã, alagado como se estivesse dentro d'água, e aquilo de Corina dizer tantas palavras também me confundia. Será que meter ia ser sempre assim, a mulher falando tanto? Frenético, eu quase metia até as bolas lá dentro e ela esfregava as minhas bolas com tamanho frenesi, com tamanho entusiasmo, que gozei muito antes desse discurso todo. Arriei em cima de Corina, mais pro moribundo que pro vivo. Ela ficou estática de repente, me empurrou enfezada, puxou os cabelos pra trás, e a cara parecia séria demais. Estaria zangada? Olhei de viés, fui me levantando e suspendendo as calças e depois tentei abraçá-la. Ela falou: Ed, você é um franguinho bobo. Meu

Deus, eu queria morrer naquela hora, mas sabia que o meu pau tinha trabalhado bem, um pouco apressado talvez, mas bem no ritmo de tanta putaria. Aí falei: Corina, se você não tivesse se arreganhado tanto, eu até que podia ter demorado mais. Ela gritou: arreganhado? arreganhado? uai, Ed, mulher se arreganha pro macho dela, seo bobo, e quer saber? teu pau é magro pra mim, eu gosto é de uma boa pica igual à do Dedé. Fiquei roxo. Então aquele delicado maneiroso tinha um caralhão e metia com a minha doce Corina, aquela que eu achava uma santinha, os olhos acastanhados, as pestanas longas quase douradas, o jeitinho que antes era meigo, o olhar cheio de ternura, aquela minha Corina fodia com o desdentado Dedé-O Falado? Cheio de ciúme e raiva, no entanto controlei-me. Desculpe, Corina, eu disse, amanhã eu volto e vou fazer tudo melhor. Eu te gosto. Corina, completei. Ela riu. "Você pode ir aprendendo, né, benzinho?"

E foi se achegando de novo, passou a mão na minha bunda, não gostei, e disse:

"Epa, Corina, aí não."

"Você é mesmo um tonto, Ed, traseiro de homem também é bom de passar a mão."

"Não gosto disso não."

"Por quê? Você acha que bunda de homem não sente? Você não quer o meu dedo no teu buraco, Ed? É gostoso."

"Não sou tatu, Corina, me larga."

Corina não parava de rir com essa frase, foi se chegando muito, pedindo que eu passasse a mão nas suas nádegas. Passei. Mas suavemente assim como a gente alisa uma cachorrinha ou a porca nova. Ela pressionou minhas mãos na sua bundona. "Assim Ed" — ela dizia —, "forte assim, Ed, machuca assim", e fez com que minhas unhas arranhassem a sua carne. Afastei-a.

"Isso também eu vou aprender, Corina."

Voltou a me abraçar e disse: "Me dá a tua língua, põe pra fora a tua língua". E começou a sugá-la como se sugam as mangas.

Minha caceta endureceu mas achei prudente não tentar de novo aquela noite.

Fui voltando pra casa meio triste, andando devagar, confuso e magoado. Como a gente é bobo, fui pensando, a cara das pessoas é uma e depois no quarto vira outra, a menina Corina era uma boa puta, uma ordinária, uma mulher da rua, e o que era essa coisa de meter o caralho da gente numa boceta e ficar assim adoidado? E se ela queria um caralho maior que o meu, por que não metia com o jumento? E como seria o pau do delicado Dedé-O Falado? Será que todas as mulheres querem uma tora no meio das pernas? E fui andando agora mais depressa, colérico, tramando enormes indecências, e pensando: (Corina me fez pensar, isso devo mesmo a ela) como é que diz mesmo o catecismo, ou seja lá o que for? Que o homem é feito à imagem e semelhança de Deus. Cruzes, então, eu, Edernir, era feito à imagem e semelhança de Deus? Pensando na boceta da Corina? Estertorando em cima daquela puta? E não é que o meu pau ficava duro ainda pensando naquela porca? De repente me veio um desespero, um remorso de pôr o meu Deus no meio daquilo tudo, e um pouco antes de chegar em casa tomei a resolução de me confessar dia seguinte com o padre Tonhão. Ia contar tudo, que tinha tesão mas também tinha raiva de Corina, que ele me ajudasse e desse o perdão etc. etc. Depois do meu trabalho na roça, fui no dia seguinte à capelinha. Eram cinco da tarde. Entrei, e lá dentro não havia ninguém. A sacristia ficava bem lá no fundo da capela. Era preciso atravessar um corredorzinho, e fui me concentrando, todo comovido e cheio de piedosas intenções. Um silêncio total. Ninguém. Algumas velhas beatas transitavam por ali. Aquela tarde, ninguém. Chegando à porta da sacristia entendi. Havia um bilhete do padre Mel: fui levar os santos óleos pra um compadre meu, em Curral da Vara. Alguém que sabia ler havia lido e espalhado pra todos. Já ia me afastando da sacristia quando ouvi algum ruído. Dentro da sacristia não era. De onde aquele ruído, como se um bicho agonizasse? Abri devagarinho uma portinhola que dava para a horta do padre Mel. Lá, mais adiante, havia um quartinho de ferramentas, enxadas, pás, ancinhos etc.

Meio agachado, fui até lá. E por uma bela fresta da janela toda carcomida vi: padre Tonhão arfava. A batina levantada mostrava as coxas brancas como deveriam ser as coxas de uma rainha celta. (Rainha celta... meu Deus, de onde é que veio isso?) O pau do padre, era, valha-me Deus, um trabuco enorme que entrava e saía da vaginona de Corina, ela por cima, ele se esforçando arroxeado pra ver o pau entrar e sair. Ela, com aquela discurseira toda: ai, Tonhão, ai padre caralhudo, ai gostosura, ai, santa mãe do senhor que te fez Tonhão. Depois a falação do padre: ai, bocetuda mais gostosa, quero te pôr no cu também, vira vira, Cô (pensei: foi aqui que ela aprendeu a reduzir os nomes), vira, putona. Corina de quatro, e o caralho do padre Tonhão agora entrava e saía do buraco de trás da moça, ela rebolando, os olhos revirados. Aí ele tirava um pouco e ela gemia: "Não faz isso, Tô, não faz assim, tua égua (coitadas das éguas) vai morrer de tesão". E ele: "Ajoelha, e pede por favor, diz que se o meu trabuco não entrar mais no teu buraco tu vai morrer, diz, pede em nome do chifrudo, anda, pede". Corina falava bastante, mas não dava pra ouvir tudo. Depois se arrastava aos pés dele, lambia-lhe os dedos do pé, e padre Tonhão que falava mais alto que Corina continuava o discurso: "Não vou pôr não, vou é esporrar na tua boca, cadelona gostosa (coitadas das cadelas!), putinha do Tô (coitadas das putinhas)". Corina chorava, implorando, segurava os peitos com as mãos, fazia carinha de criança espancada (coitadas das crianças) e ia abrindo a boca: "Então esporra, Tô, esporra na boquinha (coitadas das boquinhas!) da tua Corina".

Claro que esporrei vendo e ouvindo toda aquela putaria, as pernas bambas, a garganta seca, e ainda (acreditem) completamente desesperado de paixão. Meu corpo estremecia inteirinho, comecei a correr como se a vara do padre estivesse atrás de mim

(Curral da Vara, é? pois claro que sim), atravessei como um louco a pracinha, tropicava outra vez e corria, chorava e soluçava, o rosto inteiro molhado. E não é que ouço de repente a voz da comadre Leonida: "Edernir! Edernir! cruzes credo, o moço anda sempre correndo e mijado!".

Cheguei em casa, esbaforido, fingindo doença, a mão nas vergonhas dizendo: "Que dor aqui, mãe! Acho que é doença da pedra na bexiga, ai, tenho que ir na privada".

Lá dentro tirei as calças e gritava: "Mijei nas calças, mãe, de dor, mãe".

Saí de lá de dentro pálido e trêmulo, vomitei de nojo de mim mesmo, a mãe passava a mão na minha cabeça e só dizia: "Coitadinho, coitadinho do meu menino".

Minha caceta estava murcha e engruvinhada. De tristeza agora. Fui pra cama, enfiei a cara no colchão e chorava chorava, o ranho descia pelo nariz, a mãe limpava e rezava. Tomei chá de quebra-pedra que a mãe fez, fui me acalmando, o pau já estava mais alegrinho, a mãe começou a rezar o rosário, agradecendo a Deus. Da minha cama eu via a noite chegando, as estrelas, a lua cheia, e pensava: meu peito ainda está inchado de amor pela Corina, queria sentir ódio mas não conseguia mais, quanto mais puta ela se mostrava mais eu a queria, minhas narinas sentiam o cheiro daquela vagina rodeada de pelos pretos enroladinhos, aquela gosma que eu lambi a primeira vez parecia a gosma das jabuticabas (coitadas das jabuticabas!), aquela puta vadia era a minha vida, o ar que eu respirava. Olhava a noite linda, estrelas, lua, e toda aquela maravilha não tinha a beleza da boceta de Corina.

Passei alguns dias sem aparecer. Nem na roça. Nem na casa de Corina. Ficava deitado pensando. Pensando no quarto perfumado de Corina, na cadeirinha tão linda. E aí me lembrei com muita nitidez de todos os detalhes dessa cadeirinha. Baixinha, com um buraco alongado quase na beirada do assento. Pois bem, pensei, e pra que serviria aquele buraco? Alguns pensamentos imundos começaram a surgir. Alguém enfiava a caceta naquele buraco e acontecia o que lá embaixo? Não, mas aí seria um buraco redondo, próprio para uma caceta, mas o buraco era alongado. Alongado, em forma de folha larga? Virgem Maria, será possível? Será possível que essa moça Corina tenha mandado fazer um buraco especial, numa cadeirinha rara, só para refrescar a própria vagina? Eu estava louco. E quem teria sido esse artesão? Mas isso era um absurdo, essa moça Corina morava em Curral de Dentro, não morava nas Oropa, no putal de lá, pensei, essa caipirinha não podia ser tão imaginosa, tá bem que se abrisse numa falação, mas era falação de puta de arraial mesmo, e quer saber? Eu vou até lá, ainda que seja só pra ver mais de perto a cadeirinha. Eram três horas da tarde. Andando bem depressa vejo tudo de dia: o jumento, a cadeirinha e Corina. Só não pensei no Dedé. E foi ele mesmo quem vi assim que cheguei. Dedé-O Falado, o delicado, o maneiroso, com a cabeça embaixo da cadeirinha e Corina pelada, sentada em cima. Aquela fenda na cadeira era para Corina se sentar com a vagina no buraco (acertei!) mas não pra refrescar a dita cuja, mas para ser lambida. O Dedé enquanto fazia isso se masturbava e arreganhava os dedos do pé se esticando todo. Quando eu cheguei ele estava esporrando. Ela, ainda se mexendo pra frente e pra trás, rindo gostoso. Não houve o menor sinal de constrangimento ou surpresa. Corina disse: "Vem também Ed, tá de lascar". Dedé, largado embaixo da cadeirinha, falou molenguento: "Tá demais de bom, Ed, tá danado de bom". Pensei com os meus poucos botões: será que a velha Cota também está metendo algum pepino no vaginão ressecado? Que gente! Era fantástico tudo aquilo, surpresas por todos os lados, eu era sim um perfeito imbecil. Fiquei encostado na soleira da porta, olhando o jumento que pastava logo ali. De fato, era muito bonito o Logaritmo.

Quase preto, verdade, de pelo muito lustroso. Passei a mão no meu cabelo e cheguei a esboçar um sorriso. Continuei encostado na soleira da porta. E pueril e inocente comecei a dar tratos à bola: então é isso a vida. O amor, uma bobagem. As mulheres, umas loucas varridas. Ou só a Corina é que era uma louca varrida? Ou eu é que não entendia nada do mundo e todo mundo era assim? E todo mundo tinha sua cadeirinha escondida? As putas das mulheres do mundo inteiro tinham suas ignóbeis cadeirinhas? E por que eu não encarava isso do sexo como uma enorme e gostosa e grossa porcaria e não começava agora mesmo a me divertir com Corina e Dedé?

Então fui tirando as calças bem devagar, fui tirando tudo. Corina e Dedé começaram a sorrir deliciados, e eu, pelado, fui até o pasto, peguei o Logaritmo, fui puxando o jumento pra mais perto da casa. Amarrei o Logaritmo na estaca da cerca, comecei a me masturbar mansamente, e fui dizendo: "Querida Corina, vai mexendo no pau do Logaritmo que eu quero ver o pau dele". Ela ria pra se acabar. Dedé também. "Isso é que é invenção gostosa", Dedé dizia. Corina replicou: "E você acha, tonto, que eu já não buli no pau do Logaritmo?". Ela ajoelhou-se embaixo do bicho e esticava a pele dele pra cima pra baixo, abraçava aquela vara enorme e o bicho zurrava, e ela ria ria, se esfregando inteira no pauzão do jumento. Dedé chegou bem perto de mim e falou: "Você é lindo, Edernir, eu gosto mesmo é de você". Dei-lhe uma tapona na boca, ele rodopiou, ficou de bunda pra minha pica, enterrei com vontade minha linda e majestosa caceta naquele ridículo cu do Dedé. Ridículo é o que eu pensava de tudo àquela hora. Ele gritava: "Ai ai ai que delícia a tua cacetona, Edernirzinho". Assim que esporrei (apesar de ridículo), dei-lhe uma vastíssima surra de cinta e quando ele já ia desmaiando a Corina tentando fugir, agarrei-a, forçando para que continuasse a masturbar o bicho. Comprimindo-lhe com energia as bochechas, fiz com que recebesse em plena boca a tonelada de porra do jumento. E assim esporrada, meti-lhe um murro, quebrando-lhe os magníficos dentes. Deixei os dois desmaiados, a velha Cota sempre fechada no seu quarto, o jumento comendo os girassóis plantados rentes à parede da casa, o olhar amortecido e gozoso. Voltei para casa, meus pais ainda estavam na roça, pus minhas tristes roupas na mala de papelão, andei por uns atalhos, cheguei à estrada, tomei uma carona, fumei o primeiro cigarro daquele dia, e nunca mais voltei a Curral de Dentro.

Eu era um moço muito bonito, também com dentes perfeitos, e ainda hoje o sou. Tenho trinta anos. Vivo na cidade grande. Sou dentista. Meus amigos também me chamam de Ed.

Tio Abel, eu tive sonhos muito feios depois de ler a história que o senhor me mandou. Sonhei que um piu-piu cor-de-rosa muito muito grande e com cara de jumento na ponta ficava balançando no ar e depois corria atrás de mim. Depois o piu-piu grande passava na minha frente e eu tinha que montar nele, e a cara do piu-piu que era de jumento virava pra mim e passava o linguão dele mais quente que o do Juca na minha coninha. Eu gritei muito de medo do linguão, mas aí apareceu o He-Man e a princesa Leia, e o He-Man cortou com a espada só a cabeça do jumento mas o piu-piu ficou inteiro do mesmo jeito, só que sem a cabeça grande do bicho, e entrou no meio das pernas da princesa Leia e ela gritava ui ui e parecia bem contente. O He-Man também estava com a espada atrás dela, da princesa, e eu estava segurando na trança da princesa Leia e a gente ia voando até o Corcovado. Esse pedaço foi bonito. Mas eu achei muito difícil essa história que o senhor me mandou, e também não sei direito como é um jumento preto. Eu conheço é cavalinho e boizinho e burrinho. Sabe, tio, eu achei a história um pouco feia também. O Edernir ficou bravo com a Corina e o Dedé? Coitado dele, né, tio? Acho que ele ficou sentido com a Corina. Agora eu vou colar figurinhas do He-Man e da Xoxa na beirada do caderno e tudo vai ficar mais bonito.

***

Vou continuar o meu caderno rosa. Tio Abel me ensinou a chupar. Ele fez uma espécie de aula. No começo ele disse que ia ser meio difícil porque a minha boca é muito piquinininha e a minha mão também.

"Lorinha, você não lembra daquela menininha da televisão que dá uma mordidona na fatia de pão com margarina?"

"Mas é pra abrir e morder assim?"

"Claro que não, Lorinha, é só o começo da aula, pra você aprender a abrir a boca."

"Eu gosto de aprender, tio Abel, papai sempre diz quando o Lalau não está: como é sacana e salafra aquele filho da puta do Lalau, mas vivendo é que se aprende. Então eu quero aprender."

Abel tirou o Abelzinho pra fora, e ele estava muito triste e mole ainda, o Abelzinho, e aí o Abel disse:

"Agora você pega nele primeiro, aqui onde ele nasce."

"Onde ele nasce?"

"Aqui, na raiz dele, olha."

"Que raiz?"

"Aqui perto das bolotas, dos ovos."

Eu fui pegando e o Abelzinho foi ficando duro, fui pegando pra cima e pra baixo, com a mão do tio Abel em cima da minha pra me ensinar, e o Abelzinho foi crescendo e ficando coradinho, e aí eu abri bem a boca e escondi a cabeça dele na minha boca. Tinha um gosto engraçado, de mandioca cozida. E enquanto eu escondi a cabeça dele na minha boca, tio Abel empurrava um pouco a minha cabeça bem devagarinho, depois mais depressa, e ele, o tio, punha o dedo dele no meu buraquinho de trás e senti uma delícia, e descansava um pouco e falava com o Abelzinho, mas o tio não tirava o dedo do meu cuzinho. Eu disse pro Abelzinho: como você é lindo meu bonequinho, como você está todo durinho, meu amorzinho. Tio Abel de repente disse:

"Repete o que eu vou te dizer, Lorinha. Diz: põe mais o teu dedo no meu cuzinho que eu estou adorando."

Então eu repeti isso uma porção de vezes, e aí eu senti uma espécie de dor de barriga, mas uma dor de barriga muito gostosa, a gente nem liga pra essa dor. É uma dor coisa bonita, uma dor coisa maravilhosa.

Não sei por que as histórias pra criança não têm o príncipe lambendo a moça e pondo o dedinho dele maravilhoso no cuzinho da gente. Quero dizer da moça. Papi poderia escrever histórias lindas pra criança contando tudo isso, e então eu fui falar com ele mas não deu muito certo porque mamãe e ele brigaram. Então foi assim:

"Papi, já que o senhor quer ganhar dinheiro do salafra sacana filho da puta do Lalau."

"Não fala assim, menina."

"Mas é você que fala assim, papai."

"Tá vendo? Tudo que a menina fala, tá vendo?" — disse a mamãe.

Então o papi falou pra mami calar a boca mas a mami começou a falar sem parar, ela disse que o bom mesmo era ele escrever do jeito do Henry Miller (tio Abel me ajudou a escrever esse nome) que era um encantador sacaneta, um lindíssimo debochado, e claro que ficou rico, e aí papi disse que estava escrevendo a história dele e não as histórias do Henry Miller, que:

"Você quer saber, Cora, eu acho o Henry Miller uma pústula (Cora é o nome da mami), isso mesmo, uma pústula, uma bela cagada."

"Você tem coragem de dizer que o Henry é uma pústula?"

"Tenho, e quer saber? sua judas, eu trabalhei a minha língua como um burro de carga, eu sim tenho uma obra, sua cretina."

Aí mamãe começou a chorar e disse que adorava ele, que sabia que ele trabalhou muito a língua, que ele era raro e começaram a se abraçar e eu acho que eles iam se lamber, e eu não consegui perguntar do príncipe e da história que ele podia escrever e também não entendi essa coisa de trabalhar a língua, eu ainda quis perguntar isso pra ele mas ele já estava outra vez gritando que a nojeira que ele ia escrever ia dar uma fortuna, e que ele queria muito viver só pra gozar essa fortuna com a nojeira que ele estava escrevendo.

Hoje estamos todos em crise, como diz o papai. Logo cedo ouvi os dois brigando muito de um jeito mais forte e mais gritado. Era assim:

Mami — Eu acho uma droga.

Papi — Por quê, sua idiota?

Mami — Que história é essa de cacetinha piu-piu bumbum, que droga, não é você que diz que as coisas têm nome?

Papi — Você é mesmo burra, Cora, isso é o começo, depois vai ter ou pau ou pênis ou caralho, e boceta ou vagina e bunda traseiro e cu, depois, Cora, eu já te disse que é a história de uma menininha, eu tô no começo, sua imbecil.

Mami — Por que você não escreve a tua madame Bovary? (Tio Abel me ensinou a escrever certo)

Papi — Porque só teve essa madame Bovary que deu certo, e se você gosta tanto do Gustavo, lembre-se do que ele disse: um livro não se faz como se fazem crianças, é tudo uma construção, pirâmides etc., e a custa de suor de dor etc.

Mami — E por que você não aprende isso?

Agora eu não posso nem repetir tudo o que papi disse, mas num pedaço ele falou coisas horríveis porque mamãe falou:

Mami — Você não está bom nem mais pra foder.

Papi — Ah, é? E você acha que eu posso escrever e meter com alguém como você, Cora, que vive com essa boceta acesa, sua ninfomaníaca (Tio Abel também ajudou a escrever). NINFOMANÍACA! É isso que você é, Cora, e se você gosta tanto do Gustavo por que não se lembra que ele disse que é preferível trepar com o tinteiro quando se está escrevendo do que ficar esporrando por aí?

Mami — Eu então sou por aí?

Papi — Quer saber mais? Ele tinha sífilis.

Mami — Quem, o Flaubert? (Tio Abel ajudou a escrever esse outro.)

Papi — Sim, senhora, o teu adorado Gustave Flaubert tinha sífilis.

Mami — E daí? todo mundo teve sífilis.

Papi — Todo mundo o escambau (!), todo mundo o meu caralho, Cora, e olha aí a menina, Cora, olha aí a menina.

Aí papai disse que ia encher a cara, e bateu com toda a força a porta do escritório dele, depois abriu a porta e disse que ia buscar a bosta do gelo, e perguntou se mami já tinha bebido a bosta do uísque, ou quem foi que bebeu. Aí mami disse que ele e os amiguinhos dele é que bebem a bosta do uísque. Ele bateu a porta outra vez, abriu outra vez a porta e gritou pra mamãe:

"Quer saber, Cora? O Gustavo era tão sifilítico que tinha a língua inchada de tanto mercúrio."

Mamãe gritou: "É, mas escreveu a madame Bovary".

Hoje, graças a Deus, veio o tio Abel e eu posso conversar um pouco com ele. Primeiro eu perguntei quem era o Gustavo. Ele disse que não sabia. Depois eu perguntei do Mercúrio. Ele disse que Mercúrio era um deus. O deus dos comerciantes. Dos que ganham dinheiro. E eu disse: "E ele tinha a língua inchada?". Tio Abel disse que isso ele não sabia, mas achava que não. Depois ele falou que por falar em ganhar dinheiro, ele, tio Abel, ia viajar, mas que ia escrever muito pra mim, pra eu não ficar triste. Eu falei chorando: "Escreve mesmo, tio Abel, eu amo você". E fui correndo pro meu quarto. Ele ainda gritou: Lorinha, escreve logo para mim, se você escrever eu respondo, e olha, eu vou mandar muitos presentes pra você.

ACHO QUE NÃO SEI MAIS ESCREVER.

Querido tio Abel, eu estou com muita saudade. Estou deitada na minha caminha com toda aquela roupinha que o senhor mandou. Obrigada por mandar as meias furadinhas cor-de-rosa que aquele moço não mandou. Vesti a calcinha cheia de renda e pus as meias e o chapéu que é tão maravilhoso com aquelas duas rosas cor-de-rosa na aba. Agora eu vou contar tudo o que eu estou fazendo pra o senhor ficar com o Abelzinho bem inchado e vermelho porque o senhor diz que assim é que é gostoso. Eu estou deitadinha, abri bem as coxinhas e já fechei o quarto bem fechado, e estou pondo o meu dedo na minha coninha (gostei tanto dessa palavra que o senhor escreveu) mas é muito mais gostoso quando é o dedo do senhor, e é um pouco triste por não ter ninguém pra me lamber agora, e também sinto saudade do mar e dos tapinhas que o senhor dá na minha coninha (que belezinha mesmo essa palavra, no dicionário tem também doninha, mas é outra coisa) e sinto saudade daquela poesia que o senhor escreveu:

me dá também tua linguinha
minha namoradinha
abre tua cona pro Abelzinho espiar
só um pouquinho, ele não vai abusar.

Deve ser tão bonito a gente fazer poesia. Papai diz que o Lalau vomita só de ouvir a palavra poesia e que um dia o Lalau até peidou, fez pum, sabe? Quando papi muito engraçado mesmo disse um verso de um poeta, e o verso eu pedi pra papi escrever pra eu decorar, e a poesia era assim:

Que espécie de demência, parvo Lalau
Te impele aos trambolhões contra meus versos?
E que sorte de deus, mal invocado
Te açula a incitar furiosa rixa?

E papai andava atrás de tio Lalau repetindo a poesia bem alto, e o Lalau tapava os ouvidos e papi gritava: "Você é mesmo um bronco sujo, Lalau, isso é Catulo, imbecil, Catulo!". E o Lalau dizia que preferia o Marcial, e esse eu roubei do escritório do papi. É muito esquisito, eu quase não entendi nada, só entendo que também tem a palavra cona. E o poema desse tal de Marcial é assim:

> Falas que a boca dos veados fede.
> Se é verdade, Fabulo, como afirmas
> que olores crês que exala o lambe-conas?

É muito difícil pra mim, por que será que a boca dos bichinhos fede, hein, tio? E entendi isso sim a palavra cona, mas coninha é mais linda. Os poetas devem ser todos muito complicados porque a gente quase não entende o que eles falam, mas eu gosto mesmo é da poesia que o senhor escreveu pra mim, essa eu entendi. Quando eu for grande vou entender as outras, né, tio Abel? É claro que entendi a palavra lambe, disso a gente entende não é, querido Abelzinho? Hoje não posso escrever mais porque tenho muitas lições para fazer. Hoje o ditado é sobre o nordeste, aquele lugar que papi diz que todo mundo morre, e quando ele fala desse lugar, ele fica meio louco e usa uma palavra esquisita, ele fala assim: "Os filhos da puta desses políticos são todos uns escrotos". O que é escroto, hein, tio? São tantas palavras que eu tenho que procurar no dicionário, que quase sempre não dá tempo de procurar uma por uma. Mas deve ser uma palavra feia, porque filho da puta eu sei que é feio falar. Só putinha é que é bonita, e é mais bonita quando o senhor fala.

CARTA QUE O TIO ABEL ME MANDOU E QUE ESTOU COPIANDO NO MEU CADERNO ROSA

Minha libélula, minha rainha-menina, minha gazela de cona pequena, quero passar meu bico-pica nos teus um dia pelos-penas, tuas invisíveis plumas, chupa teu Abelzinho com tua boca de rosa, menina astuta, abre teu cuzinho de pomba, enterra lá dentro o dedo-pirulito de quem te ama, e pede mais, mais! esfrega tua bocetinha de minipantera na minha boca de fera, deixa a minha língua dançar nas tuas gordas coxinhas, minha boneca de seda, de açúcar com groselha, mija amornada na minha pica, sentadinha nela, defeca sobre minha barriga, Lorinha-estrela, bunda de neve, diz com a boca molhada de meu sêmen e do mel da tua saliva, diz que Lorinha quer mais, mais! minha menininha, a carta já está toda empapada, amanhã escrevo mais.

Teu Abelzinho.

A mamãe diz que a aura da casa está um lixo. Porque papi tem tido crises sem parar. De repente ele abre a porta e sai aos gritos pela casa dizendo:

"Corno da pica do Lalau, eu não vou conseguir ir até o fim!"

MAMÃE DIZ: "Fica frio, amor, vai sim".

PAPI DIZ: "Então esquenta a tua cona na porca da minha cadeira e vê se inventa qualquer coisa, meu deus, meu deus, eu nunca mais vou conseguir meter nem com você nem com nenhuma cadela, e quer saber? Tira a tua filhinha daí porque eu não aguento mais ver nenhuma menininha, ó meu deus que grande porcaria, que cagada de camelo".

MAMI DIZ: "Ela é nóóssa filhinha! Nóóssa!".

PAPI DIZ: "Ó senhor deus das menininhas!".

MAMI DIZ: "E quem sabe, meu amor, se você puser um menininho, um mocinho...".

PAPI DIZ: (AOS GRITOS) "Cora! Cora! E por que você não vai dar a tua cona pra um efebozinho e escreve a tua história, hein, Cora?".

MAMI DIZ: (AOS GRITOS) "AHHHH! É isso que você quer?".

PAPI DIZ: (AOS GRITOS) "E onde é que está aquele puto que foi viajar e me mandou escrever com cenários, sol, mar, ostras e óleos nas bocetas, a menina já está torrada de sol e varada de pica, ó meu deus, onde é que está aquele merda do Laíto que pensa que programa de saúde com ninfetas dá ibope, hein? Eu quero morrer, eu quero o 38, onde é que tá?".

MAMI: "Meu Deus, eu vou buscar o calmante".

Imaginem se dá pra eu escrever com essa gritaria de papai e mamãe! Meu Deus, eu sim é que falo meu deus. Mas eu vou continuar o meu caderno rosa, eu acho que ele está lindo, e que o tio Lalau vai adorar, porque eu conto a verdade direitinho como ele gosta.

Querido Abelzinho, quase não entendi a tua carta, mas por favor continue escrevendo, ando sempre com o dicionário na mão, não pergunto mais nada pro papi porque agora ele anda escrevendo o dia inteiro, mas a aura continua ainda atrapalhada. Mami diz que aura é uma espécie de clima da casa. Mas não dá também pra procurar todas as palavras que eles falam, senão eu não escrevo o meu caderno. Vou, isso sim, falar as coisas que você gosta que eu fale, e se eu ficar contando do clima da casa você não me manda mais presente, não é? Ontem veio aquele homem aqui, aquele que tinha me prometido as meias cor-de-rosa e não deu, mas você já deu, e então eu disse que você já tinha dado, ele disse que não fazia mal, que eu podia pôr qualquer meia cor-de-rosa, a sua ou a dele. Eu pus a sua. Ele é tão diferente de você, Abelzinho, o pau dele é meio pálido, e é bem mais fininho, mas ele também quis que eu beijasse ele, e eu beijei um pouquinho e ele me virou ao contrário, e enquanto eu beijava o pau fininho dele, ele me lambia, ele lambia e enfiava a língua no buraquinho de trás, esse que papai chama de cu, mas eu não acho cu mais bonito que buraquinho de trás. Depois ele mordeu com força a minha bundinha, e eu gemi um pouco mas gostei muito, é aquela dor sem dor, e ele me deu umas palmadinhas e esfregava minha bundinha nos pelos dele. Foi gostoso, mas não é tão gostoso como o senhor faz, mas eu fiquei inchada e molhadinha. Olha, tio, eu não encontrei a palavra bico-pica no dicionário. Tem bico e tem pica mas não tem do jeito que o senhor escreveu. E também não posso perguntar para o papai porque ele nem sabe que eu recebo as cartas do senhor, quem me ajuda nesse busílis (como a mamãe diz) é o menino preto que é um vizinho. Depois eu conto na outra carta do menino preto que é lindo. Mami chamou pra tomar leite com biscoito e bolo. Hoje tem bolo de chocolate.

Tua Lorinha

SEGUNDA CARTA DO TIO ABEL QUE EU COPIEI NO MEU CADERNO ROSA

Minha pomba rosa, minha avezinha sem penas, minha boneca de carne e de rosada cera, os cabelos castanhos de seda roçando a cintura, meu cuzinho de amoras, a boca de pitanga mordiscando o rosa brilhante da minha pica sempre gotejando por você, princesinha persa. Ontem mandei tecidos vermelhos e dourados para você se enrolar quando estiver sozinha e pensando em mim, e mandei também duas argolinhas de ouro para as tuas orelhinhas. Olhe, se alguém te chupar pede pra chupar em meu nome, porque meu ciúme é passageiro, o melhor é a tua e a minha fome de lascívia, te adoro menininha, sonho com a tua vulva tão pequena, mas agora tão mais gordinha de tão manuseada e esfregada e lambida. Quando estivermos juntos de novo vou te ensinar a montar em mim como uma macaquinha e ficar ralando tua bocetinha no meu peito e na minha boca, lindíssima Soraia pequenina, olhinhos de amêndoas frescas, sovaquinho de leite... ó meu deus, já estou esporrando, perdão putinha, a carta vai de novo manchada.

Teu Abel

Tio Abel, antes de responder direito, como o senhor gosta, as suas cartinhas, tenho que contar que tive que combinar com o menino preto, nosso vizinho mais perto daqui, pra ele levar minhas cartas no correio, ele é muito esperto, muito inteligente, assim como a tua Lorinha, e você precisa mandar as cartas pro endereço dele, senão papai e mamãe vão querer saber o que a gente escreve, e eu não quero mais que nenhum dos dois pegue no meu caderno, e então te mando o endereço do Juca:

R. Machado de Assis, 14. E o nome do menino é José de Alencar da Silva. Só que aconteceu uma coisa. Ele perguntou se eu era tua namoradinha e eu disse que sim. Então ele parece que também quer me namorar um pouco. Ele disse que se eu namorar com ele, ele não conta nada pro papi e pra mami. Ele tem onze anos, é muito bonzinho. Ele disse também que eu sou uma belezinha. Hoje veio um senhor bem velho, viu tio, e ele quis que eu fizesse cocô em cima dele mas eu não estava com vontade de fazer cocô. Aí eu perguntei se não servia xixi, e ele disse que servia sim. Aí ele ficou embaixo da minha coninha e de boca bem aberta, e todo o meu xixi ia perto da boca dele, mas eu não consegui acertar dentro da boca como ele queria porque eu ri tanto e não dava certo. O Abelzinho dele (ai, desculpa, tio), o pau dele era muito molinho, ele pediu pra eu segurar aquelas bolotas que o senhor também tem, mas não tinha nada dentro das bolotas, era tudo murcho e vazio. Depois ele ficou muito vermelho e eu tive que dar água pra ele, ele só falava assim pro pau dele:

"Seu bosta, seu merda, nem assim?"

Ficava repetindo isso e deu um tapa no pauzinho dele, mas deu muito dinheiro pra mim, mais que você dá. Mas eu gosto muito de você, e isso do cocô você não me explicou que tem gente que pode gostar tanto assim de cocô. Agora mamãe me chamou pra tomar o lanche. Eu continuo depois do lanche. Mami diz que gosta que eu estude tanto!

Voltei do lanche. E quero falar que as cartas que o senhor me manda são um barato. Parece língua estrangeira, mas eu leio alto, não muito, fechada no meu quarto, e parece uma língua diferente, muito mais bonita. Quando eu crescer eu quero escrever assim como as cartas que o senhor manda. Por que o senhor também não faz um livro com a máquina do tio Lalau? Será que o papai escreve assim também? Olha, tio, não sei se o senhor vai achar gostoso, mas o menino preto, quando eu fui falar com ele lá perto da estrada, disse que a gente podia namorar um pouco. Eu fui, e você não sabe como é bonito pau preto. Ele se chama José, mas chamam ele de Juca. Ele também pegou na minha coninha e quis espiar, e aí ele tirou o pau lindo preto, e a gente fez como o médico, ficou se olhando. Depois ele quis passar a língua em mim, e a língua dele é tão quente que você não entende como uma língua pode ser quente assim. Parecia a língua daquele jumento do meu sonho, da história que o senhor mandou. Sabe que eu estou fazendo uma confusão com as línguas? Não sei mais se a língua do Juca foi antes ou depois da língua daquele jumento do sonho. Mas será que essa é a língua trabalhada que o papi fala quando ele fala que trabalhou tanto a língua? Eu e Juca ficamos lá no mato peladinhos, e eu ensinei ele a me lamber como o senhor me lambe, porque ele tinha a língua quente mas ela ficava parada, não rebolava a língua como você faz. É que ele ainda é pequeno né, tio? Vou ensinar ele também como ele pode pôr o dedo no meu buraquinho de trás, e vou fazer muito xixi gostoso com aquele dedo preto tão lindo que ele tem. Mas não na boca dele, coitado.

Tua Lorinha

Papi hoje teve uma crse grande, quero dizer crise grande. Ele falou pra mami que quer morar no quintal, que não aguenta mais cadeiras, mesas, livros, camas, e que nunca ele vai conseguir escrever o merdaço que o salafra do Lalau quer, que está tudo um cu fedido (nossa, papi!). Mamãe perguntou se ele não quer ir pra praia e ele disse por favoooor, Cora, que ele só quer morar no quintal, e que a vida é um lixo podre, que ele quer beber e foder (assim que ele disse) com as cadelas da vida, e dar o rabo dele (papi não está mesmo bem) pra qualquer jumento (outra vez a historinha do jumento), e meter a pica dele numa porca qualquer. Aí mami ficou de olho esbugalhado, e eu estava espiando e ela não sabia, então a mami ficou de olho esbugalhado e perguntou se ele não queria água com açúcar. Ele disse que queria o revólver, ou cicuta (não sei o que é) ou curare (o que é, hein, tio Abel?) ou uma espada pra fazer o sepucu (meu Deus, o que será?), e aí mami se ajoelhou na frente dele, abraçou as pernas dele e disse que achava que o relato estava muito bom, que pode até dar um filme pornozinho, ela disse também:

"Até teatro, amor! Teatrinho pornô!"

E disse também que ela jurava que ele é melhor que o Gustavo e o Henry e o Batalha. Só sei muito bem quem é o Mercúrio que o tio Abel explicou mas parece que não era esse que eles falaram por causa da língua inchada. Aí mamãe falou assim:

"Meu amor, você é um gênio, teus amigos escritores sabem que você é um gênio."

Aí papi ficou bem louco e disse:

"Gênio é a minha pica, gênios são aqueles merdas que o filho da puta do Lalau gosta, e vende, VENDE!, aqueles que falam da noite estrelada do meu caralho, e do barulho das ondas da tua boceta, e do cu das lolitas."

Aí mamãe falou pra ele se ontolar, quero dizer se controlar, e papi falou que ia se ontolar pra não matar o Lalau, e fazer ele, o Lalau, engolir aqui ó, com a porra da minha pica (a de papi) todos os livros dos punheteiros de merda que ele gosta, que ele papi vai morar em Londres LONDRES! e aprender vinte anos o inglês e só escrever em inglês porque a fedida da puta da língua que ele escreve não pode ser lida porque são todos ANARFA, Cora, ANARFA, Corinha, e depois todo espumado gritou:

"Eu sou um escritor, meu Deus! UM ESCRITOR! UM ES CRI TOR!!!, vou fazer um pato (o que será, hein, tio?) com o demônio, vou vender a alma pro cornudo do imundo!"

Meu Deus, papi, eu vou fazer a primeira comunhão o mês que vem e fiquei agora muito assustada. Mamãe disse que vai dar uma injeção nele, que tudo ia passar, e que ele não podia gritar assim pra não assustar a menina. Aí ele gritou:

"Nada assusta a menina! Nem grito nem pica!"

Então mamãe avançou com a injeção e ele se agachava e gritava pra ela:

"Vem cornudo imundo, vem!"

Então mamãe falou pra ele abaixar as calças, ele não abaixou, então ela abaixou as calças do pai e ele está dormindo agora. Meu Deus, tio Abel, que gente! que casa! E o que será fazer o pato com o demônio? O papi vai comer o pato com o diabo, é isso, tio Abel?

CARTA DO TIO ABEL QUE EU ESTOU PASSANDO NO MEU CADERNO ROSA

Minha princesinha persa. Hoje a bolsa despencou e perdi meus últimos tostões. (Isso depois eu te explico.) Então resolvi andar um pouco pela cidade para distensionar (depois te explico) e encontrei um lindo circo nos arredores. E entrei, e um elefante nenê levantou a tromba pertinho de mim. Sabe o que eu pensei? Pensei que gostaria de ter a pica assim rombuda para você sentar inteirinha em cima, você, Lorinha, vestida com os tecidos de púrpura que eu te mandei e com as lindas argolinhas de ouro. Já furou as orelhinhas? O lindo seria pôr uma argolinha assim na tua cona gordinha, só na beiradinha do lábio lá dentro (acho que alguém já teve essa ideia), e você sempre se lembraria de mim quando um dia Lorinha, mulher-feita, sentisse uma pica lá dentro. Ia talvez machucar só um pouquinho, mas a lembrança de nossas carícias, a lembrança dessa você de antes, você-menina putinha e deliciosa, te faria encharcada de gozo. Ontem não aguentei de desejo por você e fui procurar uma mulher. E na hora que eu enfiei o meu pau na boceta da mulher comecei a gemer: minha princezinha persa, minha adorada princezinha. Aí a mulher parou tudo na hora e falou: ah, não, cara, se tu fode com princesa o preço é outro. Tentei explicar que era tudo um sonho, só uma vontade de, mas a mulher invocou, e começou a falar sem parar: que ela também já teve outro homem que era muito rico e que esse homem queria que ela tivesse imaginação, imagine ela! e que era preciso a cada trepada contar a história do homem de pau grande, que infelizmente ela nunca tinha tido, ele vivia repetindo na hora H, conta Jezabel (ela se chama Jezabel), conta a história do homem de pau grande. E que aquilo era uma chateação, mas como o homem era muito rico ela tinha que ficar pensando pra danar, e que um dia ela se encheu e disse pro homem: quer saber? você é que devia ter um pau grande e pôs o cara pra correr. Hoje a carta não é bonita, estou deprimido porque perdi os tais últimos tostões (acho que você não vai mais gostar de mim), e porque sinto muita saudade e queria pôr você em cima do meu pau-tromba e ficar te ninando, até você dormir. Beijo tua coninha, Lorinha adorada, sonha com teu Abelzinho quando você for para sua caminha cor-de-rosa. Abre bem a boca de pitanga e pensa que ele vai ficar aí dentro a noite inteira.

Teu Abel

Querido tio Abel:

as tuas cartinhas estão sempre mais difíceis. Mas eu gosto assim mesmo, tem muita palavra bonita. A última, menos. Primeiro quero contar pra você todas as coisas que compraram pra mim. Duas bonecas lindas que eu vesti com os panos que o senhor mandou. Elas também têm coninha, as bonequinhas. Depois mamãe mandou fazer umas cortinas de um pano lindo cor-de-rosa, cheio de lacinhos pintados. Ai, tio, eu não quero que você fique pobre, é tão gostoso ter dinheiro, tão tão gostoso que ontem de noite na minha caminha, eu peguei uma nota de dinheiro que a mamãe me deu e passei a nota na minha xixiquinha, e sabe que eu fiquei tão molhadinha como na hora que o senhor lambe? sabe por que eu fiz assim? eu pensei assim: se o dinheiro é tão bonzinho que a gente dando ele pra alguém a outra gente dá tanta coisa bonita, então o dinheiro é muito bonzinho. E eu quis dar um presente pro dinheiro. E um bonito presente pro dinheiro é fazer ele se encostar na minha xixiquinha, porque se você, e o homem peludo, e o outro, e o Juca também gosta, ele, dinheiro, também gosta né, tio? O senhor gostou de eu inventar xixiquinha em vez de xixoquinha? Olha, tio Abel, ontem fui encontrar outra vez com o Juca, o José. Nossa, Abelzinho, você sabe que ele pôs a língua dentro do buraquinho do meu nariz? E do buraquinho da minha orelha? Acho que é por isso que todas as mamães mandam a gente lavar a orelha. Que gostoso isso da gente ter tantos buraquinhos. Depois o Juca mandou eu ficar de quatro igual aos cavalinhos, os cachorrinhos, as vaquinhas, e quis enfiar só um pouco o abelzi-

nho dele (desculpa, tio), o pau preto dele lá dentro, e aí eu até caí de tão gostoso, eu caí como essa palavra aí atrás caiu, deu uma vontade de ir no banheiro só com aquele pouquinho que ele pôs, mas é muito mais grosso que o seu dedinho, tio, mas o Juca falou: não cabe não, Lorinha, você precisa crescer pra caber. Eu não sabia que cu também cresce, mas o Juca falou: tá na cara, sua boba, que cresce. O senhor não fica bravo porque eu gosto do Juca né, tio? Ele tem um cheiro lindo, e um gosto de melado também. Melado é aquele mel preto que é mais gostoso que o amarelo. Hoje, sabe, tio, eu também não estou muito contente, e uma coisa que eu sinto que parece que vai acontecer um clima, uma aura, como a mami diz. Papai só diz que está escrevendo uma porcaria daquelas. Mas que o Lalau anda muito contente. Ele mudou muito, o papi, de vez em quando ele abre a janela que dá pra vizinhança lá longe e grita: que cu, Santo Deus, que cu. Ainda bem que o vizinho mais perto daqui é o Juca e a mãe dele. E a mãe dele acho que nem sabe o que é isso. Ela é muito pobre. Pro Juca eu já contei que o papi está assim porque ele está escrevendo pra um homem que chama Lalau e que tem a máquina de fazer livro.

Tua Lorinha

Não tenho mais meu caderno rosa. Mami e papi foram pra uma casa grande, chamada casa pra repouso. Eles leram o meu caderno rosa. Estou com o tio Toninho e a tia Gilka. Eles pediram pra eu escrever pra papi e mami explicando como eu escrevi o caderno. Então eu vou explicar.

Querido papi e querida mami:
Tio Toninho e tia Gilka têm sido muito bonzinhos e me pediram pra eu escrever esta cartinha pra vocês, explicando tudo bem direitinho. Sabe, papi, tudo bem direitinho também não dá pra explicar. Eu só queria muito te ajudar a ganhar dinheirinho, porque dinheirinho é bom, né, papi? Eu via muito papi brigando com tio Lalau, e tio Lalau dava aqueles conselhos das bananeiras, quero dizer bandalheiras, e tio Laíto também dizia para o senhor deixar de ser idiota, que escrever um pouco de bananeiras não ia manchar a alma do senhor. Lembra? E porque papi só escreve de dia e sempre tá cansado de noite, eu ia bem de noite lá no teu escritório quando vocês dormiam, pra aprender a escrever como o tio Lalau queria. Eu também ouvia o senhor dizer que tinha que ser bosta pra dar certo porque a gente aqui é tudo anarfa, né, papi? e então eu fui lá no teu escritório muitas vezes e lia aqueles livros que você pôs na primeira tábua e onde você colou o papel na tábua escrito em vermelho: BOSTA. E todas as vezes que dava

certo de eu ir lá eu lia um pouquinho dos livros e das revistinhas que estavam lá no fundo, aquelas que você e mami leem e quando eu chegava vocês fechavam as revistinhas e sempre estavam dando risada. Eu levei umas pouquinhas pro meu quarto e escondi tudo, também o caderno eu escondi lá naquele saco que tem as minhas roupinhas de nenê que a mami sempre diz que vai guardar de lembrança até morrer mas nunca mexe lá. Por que vocês mexeram lá? Mas eu já desculpei vocês. E nessas revistinhas tem as figuras das moças e dos moços fazendo aquelas coisas engraçadas. E também quando você comprou a outra televisão junto com o aparelhinho que todo mundo lá na escola já sabe fazer funcionar, eu também ligava tudo direitinho, e vi aquelas fitas que vocês se trancam lá quando você já está cansado, de tardezinha. Eu punha baixinho as fitas. Não incomodei o sono de vocês, né, papi? E também eu peguei alguns pedacinhos da tua história da mocinha, mas fiz mais diferente, mais como eu achava que podia ser se era comigo. Tio Toninho veio aqui agora e leu e disse que eu não preciso explicar tão direitinho. Bom, papai, eu só copiei de você as cartas que você escreveu pra mocinha mas inventei o tio Abel. Porque Caim e Abel é um nome do catecismo que eu gostei. Mas eu copiei só de lembrança as tuas cartinhas, eu ia inventar outras cartinhas do tio Abel quando eu aprendesse palavras bonitas. E as folhas da moça e do jumento eu devolvi lá no mesmo lugar, essa história eu também copiei como lembrança, porque você não ia me dar pra ler quando saísse na máquina de fazer livro do tio Lalau. É a primeira história do teu caderno negro, né, papi? Sara logo, papi, porque eu ouvi você dizer que tem que escrever dez histórias pro teu caderno e só tem uma.

Papai, no dia que vocês pegaram o meu caderno rosa eu ouvi o tio Lalau dizer depois da mami desmaiar lendo uns pedaços, eu ouvi assim ele dizer:

"Isto sim é que é uma doce e terna e perversa bandalheira!" (desculpe, papi, bananeira. Eu sempre me atrapalho com essa palavra.) Perversa eu vou ver o que é no dicionário. Essas curvinhas, que eu li na gramática que chamam de parentes, eu também aprendi a entender, e fazer, lendo os outros que estão na segunda tábua: o Henry, e aquele da moça e do jardineiro da floresta, e o Batalha que eu li o Olho e A Mãe. Mas eu gostei mais da tua moça e o jumento porque é mais bosta né, papi?

Eu também ouvia tudo o que você e mami e tio Dalton, e tio Inácio e tio Rubem e tio Millôr falavam nos domingos de tarde. Eu acho lindo todos esses tios que escrevem. Eu adoro escrever também, papi. Eu adoro você. E desculpe eu inventar que você gosta de lamber a mami, eu não sabia que você não gostava. E desculpe, mami, de inventar que você lia e me ensinava as coisas do meu caderno. Parece mesmo que vocês não gostaram, mas eu não escrevi pra vocês, eu escrevi pro tio Lalau. Eu queria também escrever a história do príncipe e de um outro He-Man mas que vai lamber a princesa. Tia Gilka disse que agora é pra parar a cartinha, e agora eu estou ouvindo ela dizer pro tio Toninho que com a minha cartinha vocês vão ficar mais tempo aí. Então vou parar, e vou sim, mami, no sicólogo que você queria chamar um pouco antes de desmaiar na minha segunda página. Eu quero que a gente volte pra casa logo bem contente e sarados. Ó papi e mami, todo mundo lá na escola, e vocês também, falam na tal da cratividade, mas quando a gente tem essa coisa todo mundo fica bravo com a gente. Lambidinhas pra vocês também...

Lori

Querido tio Lalau: o senhor foi o único que falou uma coisa bonita do meu caderno rosa. Que agora eu não lembro mais mas na hora que o senhor falou eu gostei. Sabe, tio, queria muito que o senhor guardasse um segredo comigo. Eu ainda estou na casa do tio Toninho e da tia Gilka e papi e mami estão lá onde o senhor sabe, na casa grande de repouso. Eles estão demorando pra repousar, não é, tio? Mas olha, tio, o segredo é que eu estou escrevendo agora histórias pra crianças como eu e só quero mostrar para o senhor pra ver se essas também o senhor quer botar na máquina. Eu acho que elas são lindas! São histórias infantis, sabe, tio. Se o senhor gostar, eu posso fazer um caderno inteiro delas. O nome desse meu outro caderno seria: O cu do sapo Liu-Liu e outras histórias.

PRIMEIRA HISTÓRIA

O sapo Liu-Liu tinha muita pena de seu cu. Olhando só pro chão! Coitado! Coitado do cu do sapo Liu-Liu! Então ele pensou assim: Vou fazer de tudo pra que um raínho de sol entre nele, coitadinho! Mas não sabia como fazer isso. Conversando um dia com a minhoca Léa, contou tudo pra ela. Mas Léa também não sabia nada de cu. Vivia procurando o seu e não achava.

— Tá bem, vá, então cê não tem esse problema — disse Liu-Liu.

— Mas não fica bravo, Liu-Liu, eu vou me informar. Vou saber como você pode fazer pra que um raínho de sol entre no teu fiu-fiu.

— Que beleza, Léa! Fiu-fiu é um nome muito bonito e original!

— Não seja bobo, Liu, todo mundo sabe que cu se chama fiu-fiu.

— Ah, é? Pois eu não sabia.

Então Léa viajou pra encontrar a coruja Fofina que tinha fama de sabida. Fofina pensou pensou pensou, abriu velhos livros, consultou manuscritos, enquanto Léa dormia toda enrolada.

— Acorda, Léa! Achei! — disse Fofina. A minhoca Léa ficou toda retesada de susto.

— Relaxa, relaxa! — disse Fofina.

— Olha, Léa, Liu-Liu tem que aprender uma lição lá da Índia — disse Fofina.

— Eu tenho medo de índio — disse a minhoca Léa.

— Não seja idiota, Índia é uma terra que fica longe daqui.

— Ah, então tá bom — disse Léa.

— Olha, Léa, lá na Índia eles se torcem tanto que engolem o próprio cu.

— Credo! E como é que o cu sai?

Bem, isso é outra história que eu tenho que estudar, mas o Liu-Liu tem que ficar com a cabeça pra baixo, e as pernas de trás pra cima.

Assim

Fofina ficou vermelha como um peru e não conseguiu mostrar o exercício pra minhoca Léa, mas Léa entendeu, e foi tentando contar tudo a Liu-Liu. Demorou três dias, mas chegou.

Foram meses muito difíceis para o sapo Liu-Liu. Mas toda a sapaiada ficou torcendo pra ele. E quando o primeiro raínho de sol entrou no fiu-fiu de Liu-Liu foi aquela choradeira de alegria. Hoje até no lago Titicocu todo sapo que se preza toma sol no fiu-fiu. E o país do Cuquente, onde mora o Liu, desde então é uma festa! Do dia ao poente!

SEGUNDA HISTÓRIA

Quando o cu do Liu-Liu olhou o céu pela primeira vez, ficou bobo. Era lindo! E ao mesmo tempo deu uma tristeza! Pensou assim: eu fiu-fiu, que não sou nada, sou apenas um cu, pensava que era Algo. E nos meus enrugados, até me pensava perfumado! E só agora é que eu vejo: quanta beleza! Eu nem sabia que existia borboleta! Fechou-se ensimesmado. E fechou-se tanto que o sapo Liu-Liu questionou: será que o sol me fez o cu fritado?

TERCEIRA HISTÓRIA

Era uma vez uma mosca chamada Muská. Ela se achava um bicho repelente. Cada vez que se olhava no espelho ela chorava. Um dia Muská encontrou a comadre Vertente. Vertente era cheia de cascata, linda, lisa e lavada.

— É, comadre Vertente, como é que é ser assim como gente?

— Não me ofenda, Muská, gente é repelente!

— Cê acha?

— Cê pode até não achá, Muská: quem sai aos seus não degenera, Muská véia.

E muito encrespada deu-lhe uma bela lavada!

(Tio Lalau: essa é pra pensar. "Funda e tênue", como diz papi. E como nas fábulas do tio La Fontêne.)

HISTORINHA ESOTÉRICA CHILENA (*)

Pau d'Alho era um rei muito feliz porque tinha duas cabeças. Dava tempo pra pensar duas vezes mais em seu povo. O povo sabia das qualidades raras do rei Pau d'Alho e adorava-o. Ele era rei da Alhanda. Mas um dia o mago da corte disse ao rei: a bruxa Ciá quer cortar as duas cabeças de Vossa Alteza. Todo o povo rezou rezou mas não adiantou. E o rei Pau d'Alho morreu com duas cabeças e tudo.

Moral da história segundo um cara quente: "A perfeição é a morte".

(*) Tio Lalau: os tios que vinham aqui em casa conversavam muito sobre esse lugar chileno.

Lori Lamby

Papi, tô te devolvendo a poesia que o senhor escreveu, que eu também roubei (desculpe) daquelas prateleiras escrito Bosta. Repousa bastante, tá?

(Tó, Lalau, isto é pra você)

Araras versáteis. Prato de anêmonas.
O efebo passou entre as meninas trêfegas.
O rombudo bastão luzia na mornura das calças e do dia.
Ela abriu as coxas de esmalte, louça e umedecida laca
E vergastou a cona com minúsculo açoite.
O moço ajoelhou-se esfuçando-lhe os meios
E uma língua de agulha, de fogo, de molusco
Empapou-se de mel nos refolhos robustos.
Ela gritava um êxtase de gosmas e de lírios
Quando no instante alguém
Numa manobra ágil de jovem marinheiro
Arrancou do efebo as luzidias calças
Suspendeu-lhe o traseiro e aaaaaiiiiiii...
E gozaram os três entre os pios dos pássaros
Das araras versáteis e das meninas trêfegas.

Papi, o que é refolho robusto, hein?
E robusto bastão, hein?

Contos d’escárnio

—

Textos grotescos (1990)

A meus amigos

Gutemberg Medeiros
José Luís Mora Fuentes
José Otaviano Ribeiro de Oliveira
Leusa Araújo
Luíza Mendes Furia,
cúmplices do Despudor
da Poesia
e do Riso

Mais vale um cão vivo do que um leão morto.

ECLESIASTES

MEU NOME É CRASSO. Minha mãe me deu tal nome porque tinha mania de ler *História das civilizações*. E se impressionou muito quando leu que Crasso, um homem muito rico, romano, foi degolado e teve a cabeça entupida de ouro derretido por algum adversário de batalha e conceitos. Mamãe morreu logo depois de me dar esse nome. No dia seguinte ao meu batismo. Dizem que foi um ataque fulminante, que eu estava logicamente no berço ou no peito quando ela falou: Crassinho. Suspirou e morreu. Era linda, elegante, gostosa, segundo papai, que morreu um mês depois. Só que a morte dele foi diferente. Morreu em cima de uma mulher nada elegante mas muito mais gostosa que mamãe, segundo me disseram. A mulher era uma puta, daquelas rebolantes, peitudas, tetas em riste. Os homens gostavam assim naquela época. A puta saiu do quarto aos gritos, os peitos balançando iguais a dois lindos melões se os melões nas ramas rasteiras balançassem. Papai morreu no bordel. Foi aquela gritaria, depois sussurros, depois silêncio, depois a funerária saindo, quero dizer, o agente funerário saindo e logo depois entrando com o caixão e tudo e saindo de novo. Um horror. Fui criado pelo meu tio Vlad, ninguém sabe o porquê desse nome, brasileiro e fazendeiro. A mãe dele deve ter lido o que para lhe dar esse nome? Lembrei-me agora: a mãe de tio Vlad era apaixonada por Vladimir Horowitz. Bem. Resolvi escrever este livro porque ao longo da minha vida tenho lido tanto lixo que resolvi escrever o meu. Sempre sonhei ser escritor. Mas tinha tal respeito pela literatura que jamais ousei. Hoje, no entanto, todo mundo se diz escritor. E os outros, os que leem, também acham que os idiotas o são. É tanta bestagem em letra de fôrma que pensei, por que não posso escrever a minha? A verdade é que não gosto de colocar fatos numa sequência ortodoxa, arrumada. Os jornais estão cheios de histórias com começo, meio e fim. Então não vou escrever um romance como ... *E o vento levou* ou *Rebeca*, *Os sertões* e *Anna Kariênina* então nem se fala. Os verbos chineses não possuem tempo. Eu também não. A minha primeira safadeza foi meio atrasadinha. Eu já havia completado dezoito anos, mas sempre fui muito tímido, talvez por causa do nome, talvez por causa do jeito que papai morreu. Todo mundo quando me via dizia: lá vai o Crasso, filho daquela da crassa putaria. Eu ficava com os olhos úmidos mas logo em seguida, apesar da minha timidez, mostrava o pau.

Otávia tinha pelos de mel
A primeira vez que me beijou a caceta
Entendi que jamais seria anacoreta
Não me beijou com a boca
Me beijou com a boceta.

Dessa Otávia me lembro agora. E já nem sei se devo continuar a minha história aí de cima. Otávia é um nome muito bonito. Um nome-mulherão. Ah, tudo que eu fiz com e por Otávia. Ela tinha trinta anos e todas as sugestões que o nome carrega: altivez, um pouco de fúria, cabelos negros, olhos grandes, escuros, e dizer Otávia na hora do gozo é como gozar com mulher e ao mesmo tempo com general romano, com rapagão e com Otávia inteira mulher de general. Gosto muito de mulheres grandalhonas e peitudas, como papai gostava, e belas e consistentes mãos que saibam acolher um caralho. Na minha primeira bandalheira a mãozinha fofa e curta de Lina foi insuficiente. Tive que sobrepor a minha mão à sua porque a cadelinha além de dizer que nunca havia visto uma pica também se recusava a ver. Virava a loira cabeça para o lado e fazia cara de nojo. Era uma poetisa lá da minha terra. Rimava balões com sultões, meio metidinha a sebo, magra mas com umas tetas de gente grande. Como aquela punheta a quatro mãos não dava certo, espremi minha cara entre os dois suculentos melões e fui metendo desengonçado e suarento. Ela não dava um pio. Nem suspirava nem gemia. Assim que esporrei quis ver a cara de Lina. Estava de olhos abertos olhando o teto. Quero dizer o céu, porque foi no campo essa insossa trepada. Ao lado de uma amoreira. Não fiquei embaixo da amoreira de medo que aquelas frutinhas despencassem e se esborrachassem nas minhas nádegas. Sempre me impressionei com a cor vermelha.

foi bom pra você, Lina?

doeu.

só isso?

Aí veio a surpresa. A Lina magricela poetisa e peituda desabotoou uma linguagem digna de estivador: puta que pariu, caralho, eu era uma donzela seu bastardo escroto!

Fiquei besta. Tentei acalmá-la dizendo que "como é que eu podia saber e por que não me disse etc.". Aí começou a chorar. Coisa de donas. Depois daquele palavrório, o meloso interiorano-anacrônico:

você não gosta de mim

gosto sim

gosta nada seu taradinho

Comecei a alisar suas douradas melenas quando inopinadamente Lina abocanhou meu pau e começou a chupá-lo com tamanha técnica que esporrei pela segunda vez, rápida e fartamente. As surpresas sempre me acompanharam a vida. Otávia por exemplo gostava de apanhar. A primeira vez que "a fodi" (ou que "fodi-a" ou que "fui fodê-la", é melhor?) enganei-me na tradução de seu breve texto. Ela me disse: me dá uma surra. Entendi que era uma surra de pau. E fui metendo, me aguentando longamente para não esporrar, pensando na mãe morta, no pai morto, na missa de sétimo dia do tio Vlad, que depois eu conto como ele morreu, e nesse todo patético deprimente que é morte e doença. Aí ela me interrompe a meditação ativa, dura e disciplinada:

surra, amor, eu disse. Surra, meu bem.

Então entendi. Meti-lhe a mão na cara quatro, cinco vezes. Otávia rosnava langorosa. A cada bofetão um ruído grosso e fundo. Era cínica também. Naquela época eu já era muito rico (havia bolado uma espécie de brigada de bombeiros, um empreendimento novo, e negociava os serviços ou os prédios ameaçados. Tornei-me proprietário de vários prédios e os alugava rentavelmente). Otávia sabia que eu era louco por aqueles seus ruídos extravagantes durante o prolongado orgasmo. E algumas vezes me dizia enquanto retinha meus ovos no côncavo de suas grandes mãos, e eu já relaxado: cada urro tem seu preço, viu, amorzinho? Cínica Otávia. Mas nenhuma outra mulher era dona desse gorgolejo na garganta. Era mais do que uma rosnada langorosa. Vinha do fundo de águas negras, mas era também pungente e prazeroso. Como se você estivesse fodendo uma onça-mulher filhote. Só de pensar nisso, ainda agora, aos sessenta, minha pálida vara endurece um pouco.

O que eu podia fazer com as mulheres além de foder? Quando eram cultas, simplesmente me enojavam. Não sei se alguns de vocês já foderam com mulher culta ou coisa que o valha. Olhares misteriosos, pequenas citações a cada instante, afagos desprezíveis de mãozinhas sabidas, intempestivos discursos sobre a transitoriedade dos prazeres, mas como adoram o dinheiro as cadelonas! Uma delas, trintona, Flora, advogada que tinha um rabo brancão e a pele lisa igual à baga de jaca, citava Lucrécio enquanto me afagava os culhões e encostava nas bochechas translúcidas a minha caceta: ó Crasso (até aí é texto dela) e depois Lucrécio: "O homem que vê claro lança de si os negócios e procura antes de tudo compreender a natureza das coisas". A natureza da própria pomba ela compreendia muito bem. Queria umas três vezes por noite o meu pau rombudo lá dentro. E antes desse meu esforço queria também a minha pobre língua se adentrando frenética naquela caverna vermelhona e úmida. Empapava os lençóis. Era preciso enxugá-la com uma bela toalha felpuda antes de meter na dita-cuja. Na hora do gozo ria.

isso não é normal, Flora.

bobinho! isso é vida, alegria, o amor é alegre, Crassinho.

Histérica e sabichona dava gritinhos e rápidos aulidos, e quando tudo acabava, sentava-se sóbria na beirada da cama:

as causas judiciais demoram tanto para serem solucionadas, meu Crasso, tem algum numerário aí para mim? assim que receber dos meus clientes te pago. O seu único cliente era eu e claro que eu pagava. Afinal não me fazia mal ouvir Lucrécio de vez em quando, se a atriz discursante era dona daquela pomba molhada e faminta. Claro que nem todas as soi-disant cultas são assim tão chatas. Tive as cultas refinadas e originais também. Mas que mão de obra, meu pai! Uma delas é inesquecível. Josete. Inesquecível por vários motivos. Mas principalmente pelo gosto exótico na comida e no sexo. Ela adorava tordos com aspargos. E pastelões de ostras. Era preciso que eu telefonasse uma semana antes para os *maîtres* dos tais restaurantes. Tordo?! Nunca sabiam se era um pássaro ou um peixe. Eu imagino hoje que ela sempre acabava comendo um sabiá. Com aspargos. O pastelão de ostras era mais fácil. Mas os vinhos para acompanhar aquilo tudo! Josete entendia de vinhos como se tivesse nascido embaixo duma parreira de Avignon. Depois desse inferno todo, ainda tínhamos que dançar, porque é delicioso dançar com você, amor, se você tivesse mais tempo...

tenho todo o tempo do mundo, querida (talvez tivesse, mas nem tanto!)

Tinha mania de uma música: *You've changed*, e era aquela xaropada até às duas da manhã mais ou menos, quando eu já havia mergulhado meus dedos várias vezes na sua suculenta xereca. Abria discreta e elegante as pernas nas boates, embaixo da mesa, enquanto engolia com avidez aqueles vinhos caríssimos. Sorrindo soltava um pífio arroto de tordos e ostras abafado entre seus dois dedinhos, enquanto os meus (dedos, naturalmente) beliscavam-lhe a cona. Muitas beliscadinhas, muito dedilhado até que ela gozava escondendo o gozo e simulando um segredo e enchendo de bafo, gemidos e saliva a concha do meu ouvido. Eu dizia com a caceta dura e espremida entre as calças:

vamos embora, hein bem?

tá tão gostoso, amor

eu sei, Josete, mas olha só o meu pau

não seja grosso, Crasso

E aí eu tinha que começar tudo de novo, não sem primeiro ouvi-la pedir as sobremesas e os licores. Depois de Josete ter gozado umas dez vezes entre sabiás e musses e álcoois dos mais finos que me custavam um caralhão de dinheiro, levantava-se garbosa, Espártaco antes da derrocada final, naturalmente. Eu ia atrás meio cego mas ainda sedento. Um tal de Ezra Pound, poeta norte-americano, era o xodó de Josete. Ô cara repelente. Um engodo. Invenção de letrados pedantescos. No primeiro dia que ela citou o tal poeta eu lhe disse: meu tio Vlad, quando eu era molequinho, tinha crises de loucura quando ouvia esse aí falando numa rádio italiana. O cara era um bom fascistoide, você sabia?

bobagens, Crassinho, o homem foi um gênio.

Para agradá-la, pedi que me emprestasse algum livro dele. Emprestou *Do caos à ordem*, cantar XV. Aquilo era uma pústula, uma privada de estação em Cururu Mirim. Senão, vejam:

O eminente escabroso olho do cu cagando moscas,
retumbando com imperialismo
urinol último, estrumeira, charco de mijo sem cloaca,
.... o preservativo cheio de baratas,
tatuagens em volta do ânus
e um círculo de damas jogadoras de golfe em roda dele.

Josete adorava. Os olhinhos cor de alcaçuz, úmidos, tremelicavam. A boca repetia lentamente (em inglês, lógico) esses últimos dois versos do tal gênio: "*tattoo marks around the anus, and a circle of lady golfers about him*".

Eu achava um lixo, mas não queria me desentender com toda aquela boceta-chupeta que literalmente, quando ativada, abraçava e quase engolia o meu pau.

tudo bem, Josete, se você gosta... de *gustibus et coloribus* etc.

pois gosto tanto, amor, que vou te mostrar a que ponto vai minha reverência por esse autor admirável.

Abatido, já me imaginei desperdiçando aquelas horas a folhear idiotias, ainda mais em inglês. Estávamos no apartamento de Josete. Pensei: é agora que ela vai se levantar e esparramar os livros do nojento aqui na cama. E adeus mesmo, vou inventar uma súbita náusea e me mando. *Surprise!* Ah, como a vida me encheu de surpresas! Josete deitou-se de bruços e ordenou lacônica: pegue aquela grande lupa lá na minha mesinha.

Lupa?

Lupa, sim, Crassinho.

Então peguei.

Faz um favor, benzinho, abra o meu cu.

Como?

Oh, Crassinho, como você está *ralenti* esta noite.

E o que eu faço com a lupa?

A lupa é pra você olhar ao redor dele.

Ao redor do seu cu, Josete?

Evidente, Crassinho.

Foi espantoso. Ao redor do buraco de Josete, tatuadas com infinito esmero e extrema competência estavam três damas com seus lindos vestidos de babados. Uma delas tinha na cabeça um fino chapéu de florzinhas e rendas.

Não acredito no que estou vendo, Josete, você tatuou à volta do seu cu para quê?

Homenagem a Pound, Crassinho.

Mas isso deve ter doído um bocado!

The courageous violent slashing themselves with knives

(que quer dizer: os violentos corajosos cortando-se com facas. Continuação do Canto xv). Coma meu cuzinho, coma meu bem, *andiamo, andiamo* (cacoetes de Pound).

Aí achei o cúmulo. "Jamais, meu amor, machucaria essas lindas damas." Josete começou a chorar.

Ó Crasso, você é o primeiro homem a quem eu mostro esse mimo, essa delicadeza, essa terna homenagem ao meu poeta, *andiamo, andiamo in the great scabrous arsehole* (no grande escabroso olho do cu).

Aí pensei: essa maldita louca vai começar a choramingar mais alto e o prédio inteiro vai ouvir. Enchi-me de coragem e estraçalhei-lhe o rabo com inglesas ou americanas (*who knows?*) e babados e o chapéu, naturalmente não sem antes lhe tapar a boca, porque tinha certeza que ela ia zurrar como um asno. Zurrou abafada, mas eu podia discernir algumas palavras. Ela zurrava: ó (leia-se aou, aou, aou, aou. entonação inglesa) Aou Ezra, aou *my beloved* Ezra! Nunca entendi por que Josete quando citava Pound colocava a entonação inglesa. Também nunca perguntei. Certamente o nojento era o Shakespeare dela.

Depois de ter comido o cu de Josete e amarfanhado vestidos e chapéus de inglesas ou americanas (*who knows?*) resolvi não sei por que cargas-d'água, na manhã seguinte, entrar numa igreja. E agora, falando em igreja, lembrei-me que ainda não lhes contei como é que foi a morte do tio Vlad. Foi assim, tio Vlad morreu quando estava sendo chupado por um coroinha lá na Gota do Touro, um lugarejo muito longe daqui. O coroinha parecia um serafim, lindo lindo, alto, ombros largos, olhos escuros e pestanudos, mãos afiladas de pianista. Eu me lembro do Tavim muito bem. O nome era Otávio, mas todos o chamavam de Tavim. Eu tinha dez anos e Tavim, catorze. Era discreto, fino, filho de dona Vivalda, uma viúva tristinha, ancuda, cheia de cacoetes. Falava fungando, revirando os olhos, estalando os dedos. Tinha uma coisa bonita: as pernas. De vez em quando eu ouvia dos homens de Gota do Touro: lá vem a das pernas. E alguém retrucava: se em vez de se mexer tanto, só abrisse os gambitos já tava bom. Mas voltando ao Tavim e ao tio Vlad, o mocinho ia até a casa grande a cada dia na hora do lanche. Tio Vlad: entra, Tavim, tá com apetite, filho? Ele fazia bico, espichava a boca-cereja pra frente, ia sentando e comendo.

moço bonito, né, Crasso?

é sim, tio.

quero que você seja igual a Tavim quando crescer mais.

igual como, tio?

lindão assim.

Eu só comecei a desconfiar de alguma coisa quando um dia, depois do lanche, eu, tio Vlad e Tavim fomos colher mangas. Tavim subiu numa escada para tentar colher as mais altas e eu estava de cócoras no chão tentando colher as que despencavam. Tio Vlad segurava a escada para Tavim e vi quando o moço ia descendo e a cara de tio Vlad afundando nas nádegas do dito-cujo, o nariz enterrado no rego da calça da beleza. Aí pensei: xiii... coisa esquisita, isso de cheirar cu não é comigo não. Fiquei atento. Nos dias seguintes nada de novo, a não ser a visita do padre Cré, cujo nome era Creovaldo. Tinha o apelido de Cré não por causa do nome, mas porque a cada instante dizia: cré, né gente? engolindo o credo. Padre Cré era bastante vistoso. Grandalhão, narigudo, os cabelos sempre em desordem, as passadas largas, era do tipo esportivo. Hoje entendi que o padre Cré já sabia das traquinagens do tio Vlad.

O padre esfregou a mão na minha cabeça e perguntou pelo tio. Lá dentro, eu disse. Ele foi entrando e eu fingi que ficava mais para trás, mas depois voltei e fui ouvir a conversa, escondido próximo ao armário dos talheres.

pois é, Vlad, vim lhe fazer uma visitinha.

muito gosto, padre Cré, quer licor de fruta?

aceito, sim.

Desse diálogo inaugural me lembro muito bem. Depois foi ficando mais complicado. Padre Cré falava no demônio e suas pompas, na carne dos outros, na carne de todo mundo, falava tanto em carne que eu fui ficando com a boca cheia d'água, louco pra comer uma bisteca. Bisteca de carne mesmo. Digo "de carne mesmo" porque na Gota do Touro bisteca era cona, xereca, boceta enfim. Do tio Vlad eu quase nada ouvia. Só alguns "Sei sei padre". Depois prestei mais atenção porque pintou o nome de Tavim.

pois é, seu Vlad, Tavim, cré, né gente?, é um moço de muita qualidade. Dona Vivalda quer muito que ele seja, cré, né gente?, um moço de fama, um pianista, o senhor sabe, seu Vlad, que pianista tem que estudar muito, eles têm que tocar Grieg, Tchaikóvski, o Bach o senhor conhece?

não conheço não, padre.

pois cré, né gente?, o Tavim perde muito tempo na hora do lanche conversando com o senhor, seu Vlad.

sei sei padre.

Entendi que o padre Cré não queria mais que Tavim aparecesse lá em casa.

Na saída, tio Vlad parecia muito pálido e o padre Cré muito vermelho:

Crasso não quer estudar piano igual a Tavim?

não seu padre.

e por quê?

Aí não disse, mas me lembrei da fungação do tio Vlad na bunda do Tavim e disse sem saber direito:

é mais coisa de dona.

cré, né gente?, e por quê?

deixa a bunda alargada de ficar sentado.

Padre Cré saiu balançando a cabeça e tio Vlad só disse "tu é mesmo um tonto, né Crasso?".

E sem que o padre visse me deu taponas na cabeça.

Lembro-me de ouvir naquela noite os passos nervosos do tio Vlad andando de um lado a outro ininterruptamente. Às vezes dava um suspiro, às vezes conversava sozinho e eu só entendia a palavra beleza beleza com uma entonação muito comovida. Não vi mais o Tavim. Uma tarde eu estava junto aos peões vendo ferrar os cavalos quando apareceu Bocó, um cara de boca fofa, mirrado, muito do bobo. Bocó gritou: seu Vlad tá morto com a minhoca pra fora lá na Gota do Touro. (Esqueci de contar para vocês que o lugarejo tinha esse nome porque uma aguinha despencava de umas pedras a umas léguas da casa e o gado tinha o costume de beber água ali.)

morto, Bocó? Morto?! é, e o Tavim tá lá, de boca aberta, todo duro e de olho esbugalhado. Parece que empedrou.

Soube anos depois que as últimas palavras do tio Vlad foram "beleza beleza", certamente com aquela entonação muito comovida.

Antes da fala da igreja vou falar do bordel a trinta quilômetros de Gota do Touro. No bordel todo mundo gostava de ver Liló lamber as putas. E ele adorava que o vissem. Era um sujeito atarracado, elegante, doidão por xereca de puta. Tomava três ou quatro cálices de cachaça puríssima que as mulheres encomendavam lá de Minas, e aí começava um ritual danado. Dizia: quem é a primeira hoje? As mulheres riam, os homens davam seus palpites. Nessa noite havia uma moça novata, chamada Bina. Dezoito anos, a cabeleira opulenta até a cintura, ancas avantajadas, seios delicados, boca de mulata, polpuda, e que dentes! Liló só estava interessado na cona da moça. Todo mundo começou a gritar Bina! Bina! Ela riu dengosa, fez muxoxo de acanhadinha e Liló foi ajeitando a cadeira de veludo rosa, fofa, porque era naquela cadeira que ele gostava de examinar qualidade, espessura e tamanho das cricas. O pessoal ficava à volta bebericando, ele mandava a mulher se sentar, fazia vênias, perguntava se não queria um gole de vinho doce, era gentil feito embaixador. Nesse dia, então, foi Bina. Liló gostava da moça vestida. Ele ficava só de cuecas. Um cuecão muito branco, largo, a caceta pra dentro. Bina sentou-se. Alguns homens já ficavam de pau duro logo nesse pedaço. Outros não aguentavam ver até o fim e ejaculavam ali mesmo encostados nas outras donas. Liló ajoelhava-se. Ia levantando devagarinho a saia da moça dizendo "abre lindinha, abre um pouco mais, vem mais pra frente da cadeira, não fica nervosa, bichinha". O prazer de Liló era o acanhamento postiço da mulher. Todas sabiam que ele só gostava se a mulher fingisse pudor, um pouco de receio no início, um tantinho de apreensão. Quem ia ser chupada já sabia disso. Gostava também que usassem calcinha. Ia empurrando o tecido da calcinha para a virilha da mulher e esticava os pentelhos devagar. Depois tirava a calcinha e começava a examinar a boceta. Vejam, ele dizia, esta é de cona gorda, peitudinha de boca. Os homens se inclinavam. Alguém dizia: deixa eu dar uma lambida, Liló? Calma, cara, o assunto é comigo agora. Algumas ficavam molhadas e aí ele gostava muito, punha o dedo lá dentro e mostrava: vê, gente, já tá empapada. Dona Loura, a gerente (era assim que era chamada a cafetina), trazia uma almofadinha de cetim azul e punha debaixo das coxas da mulher. E Liló começava o trabalho. De início dava uma grande lambida e parava. Bina se torcia inteira. Ele perguntava: "Quer mais?". Ela dava um gemido de assentimento. "Então fala que quer mais, senão não lambo mais." "Quero mais, Liló, por favor." A caceta de Liló era um talo duro e gotejante. Uma das putas deitava ao lado dele e começava a chupá-lo. Ele ia lambendo Bina igual à cadela que lambe a cria, o linguão de fora. Parava de vez em quando. As mulheres seguravam a cabeça da que estava sendo chupada e alguns homens a beijavam na boca, outros nos seios. Tinha jeito de mesa de cirurgia aquilo tudo (*sorry*, médicos). Liló só queria a cona e ejaculava espasmódico na boca da outra no tapete, enquanto Bina gozava na boca de Liló. Em seguida Liló levantava-se com um grande sorriso e dizia: "Meu nome é Liló, o lambe-fundo. E mais uma rodada pessoal, de cachaça especial, dona Loura!". Depois não queria mais mulher alguma. Tomava dois cálices no balcão do bar do puteiro e saía com passadas rapidinhas, ereto e sempre muito elegante.

E por que eu teria ido à igreja aquela manhã? Porque apesar do meu roteiro de fornicações eu também tinha momentos de tédio e vazio. E apesar de ter verdadeira ojeriza por igrejas e instituições e seitas (principalmente a Igreja católica que, ao longo da história e em nome daquele deslumbrante que era Cristo, matou saqueou incendiou seres cidades e países, ah, sempre me pareceu que as ligações entre o lá de cima e o homem entraram há muito em curto-circuito, você pede pra falar com Sydney, na Austrália, e te dão Carapicuíba e quejandos). Evidentemente que O Deslumbrante não mandou recados de assassinatos e torpezas, torpe é a nossa natureza, imundo e dilacerado é o homem, imundo sou eu, Crasso, mas querem saber? Não vou falar disso não, imundos são vocês também, todos nós e se eu continuar falando não vou conseguir nunca mais foder. E foder é tudo o que resta a homens e mulheres. Vamos às fodas, senhores. Só mais um minutinho: para mim o homem foi feito pelo demo. Na História aprendi que os cátaros, os albigenses, que naturalmente vocês não sabem quem são e devem procurar saber, também pensavam assim, isto é, que o mundo foi criado pelo demo. Muito mais lógico, não? Dá para entender tudo melhor. Pois os católicos queimaram os cátaros no século XII (favor se informar). Eram gente de primeiríssima, esses cátaros. Eram chamados Os Perfeitos. Paremos por aqui, a coisa tende a se estender. Outra coisa: a Igreja não é boba não. Já manjou que mais dia menos dia acontece uma grande cagada, e agora tenta salvar a pele com sutilezas canônicas. Por que não se desfazem de toda aquela tralha de ouro, prata e pedras preciosas que há lá no palácio deles? Por que não dão as montanhas de terra ou vendem as montanhas de terra e propriedades e dão o dinheiro aos famintos? Por que os papas, ao invés de discursos lenga-lenga, não arrancam as vestes, não pulam daquela cadeirinha, não ficam nus e nus não discursam um texto veemente, apaixonado e colérico amaldiçoando os canalhas? Não adianta ficar voando de ceca em meca e beijando o chão. Não deviam postar-se nus numa praça e ali permanecer até que os homens entendessem que é preciso acabar com todas as cloacas do poder? Mas vamos às nossas orgásticas, gentis e menos imundas putarias. Outra coisa: não sou ingênuo não. Sei muito bem o que vão me responder e desde já respondo: não aceito. (Ó gente, não consigo parar. Parei.) entrei na igreja, sentei-me num dos bancos vazios e comecei a pensar no pau e na vida. O que era isso de ter um pau e ficar metendo nos buracos? Que coisa idiota o sexo, que bela porcaria emerdada isso de comer cu de inglesas ou americanas (*who knows?*). E chapéu. E eu, que decadência. Eu que na mocidade havia lido Spinoza, Kierkegaard, e amado Keats, Yeats, Dante, alguns tão raros, mas deixem pra lá, enfim que bela droga o que eu vinha fazendo da minha vida. Será que era porque eu não tive pai nem mãe e tão pouco tempo o sacana chupado do tio Vlad? Será porque o pai morreu em cima duma puta eu ia ficar em cima das mulheres o tempo todo? Embaixo eu não gosto. Mas, vamos lá. Estava a ponto até de falar com o pulha do padre sobre esses afrescalhados pensamentos quando uma dona morena, alta, estreita de quadris, mas de bunda perfeita, ajoelha-se um tiquinho mais à frente. Um perfume de tenras ervazinhas inundou a igreja. Meu pau fremiu (essa frase aí é uma sequela minha por ter lido antanho o D. H. Lawrence). Digo talvez meu pau estremeceu? Meu pau agitou-se? Meu pau levantou a cabeça? Esse negócio de escrever é penoso. É preciso definir com clareza, movimento e emoção. E o estremecer do pau é indefinível. Dizer um arrepio do pau não é bom. Fremir é pedantesco. Eu devo ter lido uma má tradução do Lawrence, porque está aqui no dicionário: fremir (do latim *fremere*) ter rumor surdo e áspero. Dão um exemplo: "Os velozes vagões fremiam". Nada a ver com o pau. Depois, sinônimos: bramir, rugir, gemer, bramar. Cré, como dizia o padre tutor do Tavim, nada mesmo a ver com o pau. Meu pau vibrou, meu pau teve contrações espasmódicas? Nem pensar. Então, meu pau aquilo. O leitor entendeu. Vi que a mulher chorava. Os lindos ombros sacudiam-se dentro da blusa de seda amarelo-dourada. Fungou no lencinho. Armei uma estratégia. Levantei-me com a cara compungida, ajoelhei-me rapidamente diante do altar, virei a cabeça para os lados e perguntei à mulher: desculpe incomodá-la, mas a senhora sabe se o padre andou por aqui? Ela levantou a cabeça. Era linda. O discreto decote da blusa deixava à mostra a textura reluzente da pele. E que pescoço! Não desses muito longos. Para ser exato, o mesmo pescoço da Vênus de Praxíteles. Também estive lá. Em Roma. Tenho horror de pescoços longos. Eles me lembram cisnes. E cisne me lembra morte. A morte do cisne. E a morte do cisne me faz lembrar que também eu vou morrer um dia. Espero que não seja no lago. Tenho horror de quando começo a pensar. É repugnante. Graças ao demo, dono do planeta, há muito pouca gente que pensa. Ainda bem. Tive um grande amor, certa vez, mas a cadelona pensava e cada vez que eu pensava em fodê-la, me vinha: vou brochar com essa dona, meu pau vai minguar com essa doida pensante. E não é que foi assim mesmo? Pau gosta de cona, não gosta de cabeça. A mulher era gostosa, o mais belo nariz que já vi (meu pau adora nariz), coxas veementes, mas tinha essa escrotidão: pensava a sério.

Voltemos à igreja.

perdão, mas a senhora está se sentindo bem?

obrigada, sim.

não gostaria de conversar um pouco?

Antes de me responder sim obrigada, olhou-me de alto a baixo e deve ter notado as minhas boas etiquetas. Digo das roupas. Segurei-lhe o antebraço, dei umas recuadas de bom-tom, ela fez a tradicional genuflexão diante do altar, eu fiz outra já pensando se aquilo tudo seria presente de Deus ou do demo. Quem sabe mudo de ideia a respeito da Criação. Eram onze horas da manhã. Disse-lhe o meu nome. Ela disse o dela. Clódia. Crasso e Clódia. Estaríamos em Roma? Achei fantástico. Eu havia lido Catulo aos dezoito quando fodi aquela poetisa magrela e Clódia foi o grande amor de Catulo. Não é o da Paixão Cearense, é o outro. Isso não importa. Verdade que a Clódia de Catulo gostava demasiado de homens. Pois acreditem: ela parecia gostar demais de mulheres. Apesar de que alguns historiadores afirmam que a Lésbia citada por Catulo era a própria Clódia. Fiquei sabendo que ela gostava de mulheres depois dos dois primeiros uísques. Claro que aquela hora era a hora do drinque. Quase meio-dia. Não quer tomar um drinque antes do almoço? Quer almoçar comigo? De óculos escuros agora ela foi despejando lentamente vida e obra. Era museóloga, imaginem. Falava em volume, cor, espaço, traço, queria muito pintar também. Pinta? Perguntei.

olha, Crasso, tento.

e pinta o quê?

já é mais difícil de explicar.

paisagens, homens, mulheres, animais?

....

cabeças?

vaginas, Crasso.

???!!! original mesmo, eu disse.

E aí, Satanás, ela começou a desfiar um palavrório enrolado barroco, torções, arabescos, purpúreas excrescências, pelos dourados, cachos, frisos, laço, volume, cor, triângulos exatos, menos exatos do púbis, pensei, essa faria um bom par com Liló, ela desenhando, ele chupando!

você gosta tanto assim de cona? não gosta de pau não?

Ofendeu-se. Aguinha nos olhos. Incompreensão de homens e mulheres. De todos.

olhe, Clódia, não tenho nada contra vaginas, não.

Ofendeu-se de novo.

você é igual a todo mundo.

graças a Deus, eu disse. Mas olhe, Clódia, acho lindo vagina. Deus me livre de gostar de outra coisa. É que é, vamos dizer, é extravagante só pintar vaginas não é? Ou melhor, é singular, hen?

agora só uma perguntinha rápida: você só gosta de mulheres?

De novo o barroco dos sentimentos, o embaciado, o indefinível, a névoa sobre as palavras, cré, pensei, já sei: é uma lambecona. Retroagi ao meu velho conceito sobre a Criação. Coisa do demo, o mundo! Pois encontro uma Clódia na igreja, aos prantos, linda linda, penso que está chorando porque perdeu a mãezinha ou o marido, e sabem por que ela estava chorando? Porque sua amante, uma moçoila nadadora, dona da mais exígua mas perfeitíssima vagina, segundo me diz Clódia, atravessara hoje o Atlântico. (Não a nado, de navio mesmo.) Às nove da manhã, em lua de mel com seu marido, um famoso tenista.

tenista, é?

eu a amava, Crasso, muitíssimo.

imagino.

amor mesmo, junção de almas.

imagino. Tem um retrato dela aí? Quero dizer, tem a vagina dela pra dar uma olhada?

Sorriu. E pelo sorriso vi que gostava de pau também.

Posso dobrar joelhos e catar pentelhos?
Posso ver o caralho do emir
E a "boceta-de-mula" (atenção: é uma planta da família das esterculiáceas)
Que acaba de nascer no jardim do grão-vizir?
Devo comprimir junto ao meu palato
o teu régio talo? Ou oscular tua genitália
dulçorosa Vestália?

Ó conas e caralhos, cuidai-vos! Clódia anda pelas ruas, pelas avenidas, olhando sempre abaixo de vossas cinturas! Cuidai-vos, adolescentes, machos, fêmeas, lolitas-velhas! Colocai vossas mãos sobre as genitálias! A leoa faminta caminha vagarosa, dourada, a úmida língua nas beiçolas claras! Os dentes, agulhas de marfim, plantados nas gengivas luzentes! Cáustica, Clódia atravessa ruas, avenidas e brilhosas calçadas. Ó, pelos deuses, adentrai vossas urnas de basalto porque a leoa ronda vossas salas e quartos! Quer lamber-vos a cona, quer adestrar caralhos, quer o néctar augusto de vagina e falos! Centuriões, moçoilos, guerreiros, senadores, atentai! Uma leoa persegue tudo o que é vivo mole incha e cresce! Trançai vossas pernas, trançai vossas mãos atentas sobre as partes pudendas! Não temais a vergonha de andar pelas ruas em torcidas posturas, pois Clódia está nas ruas!

Deitada, toda solta, Clódia me diz:
tenho uma vontade enorme de chupar dedos de negros.
não serve um charuto? perguntei exausto
....
Ó, as mulheres! Que sensíveis e doces, que lúdicas ladinas ima-

ginosas e torpes! Mulheres! Fiquei amante de Clódia, "a leoa dos plátanos". Eu a chamava assim porque me parecia esse o seu verdadeiro nome. Os plátanos vão por conta da sonoridade da palavra. Chamava-a também de "putíssima amada", mais cabível ainda. Tinha coisas de nórdica: saúde, entusiasmo juvenil. E mania de falar diminutivos em alemão: *Liebling, Herzchen* e *Bärchen*. Justo o alemão que para mim parece ter sido desde sempre o que já disseram: a língua dos cavalos, porque quando soube que xereca em alemão é *Schenkelbürste*, pensei logo numa égua. Tinha muito de negra também: rebolado, dentes alvos, carnação, bunda perfeita, candura. E adorava negros. E ninfetas magras, os olhos radiosos, estrelados. Minha vida transformou-se em risos, cores, adoráveis loucuras. Clódia morava num ateliê ensolarado, vidraças dando para uma praça onde se vendiam flores em listradas barracas e onde boceteiras (atenção! são vendedoras ambulantes de miudezas) transitavam por lá, oferecendo rendas e pequeninos corações de veludo crivados de alfinetes. Levantava-se às oito horas, tomava suco de orquídeas (dizia que as orquídeas alimentam a língua, tornando-a elástica e vibrátil. Era visivelmente louca), torradas com fatias delgadas de pepino, queijo de minas e uvas. As pinturas de Clódia eram vaginas imensas, algumas de densidade espessa, outras transparentes, algumas de um rubi-carmim enegrecido mas tênue, vaginas estendidas sobre as mesas, sobre colunas barrocas, vaginas dentro de caixas, dentro dos troncos das árvores, os grandes lábios estufados iguais à seda esticada, umas feito fornalhas, algumas tristes, pendentes, pentelhos aguados, ou iguais a caracóis, de um escuro nobre. A variedade de clitóris era inigualável: pequenos, textura de tafetá brilhoso, mínimos, cravados de ínfimos espinhos ou grandes, iguais a dedos mindinhos, duros de sensualidade e robustez. Pintava dedos tocando clitóris. Ou dedos isolados e tristes sobre as camas. Ou um único dedo tocando um clitóris-dedo. Dizia ter se inspirado no dedo de Deus da capela Sistina. Aquele do teto.

porque não pinta caralhos, hen Clódia?

ach, du süsser Bimmel... é muito complicado.

você diz o caralho em si, *das Ding in sich*?

o quê?

a coisa em si, o pau é que é complicado de pintar? pois parece-me menos complicado do que essas conas aí.

como você é bobinho, *du süsser* Crassinho. Um caralho sem ereção é fatal para as tintas. Veja: uma vagina em repouso tem por si só vida, pulsão, cor. Um caralho em repouso é um verme morto. Com que tintas se pinta um verme morto?

verme?!

ó amorzinho, não fica assim, posso tentar pintar o teu em repouso, vem, vamos, tira as calças.

Tirei. Clódia me pede para sentar num banquinho alto. Sento. Pega uma tela pequena. Olha tristemente para o meu pau.

estranho, ela diz.

por quê? o que há com o meu pau?

tem fissuras.

onde? pergunto assustado.

fissuras delicadas, benzinho, que só os meus olhos veem.

Pega um tubo de tinta amarela. Amarelo não, Clódia, amarelo não é a cor do meu pau.

e você acha que os girassóis do outro eram daquela cor? Calma, amorzinho, amarelo é poder, é ouro, e ouro mesmo em repouso é valioso, tem carisma, o amarelo.

Fiquei umas duas horas posando para o primeiro retrato de um caralho em repouso. De vez em quando ela dava um beijinho no meu pau. Ele fremia (!).

Clódia: ah, vai estragar tudo, amorzinho, fica verme, fica.

O pau concretizou-se amarelusco na tela. Uma certa luz outonal o circundava bem no centro de um esboço de peras.

mas por que peras, Clódia?

são ilações, meu caro.

Está séria. Aperta os olhos. Toma distância. Agora a campainha da porta. Visto as calças. É o nosso amigo escritor Hans Haeckel. Olha enojado para a tela:

o que é isso? Um verme!

não, o meu pau, eu digo.

não acredito. Ficou assim, é?

Tiro o pau pra fora. Claro que não. Ela é louca.

Hans: vamos dar um nome à tela: "*falus agonicus* de Crasso entre peras do outono".

Clódia achou lindo. Eu menos.

Hans Haeckel era um escritor sério, o infeliz. Adorava Clódia. Achava-a a mais limpa e nítida de todas as mulheres. Era um homem de meia-idade, alto, bastante encurvado e muito meigo. Havia escrito uma belíssima novela, uma nova história de Lázaro. A crítica o ignorava, os resenhistas de literatura teimavam que ele não existia, os coleguinhas sorriam invejosos quando uma vez ou outra alguém o mencionava. Foi ele quem deu nome às vaginas pintadas: pomba ladina, pomba aquosa, pomba dementada, columba trevosa, columba vivace, pomba carnívora, pomba luz, pomba geena, molto trepidante, molto dormideira etc. Eu lhe dizia:

Hans, ninguém quer nada com Lázaros, ainda mais esse aí, um cara leproso e ainda por cima morto. Mas ressuscitou, Crasso, ressuscitou! Mas o mundo é do capeta, Hans, vamos escrever a quatro mãos uma história porneia, vamos inventar uma pornocracia, Brasil meu caro, vamos pombear os passos de Clódia e exaltar a terra dos pornógrafos, dos pulhas, dos velhacos, dos vis.

não posso. Literatura para mim é paixão. Verdade. Conhecimento.

Matou-se logo depois. Um tiro trêmulo, a julgar pela trajetória inusitada: um raspão na raiz do nariz mas atingindo em cheio o olho esquerdo. Clódia desesperada resolveu fazer um retrato de Hans, ou melhor, Lázaro ressuscitando com o rosto de Hans, e Jesus ao lado, todo clarinho, muito do maneiroso, uma túnica cor-de-rosa. Eu comentei que aquilo era um horror e que segundo o laboratório da Nasa que reconstituiu o rosto de Jesus tendo como ponto de partida o Santo Sudário, o homem Jesus era muito da beleza mas um macho.

não posso acreditar que era só isso.

como só isso? era um homem, Clódia!

era homem e mulher numa só criatura.

mas no teu quadro é uma mulher pedante, muito da louca. Olha só o dedo que você pôs na mão dela!

que dedo? isso não é dedo, amorzinho. Isso é a estria de luz saindo da mão "dele" e a luz é que é assim pontiaguda.

a luz é curva também?

Ficou alguns dias tentando melhorar a luz. Eu continuava achando um horror, inclusive a cara de Hans-Lázaro toda amarfanhada e verde. À noite, o primeiro amigo que chegava já ia virando o quadro do avesso, e Rubito, um negro espigado com uma pinta mínima vermelha no branco do olho, e por isso Rubito, pontificava: nosso Oxalá não tem essa cara e jeito de bicha não, tá louqueando, Clódia? E quem é que quer se lembrar de Hans assim todo verde?

Clódia ria e chupava os dedos de Rubito. Afinal encontrou "o dos dedos". Melhor do que comprar charutilhas a toda hora. Rubito: não prefere chupar o dedão, hen? Esse aqui? E segurava o pau. Vocês devem estranhar a singularidade da minha relação com Clódia. Afinal ela era minha amante. Era sim. É verdade. Eu era o fixo. Mas a alminha de Clódia era brejeira, velhaca e sensual. Quando fizemos o trato do amor livre ela explicou: a rotina, a mesma paisagem das genitálias, faz apodrecer a sensualidade.

Claro, putíssima amada, eu respondia morto de medo que aquele exemplo de devassidão, aquela luxúria encarnada se cansasse da minha paisagem.

***

Uma tarde, procurando nas gavetas de Clódia um talão de recibos para dar ao comprador da vagina "pomba dementada" (porque de vez em quando um tarado comprava uma vagina), encontrei um conto de Hans Haeckel. Clódia me disse que nunca lia os trabalhos de Hans "porque, sabe *Liebchen*, eu quero continuar viva, entende?". Transcrevo-o para o meu leitor. Se quiser continuar vivo, pule este trecho.

LISA

A pensão na cidade grande era miserável. O nome pomposo: Pensão Palácio. Eu cursava o segundo ano da faculdade de Direito. Meu pai era capataz numa fazenda e suas economias me foram entregues para que eu pudesse completar os estudos. Desde criança eu o ouvia dizer: quero que o menino olhe o mundo por um buraco diferente daquele que eu olhei. Eu nunca entendia se o mundo é que seria diferente ou se o buraco seria outro ou se o mundo seria novo olhado por um diferente buraco. A frase era complexa e ambígua demais para mim, tão criancinha. Bem. A pensão tinha poucos hóspedes e todos me pareciam tristes. Ou era só impressão? Um deles me fascinava. Baixo, magro, os olhos claros sob os óculos de aro fininho, o cabelo carapinhado e loiro. Fascinava por quê? Alguma coisa infantil desesperada imanava do homem. Ele era dono de uma pequena e dócil macaca: Lisa. Parecia gostar muito do animalzinho. Uma vez ouvi-o contar à dona da pensão que um bando de moleques capturou a macaca e queria matá-la para comer. Ele deu um bom dinheiro para os meninos e salvou a bichinha. Durante o dia Lisa ficava no modesto quintal atrás da casa, na goiabeira. À tarde ficava inquieta e lá pelas cinco horas ia postar-se junto à porta do quarto de seu dono. Todo mundo sabia que eram cinco horas e que o homem não deveria tardar. Ele chegava, ela subia-lhe pelas pernas, alcançava os ombros, dava gritinhos, coçava-lhe a carapinha loira. Uma noite ouvi gemidos no corredor dos quartos e fiquei curioso. Entre o meu quarto e o do homem havia um cômodo vazio onde a dona da pensão guardava cadeiras velhas, tampos de mármore rachados, um grande relógio muito estreito e alto, geringonças. A mulher abriu o quarto uma única vez à minha chegada "para que você não pense que há algum namorado meu escondido aí", ela dizia às gargalhadas. A porta do quarto vivia trancada, ninguém se interessava pelos badulaques empilhados ali. No dia seguinte aos estranhos gemidos, comprei uma chave de fenda e alguns dias mais tarde, ouvindo-os novamente, concluí que vinham do quarto do homem e com muita cautela abri a porta do quarto de guardados, excitado na bestagem dos meus dezenove anos.

Uma luz azulada entrava pelas frestas da outra porta contígua ao quarto do homem. Então vi: o homem nu, deitado, e Lisa acariciando-lhe o sexo com as mãozinhas escuras, delicadas. Entre pequenos gemidos e fracos soluços o homem dizia: "minha amada, minha adorada Lisa, temos apenas um ao outro, somos apenas nós dois neste sórdido mundo de agonia e de treva". Lisa olhava alternadamente para o rosto e para o sexo do homem. Quando ele enfim ejaculou, ela enrodilhou-se lenta aos pés da cama. Ele apagou a luz. Ouvi-o dizer ainda: "obrigado, amiga". Fiquei muito tempo encostado atrás daquela porta. Nunca o mundo me pareceu tão triste, tão aterrador, tão sem Deus. No dia seguinte escrevi ao meu pai dizendo-lhe que não tinha mais paciência para os estudos, queria voltar para a roça. Estranhou muito. Nunca me perguntou coisa alguma, nem eu saberia explicar-lhe o patético, o dilacerado de tudo aquilo que eu havia visto, nem eu saberia dizer para mim mesmo o porquê de abandonar os estudos. O pai morreu muitos meses depois. Ouvi-o dizer à mãe antes do para sempre morto: "Presta atenção no rapaz, não é mais o mesmo". Ele estava certo. Nunca mais fui o mesmo.

***

Continuam vivos? Ilogicidade, senhores. Diagramas pentelhudos. Orgias de rigor. Mas o caos desce contundente (alguém me disse que o ovo é o caos da galinha, quem foi?), espesso caducante sobre cabeças e sexo. Enfio minha cabeça-abóbora candente entre as venosas virilhas de Clódia. Esquecido de mim, amargado, só tu, cona de Clódia, me olha o olho. Enquanto te chupo me vêm instantes do que seria o morrer, resíduos de mim, resíduos do Partido, não aquele, o Partido de mim estilhaçado. Lúcido antes, agora derrotado mas ainda vivo, derrotado mas ejaculando, o caralho nas tuas mãos, a cabeça-abóbora nas tuas coxas, o grosso leitoso entupindo os poros das tuas palmas. Arquejo. Vejo Deus e toda a trupe, potestades, arcanjos. Estou cego de santidade. De velhacaria.

vai ficar chupando até quando? Parece até que morreu por aí, ela me diz.

Clódia, assim que terminou de pintar na tela o meu caralho, disse a mesma coisa que Stephen Jay Gould, paleontólogo, quando viu o dinossauro *Tyrannosaurus rex* no museu tralalá: "acabei de descobrir a ocupação da minha vida". Foi ficando muito inconveniente porque assim que era apresentada a alguém, perguntava: posso ver o seu pau? Pintou paus de todos os tamanhos e expressões. Havia-os tão solitários, tão exangues que chegavam a causar compaixão. Outros afetados, pedantes. Havia-os desgarrados de si mesmos como se suplicassem pela própria existência. Alguns ostensivos, caralhudos vaidosos. Alguns muito, muito alegrinhos. Clódia sentia vontade de pintar, sobre esses últimos, guirlandas de amor-perfeito. Outros dramáticos, quase ofegantes. O meu pau, por exemplo, na tela de Clódia.

tatuzinho, não gostaria de escrever um tratado sobre genitálias? Ou um exercício de textos lúbricos? Ou teatro repulsivo, quem sabe, hen?

logo mais, louca.
podemos começar amanhã, hen?
sim. Amanhã. Chupa agora.

Foi presa no dia seguinte por atentado ao pudor. Encontrou um mendigo no banco da praça de flores e pediu (como sempre, aliás) que o cara lhe mostrasse o pau. O paspalho não hesitou. Ali mesmo ela começou a riscar a carvão (os papéis que sempre carregava na pasta) a caceta do dito-cujo. Logo depois chegou a polícia e foi um bate-boca que me deixou prostrado. De nada adiantou dizer-lhes que Clódia era pintora, museóloga, artista enfim. Louca eu não disse, mas eles disseram:

essa louca é o quê? Musa o quê? Ah, não meu chapa, nem musa pode ficar pintando cacetas na rua, não.

O mendigo exultava. Dava saltos grotescos e gritava: posso ver o riscado do meu pau, dona? Posso ver o retrato do meu pau?

Levou uns cascudos da polícia e entrou com Clódia no camburão, apesar dos meus protestos. Eu estava alarmado, ela sorria: "fica frio, *Liebling*, coelhinho, tudo se arranja, tem suco de orquídea na geladeira, e pato e brotos de bambu e amêndoas e...". Quando fui procurá-la na delegacia disseram-me que tanto insistiu em ver o pau dos tiras que mandaram-na para um hospício logo ali. Ali onde? Uma hora de carro, meu chapa, cidade vizinha, só tem gente igualzinha a ela. Fui. Estava radiante.

Liebling, vou ficar alguns dias, eles são adoráveis!

eles, quem?

os loucos, Crassinho, vê só, me deram de presente este texto de receitas!

receitas do quê?

tudo zen *Liebling*! Lê! Lê! E tem teatro! Tem minicontos! Logo mais tô em casa, tá? E que cacetas, ursinho! Lindas! Loiras! E escuronas luzentes!

PEQUENAS SUGESTÕES E RECEITAS DE ESPANTO ANTITÉDIO PARA SENHORES E DONAS DE CASA

I.

Pegue uma cenoura. Dê uns tapinhas para que ela fique mais rosadinha (porque essa que você pegou era uma pálida cenoura). Aí diga: cenoura, tu me lembras uma certa tarde, uma certa loira, quando meu nabo, num fiasco, emurcheceu de vez. Se a tua mulher te encontrar na cozinha com a cenoura na mão, dizendo essas coisas, diga apenas: que bonita que é a cenoura, né bem?

II.

Pegue um nabo. Coloque duas ou três palavras dentro dele, por exemplo: bastão, ouro, amplidão. Chacoalhe. Você não vai ouvir ruído algum. É normal. Aí ajoelhe-se com o nabo na mão e diga:

> Com o bastão que me foi dado
> com o ouro que me foi tirado
> e sem nenhuma amplidão
> de conceitos e dados
> quero renascer brasileiro e poeta.
>
> Quem te ouvir vai ficar besta.

III.

Colha um pé de couve e dois repolhos. Embrulhe-os. Faça as malas e atravesse a fronteira. Tá na hora.

IV.

Pergunte ao seu filhinho se ele quer laranja descascada de tampinha ou de gomo. Se ele disser que quer laranja descascada de tampinha, diga que um menino bem-educado sempre escolhe a de gomo. Se ele começar a chorar, chupe você a laranja. (De tampinha, naturalmente.)

V.

Colha duas amoras ou compre-as, dependendo se você mora no campo ou na cidade. Coloque uma em cada narina. Agora consiga de qualquer jeito um pé de alface de folhas bem durinhas. Se vier uma sensação de falta de ar, abra a boca e as pernas e abane-se com uma das folhas de alface. Não se esqueça da pitada de sal. Na alface, lógico.

VI.

Coloque duas alcachofras cruas dentro de uma vasilha com água fria. Fique ali esperando as folhas de alcachofra se soltarem e medite sobre a tua condição de ser humano mortal e deteriorável. Quando enfim todas as folhas estiverem sobrenadando, tome um banho, porque, convenhamos, há quantos dias que você está aí.

VII.

Compre meia dúzia de cerejas, um copo de creme de leite, uma dúzia e meia de framboesas, cem gramas de nozes já descascadas, um cálice de Cointreau, duas ambrósias. Pingue três gotas de néctar (informe-se), três fiapos de casquinha de nectarina, uma gota mínima de algália (informe-se, isto aqui não é cartilha para esse pessoalzinho que está fazendo mestrado). Bem. Ponha todos os ingredientes no liquidificador, acondicione corretamente nessas pequenas geladeirinhas portáveis e viaje para a Grécia. Tá na hora.

VIII.

Enfeite a mesa com flores. Compre um peru. Feche as crianças no banheiro. Antes de começar a ceia, convide seu marido para dançar ao redor da mesa (não mexa com o peru). Inopinadamente pergunte se ele gosta de trufas. Se ele disser que sim, gargalhe algum tempo atrás da porta e diga que "trufas não tem não, amorzinho".

IX.

(Se você for ph.D., leia até o fim. Se não, pule esta.) Faça um buquê de orelhas. É fácil. Peça apenas uma a cada um de seus dez amigos íntimos. Diga-lhes que é para uma causa nobre.

Se perguntarem qual causa (não confundir com Cáucaso, é outra coisa), diga que você precisa mandar o buquê para tua velha e querida preceptora inglesa (quando você tinha quinze anos, lembra-se?), que arrancou as tuas duas porque você insistiu inquebrantável durante doze horas seguidas que aquela primeira frase do discurso de Marco Antonio para o povão era na "tua" tradução "Emprestem-me tuas orelhas". Todos concordarão, acredite, com o teu pedido. Ainda mais porque todo mundo sabe que "*Lend me your ears*" quer dizer isso mesmo.

x.

Corte um saco em pequenos pedaços. Um de estopa, evidente. Embrulhe vários ovos um por um em cada pequeno pedaço de estopa. Pinte caras descarnadas, dentes pontudos e beiços vermelhos na cara dos ovos (sempre esses de galinha ou de pato, é desses que eu estou falando). Quando alguma das tuas crianças começar a pedir aquelas coisas caríssimas e imbecis que são sugeridas na televisão, cubra-se de negro à noite, use tintas fosforescentes para ressaltar a cara dos ovos (aqueles) e quebre-os um a um nas pequeninas cabeças dizendo com voz rouca: parem de pedir coisas impossíveis à sua mãe, seus canalhas.

xi.

Compre manteiga. Passe-a nos dedos. (Esqueça-se de Marlon Brando.) Chupe-os. E diga em tom de oração: que vida solitária, meu Deus. (Contenha-se.)

xii.

Compre uma língua-de-tucano (é uma umbelífera), uma língua--de-vaca (*Chaptalia nutans* é o seu nome científico, não vá até Santa Catarina por causa disso), um lírio-branco (*Lilium candidum*), dois caquis (não é cáqui, não vá comprar o brim), ferva durante cinco minutos. Depois jogue fora. É uma simpatia pra você não dormir.

XIII.

Se você quer se matar porque o país está podre, e você quase, pegue uma pedrinha de cânfora e uma lata de caviar e coloque ao lado do seu revólver. Em seguida, coloque a pedrinha de cânfora debaixo da língua e olhe fixamente para a lata de caviar. Só então engatilhe o revólver. (É bom partir com olorosas e elegantes lembranças. Atenção: não dê um tiro na boca porque a pedrinha de cânfora se estilhaça.)

XIV.

Compre uma galinha daquelas lindas, vermelhas, gordotas, que esqueci o nome. Ensine o seu filhinho (só até oito anos, porque senão vira "Farra da Galinha") a segurá-la (a galinha) abaixo das axilas, perdão, quero dizer das asas e naturalmente de costas para o seu rapazinho. Amarre o bico (da galinha, evidente) com um pequeno elástico colorido (para não fazer má impressão ao seu menino, a não ser que ele tenha tendências sádicas e aí, por favor não compre a galinha), para que a galinha não se vire subitamente e bique o piu-piu do seu menino. (Isso não vai acontecer, madame, é apenas excesso de zelo do autor.) Ensine ao seu menino onde é o fiu-fiu da própria e deixe-os sozinhos na hora do recreio. Os dois vão adorar. Depois compre várias galinhas para que sua criança tenha opção de escolha. Instigue-o a convidar os amiguinhos da vizinhança. Para que as galinhas também tenham opção de escolha. Credo! Como é difícil o texto didático.

XV.

Recolha num vidro de boca larga um pouco do ar de Cubatão e um traque do seu nenê. Compre uma "Bicicleta Azul" e adentre-se algum tempo nas "Brumas de Avalon". É uma boa receita se você quiser ser um escritor vendável.

Calma, calma. Eu também já recebi a tua receita de bananas e traques.

TEATRINHO NOTA 0, Nº 1

Autor: Zumzum Xeque Pir

Personagens

CLÓDIA

HEIDI

OFÉLIA

LUCRÉCIA

BÃOCU (corruptela de Banquo, general de Macbeth)

(= Madbed — corruptela de Macbeth)

JOCASTA

DUENDES

Cenário: solene, átrio com colunas e arcos
Tom: grandiloquente-farsesco.
(Gostaríamos que esta peça fosse representada por homens vestidos de mulheres.)

CLÓDIA

Ó varetas, ó estames, ó pálidas cacetas!
Ó rabos infernais vindos talvez de Creta!
Circes, porcos, mentiroso Ulisses!
Onde estais, paus d'antanho, salgados, valorosos
E que falta nos fazem caralhos e cânhamos
Onde estão os heróis de língua tão formosa
E de caralhos duros como nossas perobas!
Hoje só nos resta a caterva, a canalha de duendes e...

HEIDI (*interrompendo*)

Por que falas assim dos duendes, ó Clódia
São deuses da Natureza, bondosos, prestativos
E nossos guardiães. São iguais a crianças!
Brincam conosco, brincam contigo! São generosos
Pois nos trazem flores, ervas e melissa

Para aplacar o tesão de nossas pobres vidas
E que culpa terão de não terem entre as pernas uma piça?

CLÓDIA
Heidi, tu te imaginas nos Alpes como sempre
Pois já voltaste. Cala-te. Para mim, é a canalha de duendes
Entrando em nossas casas, gelando nossas camas
À socapa, à sorrelfa como dizia meu mestre de Direito das
[Gentes.
O que achas, Ofélia? Vamos a uma outra guerra!
Vamos despir da compostura as tralhas
E procurar caralhos nesta terra nua!

OFÉLIA (*tom afetado e dissimulado*)
Perdoa-me, amiga.
Mas ainda sonho de Hamlet
A majestosa pica! E vaguezas, murmúrios
E o amor que me faria de Hamlet a escolhida!

CLÓDIA
Tola Ofélia! O picalhão de um louco
Só te traria a ti um enorme desgosto!
Já pensaste o que seria um Hamlet-marido
Dormitando contigo, e a sós vociferando
Com uma imunda caveira? Ser ou não ser...
Ócios de rameira! Ação, amigas! Estamos fartas
De textos e de pequenas picas! Nossos homens
Mergulharam nas guerras, na política.
E ainda vos digo mais: devem gostar a dois
Das fodanças do de trás. Deve saber-lhes bem
O grosso fornicar
Numas rodelas negras de seus generais.

LUCRÉCIA
Que dizes? Então tu achas que se comem a dois?

Ah, caríssima Clódia! Eu que fui rampeira e meretriz
Não posso acreditar que me troquem a crica
Por um buraco negro, inda que de Aníbal!

CLÓDIA
Silenciai! Vem aí Bãocu, o general!
Vede como caminha de forma dolorida!
Deve estar com a regueira assada
E mui comida! Silenciai, eu vos peço.
Pode-se perder a vida com discursos tais!

BÃOCU (*a cavalo, freando-o abruptamente*) (*cavalo de pano, naturalmente*)
Más notícias, senhoras!
Devemos continuar nossas conquistas!
Trago missivas dos maridos ausentes
E lágrimas contidas e

CLÓDIA (*à parte, em segredo*)
E rabos quentes.

BÃOCU
O que dizeis, senhora?

CLÓDIA
Digo que coisa tão pungente, general!

BÃOCU
Mas de que vale a vida sem luta renhida?
Que coisa nos valeria o lar sem que pudéssemos
Dar, a todas vós amigas, o ouro pelo qual lutamos
O ouro que abunda nas hordas inimigas?

CLÓDIA (*para Lucrécia, em segredo*)
Viste? Falou da bunda.

BÃOCU
O que dizeis, senhora?

LUCRÉCIA

Falávamos que uma boa tunda deve ser mantida!

BÃOCU

Evidente, senhora. Uma boa luta
Há de trazer a glória. Devo relatar-vos
Um sem-fim de cansaços: as noites.
Imensamente frias. Ficamos agrupados
E devo dizer até... grudados uns aos outros... ó que dor!

CLÓDIA (*para Ofélia, em segredo*)

Fazem fila indiana, um atrás do outro.

LUCRÉCIA (*indignada*)

Imagino! A boca escalavrada de chupar pepinos!

BÃOCU

Tiritamos, senhoras! E um só copo de vinho (*choroso; pausa*)
Um só copo (*pausa*)

HEIDI (*para Clódia*)

Falou em socós, passarinhos?

CLÓDIA (*para Lucrécia, referindo-se a Heidi*)

Essa continua em férias.
Subindo os Alpes aos traques.

BÃOCU

Um só copo de vinho nos faz verter lágrimas
De saudade das nossas senhoras. (*chora*)

CLÓDIA (*à parte*)

Senhora ele não tem. Fode com Madbed, o rei.

LUCRÉCIA (*em sussurro*)

Canalhas!

Embriagam-se e dão o rabo por prazer!
De prazer é que choram!

OFÉLIA (*percebendo que Bãocu está mancando e com uma das mãos na nádega*)
Estais ferido, general?
Noto que o vosso passo é compungido
Como se tivésseis um ferimento atrás

CLÓDIA (*para Ofélia, em segredo*)
Deve ter o caralho de algum ainda lá metido

LUCRÉCIA (*para Clódia*)
Estraçalharam-lhe o buraco, isso te digo.

BÃOCU (*respondendo a Ofélia*)
Sim, minha senhora. Mas fui prontamente socorrido.

OFÉLIA
Podemos ver, general? Cuidá-lo melhor, talvez?

DUENDES (*entusiasmados com a ideia, muito excitados e rodeando Bãocu, tentando tirar-lhe as calças. Bãocu esquiva-se de todos os modos*)
Sim! Sim! Temos ervas régias! Curamos
A rodela de um bode ferido por um sabre!
Curamos até nobres nas rodelas!
Curamos um mastruço gigante de um cavalo
Que meteu no rabo ressequido de uma velha.
Curamos línguas, regos e pruridos senis
Esculpimos umbigos nos ventres lisos!

HEIDI (*para os duendes*)
Sim! Sim! Pequeninos suínos curei nos Apeninos!
Com o suco da flor das montanhas. Conheceis?

DUENDES
Sim! Sim! O Edelvais tirolês.

CLÓDIA (*para o público*)
Os idiotas querem ver um buraco sagrado.
Vão acabar na forca. Eu, nem morta
Espio um cu fardado!

BÃOCU (*apavorado porque os duendes continuam tentando tirar-lhe a calça*)
Ó, por favor! Não! Não! Obrigado, obrigado!
Mas não! Ficaríeis apreensivos
Porque o sangue perdura. A carne não é
Como dizem os coitados das letras.
Solidez nenhuma. Tu te lembras, Ofélia:
"*This too too solid flesh*." Mentiras
Do imbecil. A carne é frágil
E tenra como rosa aberta!

LUCRÉCIA E CLÓDIA (*juntas*)
Céus! Está apaixonado.
Meteram-lhe hemorragicamente no buraco.

BÃOCU (*conseguindo safar-se dos duendes e de Heidi*)
Sinto que me entenderam e que sereis pacientes.
(*olhando apavorado para os duendes*)
Adeus meninos! Adeus senhoras!
Devo voltar à frente. Adeus! Adeus!
(*Afasta-se rapidamente a cavalo*)

CLÓDIA
Deboches! Putarias! Vistes, amigas,
Como falou às claras das orgias?
Inventaram ausências para fugir de nós!
Adoram os frescalhões as delinquências!
Soldados! Generais! Ha! Ha! Duros de peito
Arrebentados atrás!
Os homens iracundos são muito imperfeitos!

JOCASTA (*entrando*)
Estou contigo, Clódia.

LUCRÉCIA (*para o público*)
Esta é Jocasta. Tão dissimulada!

OFÉLIA
Faz-se de sonsa, mas de sonsa é que ela não tem nada!

HEIDI
Há séculos que sabe de Édipo as origens.

CLÓDIA
E bem por isso anda sempre acamada.
Tivesse eu também um filho com a idade de Édipo
Tão jovem e tão bonito
E ficaria lassa na cama pela eternidade.
(*aproximando-se de Jocasta*)
Ainda bem que te vejo de pé, Jocasta.

JOCASTA
É porque Édipo está mal.

HEIDI
O que tem?

JOCASTA
Anda lendo um austríaco, um tal de Freud, e não se sente bem.

LUCRÉCIA
Arranca-lhe o livro das mãos!

OFÉLIA
Eu é que sei! Se está doente e, igual a Hamlet, começa a ler
Fica impotente!

JOCASTA

Adivinhaste, amiga.

LUCRÉCIA

Ó que desgraça! Por Zeus!

Começam sons de batuque, distanciados, e Heidi mostra sinais de que está em transe.

CLÓDIA

Vox populi, vox Dei: com a leitura vão-se as picas duras.

JOCASTA

Já dizia um rei: um livro nas mãos é uma foda de menos.

LUCRÉCIA

Quem?

HEIDI (*em transe, dando gritos agudos*)

Viva o Brasil! (*várias vezes*)

CLÓDIA E TODOS (*muito espantados e várias vezes*)

Brasil? Brasil? E o que é? E o que tens? O que ela tem?

HEIDI (*em transe*)

É um país do futuro!
O oráculo acaba de dizer!
(*murmúrios de todos*)

TODOS (*alegríssimos*)

Que mais, Heidi? Que mais? Conta mais!

Aumenta gradativamente o barulho dos batuques.

HEIDI

Que hão de escorraçar os letrados e o monstro das letras!

JOCASTA (*ajoelhando-se*)

Graças a Zeus!
Não podemos avançar nesse futuro?

LUCRÉCIA (*para todos*)

Aspásia andou dizendo que uma chuva de picas
De diâmetro igual às doces mandiocas nascidas no areal
Nos fariam visita.

HEIDI

Calem-se! Calem-se! O oráculo me diz
Que quer mostrar do país um retrato falado!
É que os deuses, por compaixão, morando em céu de anil
Querem nos dar a visão do futuro Brasil

Começa a descer do alto do palco uma grande roda de carroça igual a uma bandeja. Ao redor da roda, cacetas como luminárias. No centro da roda, garrafas de cachaça. E lindas mulatas. Sambando, naturalmente.

(*tocando nas cacetas*)
São quentes! (*e todas as expressões condizentes a cargo do diretor*)

DUENDES (*para o público*)

Quentes... coitadinhas! Há quanto tempo não sentem uma caceta nas mãos!

AS MULHERES

São duras!
(*e todas as expressões condizentes a cargo do diretor*)

DUENDES (*para o público*)

Duras... Coitadinhas! Andam tão famintas
Que confundiram a outra noite
O fofo da neblina com uma rosa em botão!
Teceram num só dia pequenos travesseiros
Em forma de roliços bastões
E os colocaram gementes entre as virilhas

As mulatas descem da bandeja, invadem o palco aos gritos de "Viva o Brasil!" várias vezes. O palco está em festa. Seleção de futebol, samba, música muito frenética.

DUENDES (*aproximando-se do público*)
Aspásia cumpriu o prometido.
Disse-nos que se as mulheres insistissem,
Por ausência de picas, em sair da cidade, em direção a Corinto,
Ela, Aspásia, por artes de magia, lhes daria substitutivos.
Conheceis Corinto? Não? É um valhacouto lírico.

TODOS ENTOAM A CANÇÃO FINAL
Temos tudo nas mãos
Bolas cricas gingas e tretas!
Temos a pica mais dura do planeta!
Viva o Brasil! (*várias vezes*)

TEATRINHO NOTA 0, Nº 2

Autor: Nenê Casca Grossa

A Ursa
eu a amo, pai
mas ela é uma ursa, filho.
o senhor não sabe como são as ursas, pai.
claro que sei. Eu as caço todos os dias.
não seja cruel, pai.
muito bem, filho. Chame a ursa.
Ursa!
(*o pai examinando a ursa*) E então, meu filho? É peluda, tem focinho, tem patas (*examina os dentes*), tem dentes de ursa.
o senhor não notou uma coisa diferente que ela tem?
que coisa, filho?
aquilo.
aquilo... o que pode ser aquilo? Tem rabo?

a coisa da Ursa, pai.

(*pensativo*) A coisa... Tudo é coisa, filho. E ninguém sabe o que é coisa.

porra, pai! A boceta da ursa.

caralho! e por que não falou logo?

a gente tenta não explicitar, né, pai.

mas que mania que as gentes têm de não serem exatas. Coisa. Coisa. Muito bem. E o que há com a xereca da ursa?

é quente como a de gente. É doce como merengue. *Homo sum, humani nihil a me alienum puto*. E isso quer dizer: homem sou e nada do que é humano me é estranho.

mas ela não é humana, imbecil.

você é que pensa. Ursulinaaaa, vai fazer o almoço (*a ursa vai e traz velozmente o almoço*). Ursulinaaaa, vai lavar a roupa (*a ursa vai e traz velozmente a roupa lavada*). Ursulinaaaa, começa a varrer (*a ursa varre adoidada*).

(*o pai muito entusiasmado*)

pede, filho, para ela me fazer aquilo. Aquilo que eu gosto.

como é que eu vou saber o que você gosta?

aquilo, aquilo.

bananas cozidas, nabos, doce de abóbora... Pepinos?

(*o pai entusiasmado*)

isso! isso!

mas o senhor nunca me disse que gostava de pepinos!

ó, pelos céus! Maldito! Quero saber se a ursa sabe chupar cacetas! Sabe?

e porque não disse logo isso, pai? Aquilo... Aquilo... Pois ela chupa cacetas muito bem.

ó, filho, casemo-nos com ela! É tão raro e singular uma ursa como essa!

vai ser bom, papai. Obrigado, papai.

vai ser bom, meu filho. Obrigado, meu filho.

(*As atitudes da ursa durante a peça ficam a cargo do diretor.*)

TEATRINHO NOTA 0, Nº 3

Autor: Sonson Pentelin

O PÉTALA

Dois personagens: Sonsin e Nenéca. São jovens, moderninhos. Estão em qualquer lugar que o diretor queira. No banheiro talvez.

SONSIN (*papel na mão, lendo o texto*)

Conas frias como estrelas nuas, eram pedras de orvalho nas pradarias. Lívidos caralhos, minguados, as cabeças pendentes e ressecados pentelhos tomando um sol poente, ah tua boca tem tudo a ver com alecrim, gosturas, e a carne crua tem tudo a ver com jasmins, me tens trançado no visgo das tuas coxas, tenho te amado Leda, Líria, fria, nua!

NENÉCA

O que é isso? É Shakespeare?

SONSIN

É a abertura da minha peça, boba.
O preâmbulo, o começo da tragédia.

NENÉCA

Credo, Sonsin, que bosta.

SONSIN

O que você quer, hen Nenéca? Quer putaria vulgar? Escrotagem?

NENÉCA

Quero uma coisa normal, né? Isso é língua de asteca.

SONSIN

O que é uma coisa normal?

NENÉCA

Perguntar as horas, por exemplo.

SONSIN

Muito bem. Então que horas tem?

NENÉCA

Exatamente vinte e uma horas e vinte minutos.

SONSIN

E depois disso?

NENÉCA

O que depois disso?

SONSIN

Ué, as coisas têm que ter começo meio e fim.

NENÉCA

Ah é? E o que aquela puta fez pra você tece começo meio e fim? Chegou aos gritos e morreu em seguida. Aqui. Bem na tua casa. Tá faltando meio. Até agora, a polícia ainda te enche o saco. Por que você não continua aquela peça que você me contou um dia? O Pétala: aquele cara que cagava pétalas.

SONSIN

É que é difícil cagar pétalas no palco.

NENÉCA

Xii, Sonsin, tu tá por fora mesmo hen... Teatro, tem de tudo sabe?

SONSIN

Ah, é? Como é que você faz um cara cagar pétalas?

NENÉCA

Que coisa mais idiota, deve ser facílimo...

SONSIN

Então diz como é que faz.

NENÉCA

Bem… O cara pode encher o saquinho de pétalas, amarrar tudo na cintura, um saquinho, entende?

SONSIN

Sei… E depois?

NENÉCA

Ora Sonsin… Depois na hora de cagar estoura o saquinho.

SONSIN

Sei. Só que pra estourar o saquinho tem que sentar em cima dele e aí ninguém vai ver ele cagar.

NENÉCA

Também que besteira… Por que o cara tem que cagar pétalas?

SONSIN

É uma peça burlesca. Tem que ser.

NENÉCA

De que cor são as pétalas?

SONSIN

E isso interessa, Nenéca?

NENÉCA

Claro que interessa. Se alguém me conta que um sujeito vai cagar pétalas no palco a primeira coisa que eu pergunto é de que cor são as pétalas.

SONSIN

Isso porque você é louca, ninguém pergunta isso.

NENÉCA

Tá bom. Mas por que mesmo que ele tinha que cagar pétalas?

SONSIN

Porque a mocinha que ele adorava, a Valenska, quando ele perguntou a ela: ó Valenska, posso oscular tua rósea orquídea?

NENÉCA

Ele fala assim esse cara? Que cretino!!!

SONSIN

Nenéca, é uma peça burlesca, já te disse, ou você acha que o pessoal quer a HH, aquela metafísica croata?

NENÉCA

Tá bem tá bem, mas e daí? O que a mocinha respondeu?

SONSIN

Então depois que ele disse à mocinha "posso oscular tua rósea orquídea?" ela disse: "só cagando pétalas, moçoilo poeta".

NENÉCA

Engraçadinha, não?

SONSIN

Então é por isso que o coitado faz o possível para cagar pétalas.

NENÉCA

É... Ficou um problema... Escute, e se...

SONSIN

Nenéca, eu não quero mais falar de pétalas.

NENÉCA

Então tá bem. Começa aquilo do começo.

SONSIN

Conas frias como estrelas frias, eram pedras de orvalho nas pradarias. (*começam a cair lentamente do alto pétalas de várias cores, lentamente*) Lívidos caralhos, minguados, as cabeças pendentes e ressecados pentelhos tomando um sol poente, ah tua boca tem tudo a ver com alecrim, gosturas, e a carne crua tem tudo a ver com jasmins, me tens prensado no visgo das tuas coxas, tenho te amado Leda, Líria, fria, nua!...

O palco agora está cheio de pétalas, só aparecem as cabeças.

NENÉCA

Viu só, Sonsin? Cagaram.

SONSIN (*olhando para cima aterrado*)

Meu Deus, é o Pétala!

Escuta Clódia, escuta, vê se você gosta:
O dragão espichou a fina língua na cona adolescente, lento de início, como quem rabisca. Um hipotético poente de azuladas tintas cresceu arredondado nas pálpebras descidas. Minhas pálpebras frias. Foi assim o teu sonho, é? Um dragão de verdade? Sim. Um dragão de sonho. Espicha mais a tua língua. Lambe aqui. Ele tinha escamas? Lindas, purpúreas. Tinha bigode? Ai ai ai. Não. Ai ai. Aí ela começou a gozar. O homem enterrou-lhe a verga na vagina. (Ó! ai! ó) Em seguida abriu os olhos. Olhou o rosto fino, anguloso e agônico da mulher adolescente. Sussurrou para si mesmo: a morte deve ter o mesmo rosto.

que horror *Liebling*, você anda lendo Hans, que deprimente!
mas deixa eu ler mais isto pra você
não, não e não!
se você deixar, esquento os rabanetes pro teu buraquinho não
e depois esquento a minha pica pro teu buracão
então tá bem. Lê.

Esticou o barbante entre as duas árvores. Pendurou seus trapos. Depois pôs as mãos na cintura e disse: "Bem. Agora tenho uma casa. Não havia telhado nem cachorro nem mulher nem panelas. Crianças muito menos. Havia apenas (logo mais) o céu negro e estrelas. Dias mais tarde demorou-se algum tempo (tempo talvez excessivo) olhando as árvores e enforcou-se". É do Hans.

CLÓDIA

só isso?

CRASSO

é.

CRASSO

posso continuar por ele.

CLÓDIA

Deus me livre. Só se você lembrar de colocar a língua de alguém no meio disso tudo ou um outro dragão quem sabe.

CRASSO

um dragão que coma o cu dele por exemplo.

CLÓDIA

antes ou depois dele se enforcar? (*pausa*) Crassinho, por favor, faz aparecer uma mulher ou uma adolescente meio puta, transviada, gostosinha. Que cê tem hen, Crasso?

CRASSO

mas o Hans só quis contar aquilo lá de cima.

CLÓDIA

tudo bem. Olha eu vou telefonar para o Rubito.

CRASSO

ainda não se cansou de chupar os dedos dele?

CLÓDIA

tô deprimida.

CRASSO

não quer um sorvete de chocolate de pauzinho? Rubito chegou. Foi logo tirando as calças, a camisa. A cueca era vermelha. Não tirou. Ele parecia um tição que começa a pegar fogo.

Pegou um uísque. Deitou-se no tapete. Crasso está triste, disse Clódia. Então você chupa o pau dele e eu meto a língua na tua rodela. Que tal, Crasso?

não, Rubito, obrigado eu disse.
pô. tá triste mesmo.
você precisa ler a historinha que ele leu para mim. Do Hans.
é metafísica ou putaria das grossas? mas não quero ler não. Quero que você saiba, Crasso, que hoje eu vi um antúrio negro. É deslumbrante. Coisa de japonês. Eu adoro japoneses. São ternos e cruéis.
um antúrio negro é uma coisa cruel, Rubito.
por quê?
é como se você visse o palato de Deus.
só se ele fumar muito não é, *Liebling*? Me morde aqui, vá. Aqui na cona.
e os rabanetes?
e eu, pessoal? e eu? disse Rubito.

Viajei porque queria os inéditos de Hans. Clódia me deu o endereço da mãe dele. Soubemos que ele deixara tudo lá uns dias antes de se matar. A cidade chama-se Muiabé, no município de Cantão da Vila. É tão isolada que chamam Muiabé de ilha. Estou indo. Quem sabe se aos poucos vou preparando uma lista desses canalhas editores. Quem sabe se na ilha encontro o meu porco. Porque cada um de nós, Clódia, tem que achar o seu próprio porco. (Atenção, não confundir com corpo.) Porco, gente, porco, o corpo às avessas.

Querida Clódia: há algumas coisas para te dizer daqui do meu voluntário exílio. Por exemplo: quando eu morrer, quero que ao invés das bolinhas de algodão que usualmente colocam nas narinas do morto, que você providencie bolinhas de pentelho de virgem. Sei que será uma estafante tarefa porque primeiro: não há virgens. Segundo: as que seriam virgens são impúberes e portanto sem pentelhos, glabras. Vá pensando nisso tudo. Outra coisa importante: pinte uma vagina dentro de uma casca de ovo, com nuances *bleu foncé* e negro, e estando eu morto coloque a pequena tela no bolso da minha calça. Do lado direito. Enquanto coloca, alise com brandura meu caralho-prega (este que eu agora aliso enquanto te escrevo e que está tudo aquilo túrgido, duro, aceso, pulsante, vibrátil, túmido, sem que os amigos ao redor do esquife percebam, para não ficar constrangedor para mim, percebes?) E por quê, me dirás? E por quê, *kleine* ursinho, besourinho dourado, por quê, dirás. Quanto aos pentelhos de virgem, porque quero sentir cosquinhas no nariz e espirrar se não estiver morto. Se estiver, porque quero sentir o aroma de um pentelho assim. Dirás: mas estás morto. *Who knows, my dear?* eu digo. Porque posso estar simplesmente ausente. Indiferente. Impassível. Ou posso estar morto na dimensão dos vivos e vivo entre aqueles, e o teu gesto terá a maciez, o cuidado, a doçura, o inequívoco das últimas despedidas. Do lado direito, porque será mais fácil para mim (se não estiver morto) tocar na minúscula vagina *bleu foncé* e negro, e se estiver morto servirá como passaporte, quero dizer identificação mais precisa para onde eu gostaria de viajar. Para os valhacoutos do prazer, minha querida, os núcleos da devassidão celestial. Outra coisa: corte as unhas se tiver a tara de querer enfiar o dedo no cu do morto. Nem morto posso suportar tua unha dourada e pontiaguda no meu buraco. Aliás, por que você insiste em não cortar pelo menos a unha desse dedo que eu não sei mais como se chama, só me lembro do anular? Clódia, que saudades. É horrível a ilha. Mas estou nela. Vomito todos os dias quando penso em mim, quando me detenho. É preciso inventar algumas geringonças para serem colocadas no cérebro dos nascituros impedindo que os homens tenham pensamentos deletérios.

Saber da própria morte, por exemplo, é uma maçada. A profusão de vermes e de asas que espoucarão no meu corpo-monturo. A geringonça instalada no cérebro não permitiria que eu pensasse nisso. A palavra morte arrancada do cérebro. Olharíamos o morto e seria como se olhássemos uma travessa de alfaces. Comer o morto seria até melhor do que sabê-lo. Isso de eu ter vindo para cá a fim de catalogar toda a produção inédita de Hans Haeckel foi muito imprudente. Clódia, se você lesse os inéditos de Hans! Aquele de Lisa é o mais alegrinho. Há agonias sem fim, homens e mulheres debruçando-se sobre o Nada, o Fim, o ódio, a desesperança. E se você tivesse conhecido a mãe de Hans, não suportaria. É uma velha odiosa. Avara até os pentelhos. Dizem que tem cinquenta casas alugadas e quando o cara não paga ela fica na soleira da porta do infeliz até o anoitecer e volta a cada dia. Quando fui buscar os inéditos do nosso amigo, ela me disse: "Pode levar todo este lixo".

Pesada, varicosa, os peitos uma maçaroca batendo na cintura. Pediu-me que eu a acompanhasse até a venda, a mercearia deste lugarejo. Ficou uns quinze minutos discutindo com o cara por causa do pão.

mas minha senhora, não sou eu o culpado do preço do pão.

se não abaixar o preço não compro.

E foi um tal de baixa não baixa que o homem acabou baixando as calças e lhe mostrando a pica (você ia gostar dessa, tem verrugas pretas na ponta). Ela voltou sem o pão. Ia pela rua catando tudo quanto há: prego, tampa de margarina, tampinha de garrafa, papelão. Dizem que construiu uma casa vendendo depois essas quinquilharias. Quando me deparei com um tolete de cachorro, perguntei-lhe: aquilo não vai não? Ela rosnou. Chama-se Sara. Na venda me contaram que ela frita baratas e tira os bigodes das pobrezinhas antes de comê-las. O que há com as mães, hen Clódia? Pobre Hans. Um gênio com essa mãe! E o que há com a genética, hen Clódia? Os homens não sabem nada do DNA, nada! nada! Por favor, manda-me uma das tuas vaginas, aquela salpicada de roxo. As abas caídas. A que Hans chamou: "pomba buona". Quero me lembrar de algumas boas mães velhas. Senão vou sair matando mãe por aí.

P.S.: joga fora esta carta. Lembra-te do meu pau. Da minha língua. Lembra-te que eu te amo, louca. Estoca os teus sucos de orquídea para o meu deleite quando da minha volta. Aquece alguns rabanetes, aqueles compridinhos para eu te pôr no buraco, como gostas, as casquinhas vermelhas ao redor como flor, como gostas. *Blümchen*, sonho com as tuas coxas carnudas e minha cabeça metida na tua vasta orquídea.

CONTO PÓSTUMO DE HANS HAECKEL

Tocou o desmesurado de Deus. Jorrava sangue e sêmen negro. Acordou ofegante e suado. Os dedos doloridos ardiam. Foi até o banheiro. Imundície e desordem. Como tudo havia mudado depois da morte do pai! A mãe foi sempre uma mulher dementada. Ainda hoje ele teria que acabar a tradução de *Sch. An-Ski*, *"O Dibuk"*. Aquela casa! O sofá despencando, a mesa cheia de manchas, os papéis que era preciso esconder porque ela teimava em amassá-los e jogá-los no lixo. Como teria nascido filho daquela mãe? Como foi possível que o pai, um homem delicado, fino, se apaixonasse por aquela mulher grosseira, os olhos duros, assustadores como o agudo dos estiletes?

mas ela não foi sempre assim filho, ele teria dito um dia.

Como teria sido então? Como teria sido a outra, antes, jovenzinha?

linda, filho, linda. Inacreditável. O filho só se lembrava dela assim como estava. É inacreditável também aquele sonho. Tocou o falo de Deus. E do falo jorrava sangue e sêmen negro. Teve um começo de náusea, tomando café. A mãe sentada na poltrona escura movimentava as mãos vazias como se tricotasse. Ausente, muda, feroz. *O Dibuk. Sch. An-Ski* escreveu certa vez: "Não tenho mulher, nem filhos, nem lar, nem mesmo uma casa ou móveis... A única coisa que me une fortemente a esses conceitos é a nação". Também ele não tinha mulher, filhos, lar e aquilo onde estava não se podia dizer que era uma casa e móveis, então... quanto à nação, seus sentimentos eram de revolta, dor, absurdez, porque ser brasileiro é ser ninguém, é ser desamparado e grotesco diante de si mesmo e do mundo. Empurrou a xícara de café e tentou continuar a tradução da véspera. Máquina de escrever não havia mais. Vendera a sua há muitos meses. Era difícil segurar o lápis com aqueles dedos doloridos. Começou a sorrir. O falo de Deus. Que loucura. Não havia tal coisa. Ficou perplexo quando a mãe começou a cantar: *Du bist wie eine Blume, so hold und schön und rein?* Tu és igual a uma flor, tão doce, bela e pura. Há quantos anos a velha não dizia uma palavra, quanto mais cantar. O que foi, mãe? A resposta foi uma cantoria cada vez mais alta e mais estridente. "Para, mãe, já chega, para." Ela parou e falou com voz alheia: "Não se questione mais, não procure mais". Em seguida, a velha continuou o habitual e fantasmagórico tricoteio.

Clódia, essas são as primeiras linhas de um conto póstumo de Hans. Nas anotações ele disse que a palavra *dibuk* é o nome do espírito de um morto. E diz mais: "O conto é a tragédia do tradutor, um homem que percebe a irreversibilidade do mal e enlouquece". Não encontrei a continuação. Por enquanto, só as anotações. Vê só como nosso amigo tava pinel. O pau de Deus. Esse sim é que você gostaria de pintar. Usarias tuas tintas vermelhas e negras e pintavas o divino caralhão esporrando adoidado. Hans era sábio, Clódia. Sabia que não era para a gente se perguntar muito, que a vida é viável enquanto se fica na superfície, nos matizes, nas aquarelas. Aquarela já é perigoso também. Há tristíssimas e sinistras aquarelas. Ele sabia, mas resolveu continuar aquarelando. Clódia, não pinte jamais aquarelas, nem essa paisagem aí da tua janela. Tudo tende a desmanchar-se num átimo, quando a gente se demora olhando. Desmancha-se o que se vê para fixar uma nova paisagem. A singular paisagem daquele que pinta. Ainda bem, putíssima amada, que tu pintas vaginas e picas. Não há muita transcendência por aí. Escute: encontrei uma dona gostosa na praça do coreto daqui. Joseli. É datilógrafa. Tem um rabo caído, uma perazinha, mas que boca. Íamos nos alegrar tanto os três, mas a mocinha parece direita, tem mãe e irmãzinha. Minha intenção é levar uns docinhos para a mãezinha dela amanhã à noite. A mãe pode ser melhor. Joseli tem dezoito aninhos. Não fica com ciúme, não, tua cona é única e eterna. Espere notícias.

Ando deprimido, Clódia. Como se caralhos e perseguidas não existissem mais. Ler o nosso Hans Haeckel é como se o pensar tomasse efetiva concretude e aparecesse à tua frente: uma sólida e imponente colina de granito. Até me esqueci da menina Joseli e da mãezinha dela. Ah sim, porque fui visitar a família e a família é a Joseli, a irmãzinha, um pouco pequenina para meter-lhe a piça. E a mãe. A mãe é rechonchuda, muito da discreta, fala baixo e manso. Que olhos! Que tetas! Mas hoje, para mim, meter seria o mais fastidioso, o mais desastroso e inútil de todos os atos. Tento meditar coisas imundas: lamber o traseiro de uma mula por exemplo. Penso em Hitler defecando sobre as loiras cabeças de suas amantes (era uma das taras irrelevantes dele), cuspo no meu pau e aliso-o com frenética doçura, penso até (perdão, Clodinha) nos dedos pretos de Rubito adentrando tua rodela e, chupando--os depois, e nada! Nadinha! O pau é uma tripa engruvinhada, o pensar nas cricas me dá ânsias, agora sim entendo por que o Buonarroti dizia que as genitálias eram as coisas mais feias dos corpos humanos, também acho, gostaria de ver a boceta de uma cigarra, de uma andorinha, a genitália dos lírios, das boninas, o pau do beija-flor, do pombo, do tico-tico. Clódia, eu sou um verme viscoso e nojento. Talvez sigam notícias se eu conseguir anular o gesto do tiro na têmpora.

Cruzes, volte imediatamente, pare de ler o Hans. Ele que se foda. Que o esqueçam. Você já não sabe que os homens não suportam pensar? Pare com essa atividade deletéria. Volte. A perseguida encharcada à tua espera. Clódia.

Fique calma. Consegui depenar o sabiá ontem. Foi assim: primeiro mandei o Hans à puta que o pariu, que é aquela velha obscena que gosta de ver o mastruço do cara da padaria e que cata bostas pelo chão. Segundo: fiquei nu. Terceiro: pensei na mãe da Joseli e na Joseli e quase que pensei na irmãzinha também. Mas descobri que não sou afeito à pedofilia. A menininha começou a chorar e a caceta ficou do tamanho de um grão de milho. Então comecei tudo de novo. Não pensei mais nem na mãe nem na Joseli nem na palavra família. Família brocha qualquer mastruço. A não ser que a mãe da gente tenha a cara da Mangano, a Silvana. Que coxas, que nariz! Você se lembra da *Morte em Veneza*? Que mãe que inventaram pra aquele moçoilo bicha! Se eu tivesse tido aquela mãe tinha ficado igualzinho. Continuando: pensei em você, cona eterna! Nos teus esgares, teus gritos, a tua vertigem quando você fica séria. Será que ando sentindo amor? Meu Deus, isso vai me brochar para sempre. Não há nada mais estraçalhante e corrosivo! Então reformulei o quadro. Pensei em você prostitutíssima (como quase sempre, aliás) e pensei naquela tua entrada na igreja, a blusinha amarelo dourada e na sacristia e no padre que não apareceu. Mas fiz com que o idiota aparecesse. E lá fomos os três pra sacristia. Isso me lembrou um livro que li há algum tempo. Uma putinha chamada Corina: *O caderno negro*. Mas não gostei não. Era tudo muito jeca. O meu padre, você e eu somos sofisticados. O padre é francês. Inteligente. Aqueles que gostam de guerrilhas. Depois pensei em pôr um padre alemão pra você gozar mais gostoso. Mas eu ia me foder com a língua dos cavalos que você gosta tanto. Alemão eu só aguento na tua boca. Então o francês. Ele te alisando com fala macia, e você respondendo com o mesmo subtom daquelas falas da Marguerite Duras em *Hiroshima mon amour. Quelle douceur! Tu me tue. Tu me fais du bien, dévore-moi*... fui indo e de repente ficou tudo uma maçada porque me lembrei do amante alemão da outra. Aí voltei tudo pra trás. Igreja, padre e você. E me lembrei, felizmente, que estamos no Brasil. O país bandalho. Depois acrescentei a santa Teresa do Bernini, aqueles pés em ponta recebendo as flechadas da beleza e gozando gozando. Te vesti de carmelita, querida. Me vesti de Sátiro. Cornos e tudo. Gozei grosso e quente. Comovido até. Esqueci de dizer a você que antes de gozar vesti rapidinho o padre de guerrilheiro. Aquela boina e tudo o mais. A batina que eu havia idealizado não deu certo. Aliás, pensei, por que não modifiquei todo o panorama e não me coloquei entre vocês dois, guerrilheiros também, lá pelos confins do Araguaia? Quer saber? Por causa dos mosquitos.

CONTO DE HANS HAECKEL

A velha era triste e disforme. O cachorro era magro. Ela percorria aquele caminho há muitos anos. Catava o lixo de um monturo. Os meninos resolveram matá-la. Ela e o cachorro. Armaram-se com barras de ferro. Com facas também. O cachorro ganiu comprido. A velha nem um pio. Um dos meninos disse que queria comer os olhos da velha.

O outro perguntou por quê.

porque dizem que é parecido com ostra.
quem disse isso?
gente que já comeu, ué.
olho ou ostra?
eh, bobo, tanto faz.

Então arrancaram os dois olhos da velha. Gostaram tanto que resolveram comer também os olhos do cachorro.

supimpa, disse um deles.
legal, disse o outro.
E foram dormir. Arrotando olhos.

CONTO DE CRASSO EM DEPRESSÃO

Ele deu várias chicotadas nas coxas da mulher. Ela sangrava e pedia mais.

você sabe que os americanos ficaram com uns problemas com aquilo tudo do Vietnã?

sei que ficaram com vários problemas, mas qual é esse?

eles gozavam quando explodiam a cabeça de um vietnamita.

que jeito difícil de gozar não? ainda mais agora, tem que viajar pra lá.

até que nem. É só sair por aí explodindo cabeças.

é. isso é.

e as armas?

a gente arranja, benzinho. Ele lambeu-lhe as coxas. Ficou lambuzado de sangue.

eu gosto de sangue.

eu gosto de ser sangrada.

o que é que você acha do ser humano?

um barato, né, bem?

e se eu te matasse agora? de que jeito?

com várias facadas.

dói? não vai responder aquilo: que só dói se eu começar a rir.

não, benzinho.

Ele foi até a cozinha. Ela sorria. Ele voltou com uma faca dentro de uma bacia de água. Lembrou-se do Polanski: *A faca na água*. Bonito aquele filme. você assistiu *A faca na água*?

não. Eu só assisto filme pornô.

quanto você quer pra levar uma facada?

a sério?

claro.

se eu gozar quero nada não, bem.

Ele deslizava a lâmina da faca na água da bacia. Lembrou-se de um poeta que adora facas. Que cara chato, pô. Inventaram o cara. Nada de emoções, ele vive repetindo, sou um intelectual, só rigor, ele vive repetindo. Deve esporrar dentro de uma tábua de logaritmo. Ou dentro de um dodecaedro. Ou no quadrado da hipotenusa. Na elipse. Na tangente. Deve dormir num colchão de facas. Deve ter o pau quadrado. Êta cabra-macho rigoroso! Chato chato.

resolveu então benzinho? quanto é pra morrer sem gozar?

ah, isso vai ser caro, amor. Nenhuma siririca antes?

não. Assim a seco.

você é louco.

não.

E enquanto ela gritava, encolhida debaixo dos lençóis, explodindo em sangue, ele dizia: um punhal só grito, benzinho, sem nenhuma emoção, benzinho. Coisa de cabra-macho rigoroso, benzinho. Goza, vá. Algumas pessoas que andavam pela rua tentaram adivinhar de onde vinham os gritos. Mas tudo silenciou de repente. E todos continuaram andando.

goza, vá.

Devo lamber-te a cona, ó celerada
Ou torturar-te o grelo nas delongas e
Devo falar de Deus nas águas rasas

De teus parcos neurônios, ou te lamber
As coxas rúbias, glabras
Ou modorrar quem sabe no fastio
De narrativas tuas sobre amantes teus
O tamanho das piças, o palrar dos panacas
Interjeições monistas (de monos, amada)
Que é o que foram os pulhas das tuas empreitadas.
Para alcançar orgasmos impudentes
Devo fazer que gesto, ó celerada?

Teu verso é teu monturo, Crasso velho.
Porque fétido, é o verso que exala
Impotência e despeito. Fedes da axila ao reto
E há magia nenhuma nos teus dedos.
Se são mundanas minhas falas
Quando estás por perto
É porque te sei rude, grosso, crasso
Como o teu nome indica.
Quanto ao tamanho das piças
Deixa-me rir do tamanho da rola
Que tens entre as pernas.
Um riso prolongado, um riso eterno
Eu, atrás de todas as treliças.

Imagina-te, Clódia, encontrei uma mulher inimaginável, belíssima. Ela é de Caicó. Jamais pensei que uma caicoense pudesse ter tais atributos. É tudo tão longe, não é? E a gente nem sabe direito onde é Caicó. E se existe. Pois existe e muito! A mulher é inteira existente. Existe em maravilha da cabeça aos pés. Não te preocupes, mas balancei um bocado. É alta, loira, letrada! Conhece literatura de cabo a rabo. O marido, o professor Gutemberg, viajou anteontem para um lugarzinho perto daqui chamado Muiabé. Não deu outra. Já sabes. Mas a mulher tem tamanhas qualidades que fiquei tímido, lasso, brocha e despeitado. E ontem, odiento, mandei-lhe o primeiro poema aí de cima. Pois imagina-te, hoje me respondeu com o aí de baixo. Estou mal. Prostrado. Manda-me algumas palavrinhas. Caicó, meu Deus! Vou comprar hoje mesmo um mapa desse Brasil bandalho. Que surpresas! Que país! Que grelos insolentes e cultivados tão de repente! Eu fedo, Clodinha? Manda-me carícias e um fio do teu pentelho. Ela se chama Líria.

CONTO DE HANS HAECKEL

A morte me apareceu certa noite no quarto. Era uma menina vestida de negro, os cabelos loiros escorridos. O vestido era estufado, brilhoso. Assim que a vi soube que era a morte. Recostou-se em um canto de parede à minha frente, os pezinhos cruzados. Não usava sapatos.

então, Hans está pronto?

não, respondi-lhe agoniado.

Sorriu. Tinha dentes negros e minúsculos. Assustei-me.

Esperou que eu me acalmasse e perguntou:

quanto tempo ainda você deseja?

algum tempo.

Respondeu-me que era preciso que eu fosse mais preciso. A frase tinha humor e pude até sorrir.

Disse-lhe:

mais dez anos talvez.

dez anos talvez, é hoje.

impossível.

não. para ser exata: dez anos e dez dias. o tempo é outro quando eu apareço.

Senti náuseas de repente e uma dor profunda no peito.

Ainda pude perguntar-lhe: há uma outra vida?

sim. Milhões de crianças como eu. Você será uma delas. É tedioso e até inaceitável mas é assim. O espelho do quarto refletiu um menino vestido de negro, calças curtas e camisa comum, os cabelos loiros escorridos. Olhei-me assombrado. Depois disso, nunca mais me vi.

Fiz as pazes com Líria. Acalma-te Clódia. Não é tua a frase "a rotina, a mesma visão das genitálias faz apodrecer a sensualidade"? Tô quase podrido. Calma.

Líria me contou que antes de conhecê-la, o professor Gutemberg só pensava na morte. Era triste sábio e profundo. Sua caceta sempre foi magnífica mas o desempenho era prejudicado pela leitura excessiva. Sabia História como ninguém, e boa parte de sua antessurdez e melancolia era devido à História. Dizia à Líria que a Humanidade continuará seu caminho demente, que somente um idiota não vê que os homens continuarão *per secula seculorum* a cometer desatinos imundícies baixezas escroterias, e que as religiões e as igrejas haviam criado as guerras a miséria a loucura a culpa. Mas o professor Gutemberg amava Vladimir Ilyich Ulyanov, o Homem. Quando falava dele sua caceta alcançava níveis de real grandeza. E foi por aí, ela me disse, que conseguiu um desempenho contínuo e maravilhoso do professor. Como assim? perguntei. Ah, caríssimo Crasso, ela me diz deitada (com aquelas coxas suadas inundadas de pelinhos loiros luminosos. As coxas de Líria falam. Mexem-se de tal jeito, abrem-se com sóbria voluptuosidade, lentamente, depois juntam-se, esfregam-se, um movimento de magnífica harmonia. Lembro-me neste instante de uns versos de Pessoa: "apetece como um barco, tem qualquer coisa de gomo, meu Deus quando é que eu embarco? ó fome, quando é que eu como?"), descobri na biblioteca de nosso padrinho, porque temos um padrinho que é possuidor da maior e mais perfeita biblioteca das bandas de lá, e ele foi na juventude filiado ao Partido.

que Partido?

como que Partido? O Partido, o único que se conhece com esse nome.

ah, sei, e daí?

e daí descobri que Vladimir Ilyich tinha uma imponente feérica inigualável verga.

ah, mas que absurdo, Líria, que bobagem, que eu saiba ninguém jamais viu a caceta do Homem, a não ser, lógico, a própria mulher.

a Krupskaia...? imagine! ela, se viu, viu pouco. você sabe que as russas, meu caro, são puritanas, ou melhor, são vitorianas até hoje em matéria de sexo. ah, não acho que sejam não... porque uma vez. não não não não, eu sei das coisas, Crasso, mas continuando... quem viu mesmo foi outra.

quem?

uma mulher fascinante, não posso te dizer o nome, e é claro que ela não deixou relatos sobre esse assunto mas confidenciou a uma amiga, entendes? e há os relatos escritos dessa amiga.

ahmm...

e eu os li, Crasso. São soberbos. Um erótico santo, bíblico.

não diga, é mesmo é?

é.

e daí?

e daí que Vladimir Ilyich tinha a mais deslumbrante verga de toda a Rússia, e posso dizer que do mundo, talvez. inigualável.

tudo bem, Líria, mas o que é que uma caceta pode ter de tão diferente da outra, claro, a não ser comprimento e grossura?

ah, meu caro... diferenças sutis, temperatura, pulsação, resistência. cor.

cor?!

sim senhor! há cacetas abatidas, da cor de aspargos.

e o professor com tudo isso?

o professor com tudo isso é que na hora da cama eu lhe dizia: meu caralho russo, lembra-te do Homem, fica inigualável, fica.

e ele ficava?

claro! inigualável, frenético, discursivo, profundo, você não imagina, o Gutemberg chegava até a fechar o olho esquerdo nessa hora.

???

o Homem tinha um tique insinuante: fechava às vezes o olho esquerdo. Nos grandes momentos de dialética. curioso. Curioso.

Olhei o meu pau. Estava murchinho. Tentei fechar o olho esquerdo mas não aconteceu nada.

Há duas semanas que Clódia não dá notícias. Nem um telegrama. Telefonei algumas vezes do único telefone da cidade, um lugarzinho apertado e calorento. Ninguém atendeu. Insisti meia hora. Atendeu. Quando ouviu minha voz ela disse simplesmente: foda-se, Crasso. Liguei novamente. Mais meia hora. Atendeu. Eu perguntei: por quê? Ela disse: porque você está amando e isso é traição. Tentei gargalhar. Bateu o telefone. Verdade que havia também uma coisa a favor de Líria: minha depressão. Os contos de Hans Haeckel perturbaram-me imenso. Depois: a beleza irradiante de Líria. Outra coisa: a amabilidade e simpatia do professor Gutemberg. Sim, porque as qualidades de um marido têm muito a ver com o desejo do homem por uma mulher. Assim que nos aproximamos de uma mulher casada, olhamos o marido. Se ele é repelente, o desejo pra mim diminui. Pensamos: essa tem coragem de meter com esse aí? E nasce uma ponta de desprezo. Se o cara é bonitão o desejo aumenta, porque podemos repetir aquela frase: beleza não põe a mesa. Se é carrancudo, brocha um pouco. Dá medo de morrer. O cara pode se enfezar a sério. Marido e mãe têm muito a ver com a mulher que desejamos. Bertrand Russell, para citar só um exemplo, começou a ficar enojado de sua mulher quando soube que a sogra vendera a dentadura do falecido. Isso também me pareceu insuportável. E as filhas têm sempre muito a ver com a mãe. Quando li essa confissão de Bertrand Russell fiquei surpreso porque os ingleses são muito discretos e dificilmente revelam coisas desse tipo. Não me lembro de ninguém que tenha vendido a dentadura de um morto. Ninguém de minhas relações. Sei que George Washington tinha uma dentadura de madeira.

de que cor? perguntou Líria.

ah, isso não sei.

e a verga dele?

querida, esse tema é teu. Pensa aqui, olha. No meu. No meu pau, Líria.

Líria, como te quero, ph.D. de picas, tu dizes que os brasileiros são incultos duros desabusados, grosseiros, que os ingleses são confiantes, rígidos mas fracos de arremesso, que os russos são demorados e lânguidos, diamantino-duros mais do que perfeitos, que os alemães (ah, tenho que interromper para escrever à Clódia o diálogo que ouvi anteontem):

querrr saberrr, dona Eulália, non gostarrr de foderrr com a senhora.

ah, que pena, por quê, seo Otto?

eu não gostarrr porque senhora chuparrr com carra de nóxo minha pau.

que é isso, seo Otto, cara de nojo, imagine!

estarrr bem, dona Eulália, acreditarrr. se puderr procurarr fazerr carra bonita, eu gostarrr mais.

bem, seo Otto, também é só o senhor não olhar para a minha cara.

eu gostarr de olharr para carra de mulherr quando mulherr chuparrr.

ah, bom, seo Otto, então tá bem.

poderrr ir, dona Eulália.

com licença, seo Otto.

obrigado, dona Eulália.

ah, de nada, seo Otto, desculpe alguma coisa.

senhorra Eulália!

pois não, seo Otto.

poderr pegarr a crruz de ferrro que eu promessa prra senhorra.

ah que belezinha, seo Otto, eu adoro cruz, adoro mesmo, obrigada.

bitteschön, senhorra Eulália.

Clódia, aqui na esquina há uma pequena imobiliária muito da chinfrim. Vendem ranchinhos, pequenos lotes próximos do único ribeirão da cidade. Num momento de santidade e ascetismo, depois de reler um dos contos daquele maldito, pensei em comprar uma casinha com dois coqueiros para a nossa velhice. Nós dois aos oitenta. (*Imagine me eighty-three wearing glasses and you ninety-two.*) Entrei na salinha. Não havia ninguém. Mas na salinha ao lado havia. As paredes são finas como folhinhas de avenca. E ouvi isso tudo aí de cima. Dona Eulália ficou roxa quando deu comigo. É magrela, a beiçolinha carmim. E a cruz de ferro já no peito, imagine! Ficou tão assustada de me ver ali que eu também me assustei e disse sem querer uma frase idiota quando vi a cruz de ferro: a senhora quer ferro, dona Eulália? Foi horrível toda tentativa de explicação. Clódia, por favor, me escreva, estou tentando escrever um livro... é uma surpresa, aliás era, porque agora já te contei.

que os alemães, ah, não não não, voltemos aos brasileiros que são aqueles, Líria, que tens mais à tua frente e dizes que são mais o quê? palavrudos, zombeteiros, metidos a fundo, cuzeiros, ai, Líria, ph.D. de manuseios, de lérias, tua língua estufada e fina, a mucosa de veios, queria que fosses. Aquela e eu teu Lênin, teu Ilim, teu Tulim, teu Volódia, ah, isso sim, nós crianças, em Simbiirsk, eu te afagando os pentelhos, ou tu minha calmuca governanta, pensa-me assim e enrijeço pica e pelos, pensa-me um Volódia-Lênin torcido de fúria nos olhinhos fundos e ao mesmo tempo um grosso neném de fraldinhas vermelhas, ah, que fantasias me vêm, eu Crasso-Volódia túmido à tua espera na Praça Vermelha, as gentes nuns vozaços grossos discutindo a *Glasnost*, e nós dois deitados (!) ou invisíveis então, vendo botas e vodcas agarradas às mãos, eu te penso Aquela, tu me pensas imbatível, de ríspida eloquência e de dura dialética no meu olho esquerdo, e um caralho numinoso carismático heroico revolucionário...

E pensar que sou Crasso aqui, neste verde-amarelo paupérrimo e inflacionário.

Esqueci os dados. As confluências. E não sei quem sou. Antes, dois rios se juntavam: eu e os meus outros. Agora, distorcido, sozinho, acordo sobre uns cascalhos, conchas, de certa forma adequados se me pusesse a estudar Quiliologia. E soltos. Vespeiros atiçados pelo fogo, me vêm estes diálogos:

quem era seu pai?
um louco.
sua mãe?
uma prostituta.
o que você gosta de fazer?
como?
o que você gosta de fazer, seu moço?
me masturbar uma vez ou outra.
engraçadinho. onde você mora?
em Muiabé.
onde é isso?

é longe.

qual é a sua ideologia?

como?

é católico, protestante, marxista, leninista, trotskista, cátaro, zen, budista, ateu?

não sou nada não senhor.

põe aí que ele é ateu. tem cara disso.

gosta de mulher ou de homem?

de água. não tem um pouco d'água não doutor?

onde é que você estava ontem à noite?

não sei não, doutor.

olha... não temos a noite inteira pra ficar falando com você. gosta de mulher ou de homem?

como?

entendeu muito bem.

de mulher.

tá mentindo. tem jeito de gostar de homem. você é bem jeitozinho, sabe? já chupou uma pica?

não senhor.

e xereca?

também não.

então como é que sabe do que gosta?

é, sei não, doutor.

estamos certos? concorda?

é. isso é.

estamos te forçando a alguma coisa? te batendo?

não senhor.

então vem aqui, benzinho. chupa aqui.

aiuuaiuuuaiaiuuu.

que boquinha gostosa que cê tem, mais depressa mocinho. depois a gente toma uma vodca, tá gostando? olha, ele fez sim com a cabeça, que boquinha, que gargantinha ahhhhhhhhahhhhh!

Acordo. Não estou sobre cascalhos nem sobre conchas. Estou

aqui no quarto. Líria não está mais. Vou ao banheiro. Vejo o bidê cheio de maçãs, e um bilhete de Líria colado ao espelho: "adoro maçã, adorei você". Penso: como é que será que ela se lavou com esse bidê cheio de maçãs? Olhei o relógio: três da tarde. Claro, lavou-se, comprou as maçãs, escreveu o bilhete e mandou-se. Pensar que tenho ainda que pensar uma nova estória para as devassas e solitárias noites do editor. De um hipotético editor. Enfim todos os editores a meu ver são pulhas. Eh, gente, miserável mesquinha e venal. (Vide o pobre do Hans Haeckel.) Morreu porque pensava. Editor só pensa com a cabeça do pau, eh gente escrota! Quando o Hans Haeckel pensou em escrever uma estorinha meninil muito da ingenuazinha pornô para ganhar algum dinheiro porque ele passava fome àquela época, o editor falou: escabroso, Hans, nojentinho, Hans, isso com menininhas! Mas que monturo de nomes estrangeiros ele publicava às pampas! Que grandes porcarias! Bem. Vamos lá.

CONTO DE CRASSO

Sempre fui apaixonado por mamãe. Quando completei dezesseis anos, ela, sabedora do meu infortúnio, sentou-se na sua linda poltrona de cetim perolado, abriu as magníficas coxas rosadas e, colocando um cacho de uvas purpúreas nos seus meios sagrados, disse-me: chupe-as, até encontrar o paraíso. Foi o que fiz. Foram semanas felizes. Passeávamos entre as alamandas as begônias as sempre-vivas, as araucárias (estas já mais altas), os carvalhos (estes altíssimos), ela descalça, a saia florida, a blusa entreaberta e aqueles seios que espocavam do decote meia-lua, linda Ma (eu chamava-a de Ma), ela chamava-me de Júnior, nome que na verdade não quer dizer nada. Depois de três semanas descobri que Ma tinha tendências lésbicas. Vi-a beliscando o bico do peito de Armanda, nossa prima. Fiquei cego de fúria. Bem, nem tanto. Disse-lhe:

Ma, você não pode fazer isso comigo. Ela: o quê? Eu: isso de bolinar mulher. Sentou-se naquela mesma poltrona de cetim perolado e agora muito séria e de coxas fechadas disse-me: todos os chamados sentimentos intensos são dolorosos. E é muitíssimo normal o que ocorre com você neste momento. Entendo tudo, Júnior, mas detesto cenas. E se você se aborrece porque além de filhos gosto um nadinha de mulheres, acho demais, será preciso uma terapia de apoio. Concordei. Apoio era com ela mesma. Abriu novamente suas magníficas coxas (desta vez sem uvas) e suspirou gemendo: aqui mais em cima, meu amor, aqui Júnior, e empurrava docemente minha cabeça de cachos dourados na direção adequada. Foram semanas felizes. Ma andava nua pelos prados, saltava pequeninos riachos, na boca hastezinhas de capim, guirlandas de diminutas margaridas à volta de seu pescoço (eu sempre levava uma caixa com agulhas e linhas para fazer estes mimos a Ma). Comíamos pitangas araçás amoras jabuticabas, depois deitávamos nas gramíneas e líamos Childe Harold. Ela amava Byron. Eu dizia-lhe: mas foi um homem abominável, tudo o que fez para a pobrezinha da Clara!

ah, tem paciência, Júnior, ela não saía da cola dele! mas Ma e tantas mulheres que ele fez sofrer!

aquelas... fartou-se e amou a Fornarina muito tempo.

uma grossa, Ma, uma padeira.

Byron era um gênio, podia amar padeiras.

eu gosto incomparavelmente mais de Shelley.

tão frágil...

Ah, por favor, Ma... fino, raro, generoso, brilhante.

ninguém lia Shelley.

claro, muito mais importante, muito mais sério.

Byron foi um dos nossos, querido, amava a própria irmã.

Como resistir a tudo que dizia aquela perfeitíssima mulher que era mamã? Os ombros soberbos, o pescoço delicioso e vibrátil, os seios polpudos e delicados, eu tocava levemente o seu sagrado meio e ela encharcava a minha mão, ávida Ma, rainha, estrela, Sirius radiosa. Às vezes dizia-lhe isso mesmo na hora de meter meu pênis na sua cona santa: rainha estrela Sirius radiosa. Ela achava *kitsch*. Dizia que as palavras são nauseabundas nessa hora. Ainda mais essas que você diz, enfatizava. Eu ficava tristinho, amuado. Mas sempre rígido.

Numa daquelas gloriosas tardes saltitantes e felizes, Ma deitada nas gramíneas e eu embevecido examinando detalhadamente sua linda vagina iluminada pelo sol poente (perdão pela rima pobre), ela gemente (de novo!), vi aterrado um par de botas escuras roçando a cintura de Ma. Deitado de bruços, trêmulo, rubro, perguntei ao dono daquelas botas o que fazia ali. A mais ou menos um metro e oitenta e oito das botas uma voz expressou-se: como é bonita essa dona. Ma abriu seus adoráveis olhos de um verde de folhinhas novas, abriu também suas deleitáveis coxas e disse rouquenha: vem também, grandão, vem. Fiquei perplexo. Mas teria dito o mesmo. O homem era belíssimo. Ele tirou prontamente botas e calças e ordenou: chupa os peitos da dona, garoto, eu meto. O pênis do homem era um mastruço róseo, estupendo. Chupei o quanto pude os peitos de Ma mas aquilo não acabava mais. Sentei-me bicudo numa pedra mais adiante, muito do coitado, muito do ressentido. Ouvi Ma pela primeira vez chorar gritar e desmaiar de gozo. Depois tudo silenciou. Acabei dormindo. Acordei de repente naquela escuridão, o homem me dizendo: tudo bem, garoto, ela me contou tudo, e eu entendi porque cá entre nós, mãe assim é demais, não dá pra aguentar mesmo, mas agora a festa acabou pra você. Te pago analista, viagem pra refrescar e tudo o mais que você quiser mas vai ter que se mandar. Tu pode estudar agronomia e veterinária, se quiser, noutras bandas, né bicho? Nos dias que antecederam minha partida vi que Jucão (era esse o apelidinho dele) fez de Ma-gazela, uma vaca sadia. Mamã passou a fazer intermináveis cocadas e quindins e bifes do tamanho de uma travessa porque o cara adorava cocadas e quindins e bifes-travessa e ela adorava o ganso dele. Jucão também transformou as alamandas e begônias da nossa fazenda em capim-gordura para o gado. Ele mesmo castrava os animais e sorrindo e exibindo seus dentaços leitosos mostrava-me as bolotas ensanguentadas dos pobres bichos. Achei conveniente me mandar o mais depressa, mas bastante deprimido, quase doente, fui me despedir de Ma: mamã, você vai ficar com esse jumento pro resto da vida?

Ma: Jucão não é um jumento, você é um grosso, e é mesmo muito ingrato, porque, sabe, Júnior, é raríssimo encontrar uma mãe como eu, uma mãe que fez tudo para que seu filho adolescente tivesse um tipo de conhecimento sadio nessas delicadas questões de sexo, que fez um sacrifício, que fez

eu: sacrifício, Ma? sacrifício?

Ma: sacrifício sim, ou você pensa que o teu pauzinho era aquilo que eu queria?

eu: pauzinho, Ma? pauzinho? (aí lembrei-me do ganso de Jucão e tentei nova abordagem), tá bem. e da minha língua você não gostava? você gemia.

Ma: ora... gemia... se uma pluma pousar na cona de uma mulher ela também geme um pouco.

eu: uma pluma? uma pluma, Ma?!

Ma: pluma, sim, você não tinha convicção nem roteiro adequados.

eu: quer saber, Ma? você é louca. foda-se. adeus.

Fui de malas e tudo à casa de Júnior, um amigo meu, e atirei--me desesperado nos seus braços. "Brigou com aquela tua linda mãezinha, foi?" Evidente que eu não podia contar o meu caso com Ma apesar de que o meu amigo sempre que a via, expressava-se assim, segurando o pau: isso não é mãe, é uma cariátide (aquelas que sustentam as colunas do Partenon), isso é uma Helena (aquela de Páris), isso é uma Taylor infinitamente melhorada, sem aqueles pés número quarenta, isso é uma Garbo--mulher (Júnior considerava a Garbo um homem) e sem aqueles pés que por favor... e aí eu discordava porque para a Garbo aqueles pés quarenta iam bem. "Para a Garbo-homem com um cacetão assim você quer dizer", ele dizia. "Mas conta, conta, amigão, o Jucão é que brigou contigo, foi? Fica frio, fica frio, tu tá indo pra Londres, olha, se eu tivesse essa mãe, eu ia entender muito bem que o Jucão me mandasse não para Londres, mas pro Alasca, junto com o Amyr Klink, ou que me comprasse um iglu, ou que me pusesse no lombo daquelas baleias, aquelas doentinhas que acabaram indo pro alto-mar e os tubarões comeram, lembra? Que mãe, que mãe, meu Deus, e você nunca... não? hen? nunca..."

Assim que resolvi escrever um livro, vi o demônio. Presumo que cada um de nós vê o seu demônio. O meu tomou esta forma: um senhor de meia-idade mais pro balofo que pro atlético, linguista, e muito interessado nos esotéricos da semântica, da semiótica, da epistemologia, coisas essas que eu nunca vou saber o que são. Ontem me trouxe um pequeno poema "para crianças", ele disse. Tem vontade de tentar a literatura infantil. Sente nostalgia de traquinagem e inocência. Diz que gostaria de ser humano para poder publicar um livro e colocar o retratinho dele, criança, na contracapa. Digo-lhe que as criancinhas de hoje gostam mesmo é de enfiar o dedo no cu. Ele fica alarmado. É mesmo? pergunta. E alisa os tocos dos cornos.

EU

tão curtinhos, não?

DEMÔNIO

tenho-os lixado, mas não há meio de acabar com eles.

EU

e por que deveria?

DEMÔNIO

imagens gastas, amigo. Não impressionam mais. mas...
(*pigarreia com estrondo*)
deixa ler o meu poema pra você, deixa?

EU

(*entediado*)
é muito comprido?

DEMÔNIO

não, é bem curtinho.

EU

então vai, vá.

DEMÔNIO

é um poema infantil, viu?

EU

tudo bem. desembucha.

DEMÔNIO

A bruxa perversa
voltou do mato às pressas.
Numa valise
guardava o nariz da anti-tese.
Na outra, a boca da antítese.
No guarda-roupa
guardou as tetas da tese.
Logo depois ficou louca
com a epiclese contínua das pombas.
Morreu de parangolese desconjuntada
coisa mais complicada que a metalepse.

A aldeia assombrada
só encontrou vestígios de valise:
fundo, as alças
e um cheiro nauseabundo de palavras.

DEMÔNIO

que tal?

EU

Pros filhinhos do Rosa tá bom.

DEMÔNIO

que Rosa?

EU

gente...! o Guimarães. cê não conhece não?

DEMÔNIO

não sou chegado a escritor brasileiro não. aliás é uma língua que comecei a estudar há pouco tempo. não tem quase consoante, né? bem que alguém disse que é língua de criança e de velho. é molengona, né?

EU

fala isso pro Euclides.

DEMÔNIO

que Euclides?

EU

o da Cunha. também não conhece não?

DEMÔNIO

não.

EU

aquele... "o sertanejo é antes de tudo um forte. não tem o raquitismo exaustivo dos mestiços neurastênicos do litoral".

DEMÔNIO

coisa de sertão é? nunca fui lá. tenho horror daquele vaziozão. Ó céus! Fui convidado para ir à festa de casamento dos príncipes Cul de Cul e precisei, naturalmente, de uma linda peruca porque os príncipes resolveram evocar o século XVIII. Não avisei Clódia mas telefonei a diletas amigas e pedi-lhes um pequenino tufo de seus adoráveis pentelhos. Foram generosíssimas. Alguns dias após recebi delicadas sacolinhas de veludo e de seda. Havia-os dourados-pálidos, dourados resplandecentes, negros-ébano, castanhos-castanheiro, grisalhos aloirados, roxinhos, ruivos--chama, ruivos só centelha, pentelhos atijolados, outros cor de ferrugem e espantem-se: verdes! (de uma querida amiga já velhusca que jamais perde as esperanças!) Líria trabalhou a noite toda só para fazer uma composição-mosaico dos jardins impecáveis dos Cul de Cul. Um jardim-peruca na minha plebeia cabeça. Uma semana depois viajei no jato particular do meu amigo Bundonbon. Que festa! que noite! Ó conas reais e olorosas, ó quantas que escondidas em rendilhadas calcinhas, em meu delírio aspirei! Devo dizer que o palácio com seus mil e novecentos quartos é o mais belo que estes meus olhos mortais já viram, sim porque o meu olho é mortal, o vosso também, os olhos de todos nós são mortais, esses olhinhos que a terra há de comer, nossos vossos teus, teu olho, Clódia, que segundo penso já anda me traindo porque não mandas mais notícias. Bem. Cuidei em comprar um penico porque nunca se sabe. Acertei. Em parte. Havia sim um banheiro de dimensões fantásticas: trezentos por trezentos, mas penico só no outro pra mulheres. Naturalmente os príncipes Cul de Cul imaginaram que os homens defecariam na pequena floresta logo além do jardim. Logo além do jardim é um bom título para best-sellers. E como se cagou naquela festa. E que qualidade que finura de dejetos! Caviares codornas faisões recheados de cerejas, cus de canários com amêndoas alcaparras e uvas, xerecas de gazelas, os tais tordos de Josete, enfim tordos.

ó senhores, após enfiar meus três dedos nos buracos de incontáveis donas e em seguida aspirar (aspirar os dedos) sob frondosas copas de imponentes árvores e algumas vezes montado nos pinheiros para que de minha tara-delícia não suspeitassem, arregacei as calças e por descuido, por imprudência (porque não olhei para baixo), defequei na peruca prateada de uma jovem esguia e ancuda, que justo naquele instante empinava o traseiro e dava-o a quem? Adivinharam. Ao príncipe Cul de Cul. Ouvi ós e ais em tons agudos e cavos. Tentei em seguida enforcar-me logo depois de descer do maldito pinheiro mas amigos fiéis me desestimularam devido à dificuldade de achar uma corda esteticamente apropriada. Então desculpei-me junto ao príncipe Cul de Cul e sua emerdada companheira. Disse-lhes a verdade: eu havia esquecido meu penico no vestíbulo. Entenderam. "Afinal, nem tudo é perfeito", disse-me o príncipe, frase esta que considerei bastante original. Em sinal de gratidão e cortesia ofertei à jovem dama minha peruca-jardim de pentelhos afins. Ó céus! ó divinos europeus! ó, a riqueza! E eu que estava lá em Muiabé defecando tristeza!

Clódia: estive em Paris. Agora estou em Nova York. Encontrei um editor. Vou sair em inglês. O ganso está túmido de emoção. Segue endereço passagem numerário. Venha amanhã. Lave-se.

Cartas de um sedutor (1991)

A vida só é tolerável
pelo grau de mistificação que se coloca nela.
EMIL MICHEL CIORAN

COMO PENSAR O GOZO envolto nestas tralhas? Nas minhas. Este desconforto de me saber lanoso e ulcerado, longos pelos te crescem nas virilhas se tu ousas pensar, e depois ao redor dos pelos estufadas feridas, ouso pensar me digo, a boca desdentada por tensões e vícios, ouso pensar me digo e isso não perdoam. Então seguro teus pentelhos e cona, espanco-os, teu grito é fino, duro, um relho, um osso, há destroços pelo quarto, estilhaços daquela igreja lá em Caturré, o cara explodiu tudo em cinco minutos (era eu?), gritava fosco: Deus? aqui ó, só sei de Deus quando entro na boca cabeluda da biriba, e logo depois ouviu-se o estrondo, a igreja explodindo feito jaca lá do alto despencando. Seguro a xiruba da minha barregã, depois cuspo nos papéis, aqueles que há seis meses e a cada dia aliso apalpo rasgo, sujo. Não quer foder não, Tiu? não tá cansadinho de escrever, não? Olho Eulália. É miúda e roliça. Há um ano me acompanha pelas ruas. — Pedimos tudo o que os senhores vão jogar no lixo, tudo o que não presta mais, e se houver resto de comida a gente também quer. Os sacos de estopa ficam cheios, cacos livros pedras, gente que até pôs rato e bosta dentro do saco, que caras tinham os ratos meu Deus, que olhinhos magoados tinham os ratos meu Deus, aí separávamos tudo: rato e bosta pra cá, livros pedras e cacos pra lá. Comida nunca. Era um quefazer o dia inteiro. Depois eu lavava os livros e começava a ler. Eulália ia se virar para arranjar comida. Que leituras! Que gente de primeira! O que jogaram de Tolstói e Filosofia não dá para acreditar! Tenho meia dúzia daquela obra-prima *A morte de Ivan Ilitch* e a obra completa de Kierkegaard. E cacos tenho alguns especiais também: um pé de Cristo do século XII, metade do rosto de Teresa Cepeda e Ahumada do século XVIII, um pedaço de coxa de são Sebastião (com flecha e sangue) do século XIII, uma caceta de plástico cor-de-rosa, deste século, toda torcida como se tivesse sido queimada (guardei-a para não esquecer... para não enfiar a minha numa dessas de combustão espontânea...), duas penas de papagaio, uma barriga de Buda, três pedaços de asa de anjo, seis Bíblias e duzentos e dez *O capital*. (Jogam fora muito esse último, parece que saiu de moda, creio eu.)

Vamos foder, sim, Eulália, logo mais.

Ela ri. Tem dentes excelentes (!) e não se importa com a minha boca vazia. Sabe que perdi-os (os dentes) quando tentava pagar minha hipoteca. A hipoteca da minha casa. Tensão. Já ficou claro que não consegui, fiquei sem casa sem dentes sem móveis e sem minha mulher. Mas o bagre está aqui inteiro, rijozão, a língua também, e vou lambendo a pombinha de Eulália, a rosquinha, e ela grita um grito fino, duro, um relho, um osso. Depois enfio o mastruço. Quando gozo espio a amplidão. A minha amplidão aqui de dentro. A que não tive. A que perdi. Perdi tantas palavras! Eram lindas, loiras, perdi "Monogatari", toda montanhosa, de monos de gatas de atas de gnomos, perdi Lutécia, uma mulher patética mas minha. Morreu logo depois de me dizer: vou até ali te buscar pelo menos um pastel. Foi atropelada. Lutécia minha. O pastelzinho esmigalhado na mão. Lutécia minha. Nunca mais. Era gorducha e alta. E que ternura no rego dos seios, nos meios, na mata, nas rebembelas. Que nádegas! Eu encostava a cara ali e às vezes meio chorão, meio parvo, dizia àquelas carnes estofadas: se eu tivesse tido um travesseirim como o teu, Lutécia, quando era garoto esquálido, chinfrim, teria sido um poeta. Ela então se virava: chora aqui na xerea, filhote, lambuza a rosa, vá. Eu chorava e lambuzava. Ela gemia triste e comprido. Lutécia eterna.

tá pensando em quê?

na vida da gente, Eulália.

e não tá boa, Tiu?

se ao menos eu conseguisse escrever.

escreve de mim, da minha vida antes deu te encontrar, da surra que o Zeca me deu, da doença quele me passou, da minha mãe que morreu de dó do meu pai quando ele pôs o fígado inteirinho pra fora, do nenê queu perdi, do Brasil ué!

escrevo sim, Eulália, vou escrever da tua tabaca, do meu bastão.

não fala assim, bonzinho, só quero ajudá.

Deita-se de bruços, chora um pouco, depois soluça, aí pego a pena de papagaio, uma daquelas com pluminhas verdes amarelas, e assoviando o hino nacional vou espenando sua bundinha, espeto a pena no anel, devagarinho vou alisando a lombada das nádegas e Eulália se ergue e se arreganha lassa, então vou entrando na mata, e deixo as polpas pra pena, bonita ali enfiada. Gozo grosso pensando: sou um escritor brasileiro, coisa de macho, negona. Vamos lá.

I.

CORDÉLIA, irmã, sai do teu claustro.
O campo envelhece vacas e mulheres.
Alimenta de novo os teus buracos
Com mastruços gentis, rombudas picas
Ou se conas quiseres para tua língua
Consigo-te às dezenas: conas maduras
Conas juvenis, conas purpúreas
Para teus represados sentimentos vis.

Foste antanho putíssima, celebérrima.
Talvez senhora em alguns parcos segundos.
Mas agora me vejo furibundo pois suspeito
Que fisgaste o paterno caralho

Nos teus buracos fundos. Traidora. Megera.
Amada Musa ainda. Hei de te arrebentar as rebembelas.
Retornarás mui breve à vida impura
Pois se há no mundo picas e querelas
A respeito de tudo, ah, Palomita, vem...
Aqui te espera um valhacouto imundo.

Irmã amantíssima: gostaria de tocar-te. Mas se isso é impossível, gostaria que nos escrevêssemos novamente e esquecesses aquela minha pequena falcatrua sentimental (tu sabes a que me refiro), aquela bobagem do teu jovem amante num momento de extremada concupiscência: lambeu-me a rodela (deliciosa linguinha inexperiente mas cálida). E depois se confessou contigo num destrambelhamento choroso e desconjuntado. Tolices. Irrelevâncias. A culpa (houve culpa?) não foi do moço. Tu sabes das minhas artimanhas para conseguir aquele régio prazer. Sabes também o quanto nos amávamos, tu e eu, o quanto te fiz feliz, gritavas, choravas até, quando meu pau aquilo. Não ignoras o quanto fui competente fazendo o impossível para que tu pensasses (quando estavas comigo) que na realidade fodias com nosso querido pai. (Sorte que, até hoje ou até onde sei, não nos coube.) E reconheço que te esforçaste para que eu pensasse em mamãe na hora de te chupar os formosos seios. Mas Cordélia, confesso, como poderia pensar em mamãe se ela se foi (com aquele panaca) quando eu tinha apenas dez aninhos, e papai enlouquecido queimou todos os seus retratos, e nos deixou apenas o retrato, extraído de uma revista, da princesa de Lamballe, segundo ele a cara de mamãe. E tu achas que eu podia pensar em mamãe na hora de fornicar, depois de ler aos dez anos de idade a Revolução Francesa (aquela nojeira de sangue cabeças orelhas e picas) e certificar-me que a princesa de Lamballe teve a cabeça decepada, enfiada numa vara e exibida desgrenhada à rainha? Há outros detalhes que no momento prefiro omitir. Haja tesão, irmã. Mas voltando aos teus seios. Como os tiveste belos, minha querida. Teus bicos escuros, adocicados. O que esfregavas nos formosos bicos? Posso dizer o que era porque te vi certa vez frente ao espelho passando "mel rosado" na língua, e sempre que eu perguntava da doçura ímpar de tua língua e seios, dizias: porque é Minha língua e porque são Meus seios e porque tu Me amas, Karl. Te amei sim. Teu cuzinho também sabia a mel rosado, tua vagina no entanto era um misto de abius e nêsperas. Lembrei-me neste instante dessas duas árvores aqui no pomar de casa. Que complicadas alquimias para um hipotético e inalcançável gozo do pai, pobrezinho, longe de conhecer e provar as tuas e as minhas taras. Saudade de ti. Sumiste há dezesseis anos! Proíbes-me de procurar-te. Só tenho tua caixa postal. Por quê? Disseste na tua carta, há dois anos atrás, que aos quarenta viverás em eterna castidade. Teus quarenta são hoje. E te sentes traída e angustiada. Eterna castidade... Não sei por quê, mas penso que mentes. Quanto a se sentir traída, traídos somos todos nós, mais cedo ou mais tarde. Angustiada? Alguém muito ilustre escreveu: "fora do corpo não há salvação". Sabes que alguns jovens têm especial apreço por mulheres mais sábias e por isso mais velhas? Aformoseia-te novamente, minha querida, retoma teus banhos de nectarina e leite, massageia a rosa com pequeninas folhas de romã mergulhadas em óleo de amêndoas doces, reativa com esse processo a umidade natural também da perseguida, tua pobre cona tão sem perseguidores. Juntos, tu e eu novamente, seremos imbatíveis. Anima-te. Há singulares rapazolas tresudando singulares desejos.

II.

ADIVINHASTE. Quanto nos parecemos, tu e eu! Perguntas quem é ele. Bem. Chama-se Alberto. Chamo-o de Albert *à cause* do meu querido Camus. O único. É belo igual a ele. Não gostarias que o chamasse de Albertina, pois não? Aliás, como sabes, Albertina era na realidade o motorista de Marcel, o gênio doentinho que espancava e cegava ratos. Com pouquíssimas exceções, os escritores em geral são nojentos! Gosto é dos livros, mas claro que não posso chamar Alberto de "A peste", ou talvez sim "A morte feliz". Mas falemos agora de uma evidência perturbadora para a caterva e tão genuína e transparente para mim: como os machos se amam uns aos outros! Por que fazem desse fato tamanho mistério e sofrimento? Perdoa-me, Cordélia, mas a não ser tu, minha irmã e tão bela, não tive um nítido e premente desejo por mulher alguma. Mas sempre gosto de ser chupado. Então às vezes seduzo algumas de beiçolinha revirada. Mas o falo na rosa, nas mulheres, só in extremis. Há em todas as mulheres um langor, um largar-se que me desestimula. Gosto de corpos duros, esguios, de nádegas iguais àqueles gomos ainda verdes, grudados tenazmente à sua envoltura. Gosto de pés compridos, alongados, odeio esses pés de mulheres mais para os fofos ou estufados-gordinhos até quadrados e redondos eu vi. Gosto de cu de homem, cus viris, uns pelos negros ou aloirados à volta, um contrair-se, um fechar-se cheio de opinião. E as mulheres com seus gemidos e suas falações e grandes cus vermelhuscos não me atraem. As nádegas quase sempre volumosas, meio desabadas por mais jovens que sejam, me fazem sempre pensar na Pascoalina lá de casa, te lembras? Lavava os linhos de mamãe, a bundona branca, úmida, pastosa, uns balanceios nojosos. Bunda de mulher deve dar bons bifes no caso de desastre na neve. Leste sobre os tais que comeram os amiguinhos ou amiguinhas congelados? Lembra-te de um outro cara, um japonês, que literalmente comeu a amantezinha holandesa? Só que não havia desastre nem neve. Comeu em casa mesmo, e depois de ter passado um tempo no manicômio, quando saiu (não sei por que saiu) declarou: fui mal interpretado. E como é que se pode interpretar quem come literalmente alguém, sem desastre e sem neve? Voltando às nádegas. As tuas. Douradas e frescas. Tu foste única. Tuas nádegas também. Firmes, altas, perfeitas como as de um rapaz. Quanto a Albert. Tem dezesseis. É mecânico. Não faças essa cara e não rias. Se tu o visses, teus grandes e pequenos lábios intumesceriam de prazer, assim como intumesciam sob os meus dedos quando eu os tocava fingindo esmigalhar as polpinhas rosadas. Estás molhada? Não desejarias o pau de Albert indo e vindo no teu abiu-nêspera buraco? Comigo pedias: espera! fica! espera mais um pouco! Choravas. Vem.

III.

LEMBRAS-TE DE QUE aos catorze eu ia às noites beijar os pés de papai e algumas vezes chupava-lhe o dedão? Dizias: "mas é claro que ele sabe que tu lhe chupas o dedão do pé, deve cagar-se de rir". Pois tenho certeza de que não sabia. Via-o ressonar em adorável tranquilidade. Como era belo o pai, não? Que coxas! Tu, aos vinte e quatro, vivias masturbando-te nos fins de semana quando ele começava as intermináveis partidas de tênis. Papai: que te acontece, Cordélia, todos os fins de semana tens uma cara, umas olheiras, um cansaço como se fosses tu a jogar tênis e não eu. E te abraçava. Aí gozavas. Ele nunca entendia aquele teu desmontar-se no momento do abraço: és muito molengona, muito desabada, filha, que te acontece? Pobre pai, se soubesse dos teus arroubos noturnos, das cuecas que tu lhe roubavas. Pascoalina: as cuecas do senhor estão usualmente nas gavetas da menina, como pode ser isso? E mamãe sempre a pensar que a infeliz da Pascoalina é que se enganava de gavetas e quartos: ó, é um pouco diminuída mas lava-nos o mais fino tão bem! Cordélia, pensas que somos odiosos e malditos por termos sido o que fomos? Todos, aliás, devem pensar que sim, pois não leram o Rank. Ainda tens os livros que eu te dei? Que ser humano admirável! que luxo de conhecimento e de fantasia.

Adoro-o. Soubesse àquele tempo que tal homem vivia, teria dado o meu, ainda que me custasse um rombo enorme no traseiro. Um homem de tal qualidade só poderia ter tido um mastruço gigante, um sábio e portentoso bagre arrebentando cus e corações (que sorte a de Anaïs!). Teve gente pensante no planeta, mas tudo continua igual. Onde estarão esses deuses? No nada, na luz? Irmã, sinto-me morto quase sempre. Só o tesão, o brilho, a cintilante, o pó é que me arranca da mesmice. A vida aqui na cidade é um tédio sem fim. As mesmas caras circulando pela noite, e quando aparece um bofe de outras bandas surgem pentelhos de todos os lados, não dá tempo nem de lhe sentir o cheiro. Mas Albert é tímido, limpo apesar de manchado de graxa. Imagina-te: tem oito irmãozinhos e cuida de todos. Que coxas tem Albert! Soberbas! Vê-se pela justeza da calça. E as bolotas, e o pau que se lhe adivinha! Mas acho que vai ser difícil. Há bofes cheios de *entrechats*, de revoluteios, exibem-se, mas se tu avanças firme, se fecham, cofres abarrotados mas sempre atrás dos quadros, pensando bem, penso que qualquer um menos tolo pode arrombá-los. Eu não sou tolo, pois não Cordélia? Vem. Não gostarias de sair de tua clausura aí no campo e visitar-me e conhecer Albert? Sinto a tua falta. Frau Lotte ainda vive e está comigo. Franz, o motorista, também. Casa e carro muito bem cuidados. Não virias?

P.S.: Cordélia, e se eu escrevesse assim a Albert: Caro, não sei como tu entendes as palavras e as coisas (essa frase me soa familiar, irmã, ah, já sei, o brilhante tarado do Foucault). Ando exasperado. Franz já te levou um calhamaço de bilhetes e nada respondes. Como te sentirias se te convidasse à minha casa? Sei fazer bebidas adoráveis. Bebes? (Lembras-te desta, irmanita? *The Buck*? Tomamos tantas vezes... 1 1/2 dose de conhaque, 1/2 dose de suco de limão, 3/4 de dose de creme de menta, ginger ale ou soda limonada e algumas uvas descaroçadas. E se o bofe só beber cerveja? Pergunto a Franz que cara ele faz quando recebe os bilhetes. E o idiota do Franz fica rijo e gagueja... carra, carra... carra de sempre, carra suja... É uma besta o Franz. Continua nazista. Alisa velhíssimas revistas da Segunda Guerra e pelo jeito deve ter esporrado naquelas páginas porque estão todas engruvinhadas, páginas onde se vê o *führer* com o braçoilo esticado.) Escute, Cordélia, e se eu disser: sei que tens oito irmãozinhos e que os sustentas e gostaria de conhecê-los e ajudar-te. Será que o bofe vai me tomar toda a grana? Posso pular o trecho dos irmãozinhos e só dizer: Albert, sou apenas um homem solitário, alguém que precisa de um amigo. É afetado, irmã? Bem, ele pode responder: senhor, sou apenas um mecânico, e nada tenho que lhe possa interessar, e tem mais: sou home. Será? Querida, sei que te aborreces com esses meus de menos, mas fico inseguro quando a pica suplica. E ela suplica: Albert! Albert! Se visses que bundinha rija, minha irmã! Que gomos perfeitos! O Criador, quando quer, sabe o que fazer com as mãos!

IV.

AMADA: FRAU LOTTE acaba de me servir rosquinhas, suco de laranja, *waffles*, café e ovos mexidos aqui no terraço de inverno. Enquanto me serve solta pequenos traques inodoros e continua servindo como se não os ouvisse. Finge-se de surda a velha. Sei que faz traquinagens com Franz enquanto tomo o meu conhaque depois do jantar e às vezes, entediado até, tiro os meus cochilos com o livro de um louco na mão, um tal de Daniel Schreber. É preciso que te fale longamente dele logo mais, ou daqui a pouco, ou daqui a alguns dias, ou talvez nem fale, mas o homem era importantíssimo, juiz do Supremo ou coisa que o valha. Supõe-se que começou a ficar paranoico pela evidência de se saber ou de se sentir um homossexual passivo. As coisas da rodela, do pretinho, são muito complicadas. Se aceitassem sumariamente o buraco negro, se o arregaçassem como muitos querem muito, o sol brilharia de novo para esses doentinhos. O tal do Schreber fala muito do sol (imagina-se fecundado na rodela pelos raios do sol! que filho redondo escurinho e luminoso ia sair!), fala da língua fundamental, que vem a ser uma língua com sintaxe própria, que omite palavras, deixa frases interrompidas e expressões gramaticais incompletas, coisas que sou tentado a fazer muitas vezes e não as faço mas acabarei por fazer se continuo a leitura dessa bicha togada. Nunca me importei de dar o rabo ou penso que não me importo. Tu também não, não é, Cordélia? Lembro-me muito bem dos teus ganidos de prazer com o meu rombudo enfiado lá dentro. Mas dizem os doutos que, para o homem, dar o pretinho é *tutta un'altra cosa*, massageia a próstata, dizem (é verdade, eu já uivei algumas vezes quando a caceta foi punho). As explicações são maçantes, técnicas em demasia e não as quero comentar neste momento. Se tu tiveres algum interesse (por que terias?) posso mandar-te um livro do João Silvério, *Devassos no paraíso*, magistral tratado sobre tudo isso do of e ligado a ele. Volto a Frau Lotte. Uma noite dessas eu me dirigia ao banheiro para fazer minhas abluções (como diria o bispo) quando ouvi sussurros na ala de Lotte e Franz, e por pura infantilidade resolvi inspecionar. Bebiam nicolatchka os dois. já bebeste nicolatchka? Corta-se uma rodelinha de limão, põe-se açúcar sobre a rodelinha, põe-se a rodelinha na boca, mastiga-se, e logo em seguida toma-se o conhaque de um trago só. É bebida de alpinista. Fiquei rente à parede. Ouvi:

FRANZ

ele estarr tesudo porr aquela carra suja.

LOTTE

que carra suja?

FRANZ

a beleza que conserrta carrro.

LOTTE

mein Gott!

FRANZ

uma sujerrra tudo isso!

LOTTE

ô coitadinho do senhorrr Karl e da menina Cordélia... senhorr Karl terr muito pouco tempo die mutter,...... pobrrrezinhos, e menina Cordélia muito sem cabeça.... e sem mutter tudo ficam muito trriste. O senhor teve mutter, senhorrr Franz?

FRANZ

grraças a Deus non ter mutter, non senhora, e também non querrer falar de mãe com a senhorra, querrer falar das bolotas grrandes das suas peitas redondas.

Fui saindo pé ante pé e ainda pude ouvir as risadas de Franz e os soluços-riso-traques de Frau Lotte. Escute, Cordélia, a sério: disseste-me na tua última carta que bagos e caceta e o cuzinho de Albert não te dizem respeito. Que não te interessas mais por todas essas imundícies do sexo. Sinto que mentes. Mas, enfim, disseste "imundícies". E depois falaste em "sentimentos". Mas por favor, irmanita, nunca os tiveste! Chamas "sentimento" o que tresudavas pelo pai? Ficar no terraço do quarto, atrás daquela escultura do B. Giorgi, massageando a cona enquanto papai jogava as duplas, a isso chamas de sentimento? Eu chegava nos meus lindos catorze, tu nos teus vinte e quatro, suspendia-te a camisola de cetim e enrabava-te em pé ali mesmo atrás da estátua (a de antes escultura), enquanto tu te masturbavas gemente, balbuciando coisas pueris que sempre terminavam em ós ais, e ias te agachando, te agachando, terminando estatelada bem em cima da minha gaita, gemias, gemias, e aquilo não acabava nunca. Depois eu ainda te lambia, tu deitada ao lado das floreiras de pedra, e as samambaias encobriam tua visão do pai na quadra, e te apoiavas nos cotovelos para vê-lo melhor, então o vias... e saltavas (eu ainda com a língua pendente) rugindo: bravo papai! bravo! O pai te via irromper no terraço do quarto como se tivesses acabado de sair da cama. Dizia: ô dorminhoca! viste a minha bela jogada? Coitadinho! E tu atiravas-lhe beijos e ele reiniciava a partida, e despencavas na cama toda suada e ainda gemente: eu o adoro! eu o adoro! Vamos vamos, Palomita, isso são sentimentos? Muito me admira que na tua idade chames de sentimentos a essas arruaças, essa quizumba como diz meu amigo Piva, essa desordem esse banzé, esse arregaço esse esparramo do corpo, sentimenteias picas, jamais sentimenteaste coisa alguma, mesmo esse teu descrever passarelhos e plantas e pores do sol cheira-me a uma boa piça. Se fosse profundo, nítido, conclusivo esse teu estar aí, estarias contente de tua própria solidão, altiva é que te sentirias de estar longe da caterva, do lixo da civilização, da cloaca do progresso, estarias linda ainda porque apaziguada por opção e mérito da alma, e segundo revelas, estás roída por dentro, vazia, ansiosa e ainda mais: que não lês mais nada? que bordas panos de prato e toalhinhas para as quermesses de caridade das aldeias vizinhas? Aldeias? Mas estás onde afinal? Por Deus, irmanita, quem sois agora? E as tuas coxas onde é que foram? Aquelas soberbas escuras devastadoras coxas! Conheço mulheres quarentonas gostosíssimas, cuidam-se desde os trinta, fazem miniplásticas a cada ano, têm amantes jovens belíssimos ou quarentões muito elegantes e pasme! ricos, querida, ricos. Já sei, me dirás que não precisas de dinheiro, tudo bem, mas e se precisares? e se os garanhões adoecerem? Esses teus lindos cavalos podem brochar amanhã, sei lá, e por que ao invés de sustentares cavalos não sustentas um garboso pintudo, um pobretão sadio, esses que carregam caixotes de verdura na Ceasa manhãzinha? Tudo por uma pica, Palomita! vais reverdecer, florir, desabrochar como dizem os de boa redação. E os peitos, Cordélia? Não tiveste filhos, devem estar no lugar de sempre. Deixa-me tocá-los, chupar-te os bicos, esfregar a ponta da banana nos escuros mamilos. Devo parar. Combinei uma partida de polo. A Hípica é um covil de deliciosos e devassos moçoilos e lascivas mulheres. Polo e cavalo... pois sim. Vão lá para se arreganhar, excitarem-se com aquele cheiro de homens, garanhões e éguas. E por falar em polo as cem árvores que mandaste cortar são chamadas ficheiros (informei-me) e só bobo é que as planta perto de casa e a madeira só serve para fazer bolas de polo ou para cair em cima do telhado. Agora te pergunto: quem haverá de querer tantas bolas de polo? Quem sabe poderás exportar bolinhas para todo o planeta. Enfim. Haja cavalos e tacos. Encomendo cem.

v.

IMAGINAS MESMO, CORDÉLIA, que um deus ia se ocupar de alguém que estivesse comendo uma maçã lá na Mesopotâmia? Sentes culpa de quê? A que pecados te referes? Aquelas siriricas inocentes pensando em papai? Há outras coisas que não sei? E quem é esse Iohanis que te corta os ficheiros? Ainda se bobo os plantasse... Estás a me dizer que tens por aí um homem que é bom, leal, e não fodes com ele? O amante de Lady Chatterley também era bom, leal, mas fazia funcionar aquele gano, o tal do John Thomas. Descreva-o (o gano) detalhadamente na tua próxima carta, por favor. Estás inteira reticência, vagueza, mornidão. Não confias mais em mim? Não entendi o que queres dizer quando dizes que olhas o sol. Cuidado. O tal do juiz, o Daniel Schreber, começou a ter colóquios com o sol e foi pirando. Dizia que os seus raios o fecundavam através do pretinho. Já te disse Cordélia, para com essa bobagem de olhar não sei como para o sol. Olha para os bagos de Iohanis. Devem estar por lá e não percebes. Quanto às terríveis recordações que tens de papai acho muito estranho. Terríveis por quê? Porque te sentes culpada de tê-lo desejado? Isso tudo me parece tão demodê e tão chato. Eu mesmo o desejei. Aquele peito dourado, aquelas coxas douradas, aqueles olhos amarelo-dourado, ah!!! já sei, continuas adorando papai... o sol. Não acredito, Cordélia, que aos quarenta continues com esse arremedo de tara. Se tivesses fornicado com papai (eu te odiaria) estarias salva (fornicaste?) porque sempre aparece algum defeito, um peido quem sabe durante uma trepada, um pôr o dedo no nariz pensando que ninguém está vendo e de repente te pegam esticando o ranho. Verdade, improvável em papai, mas afinal ele era humano... e não faças cara de nojo quando digo essas coisas porque aí me lembro da Gretchen aqui de casa, uma moçoila que Frau Lotte contratou ("porrrque me canso de tomarrr conta de tudo sozinha neste casarrron") para ajudar a moçoila ("que é probrrrezinha") enfim, que vomita quando vê a bosta do Cachorro (se chama Cachorro mesmo e aliás é um santo), e à noite lambe o buraco do namorado, um tal de Zé Piolho que traz as compras da mercearia. Vê só, o cara se chama Zé Piolho. E o Franz veio me contar que viu a moça de joelhos lambendo o oiti do negão, perto do muro, no meio dos bicos-de-papagaio, aquela folhagem, tu sabes. O Franz: menina Gretchen non poderrr ficarrr aqui porrrque gostarrr de lamberrr cu de Zé Piolho. Na hora eu estava distraído e não entendi bem, pensei que o Franz se referia ao Genet e respondi: não eram piolhos, Franz, eram chatos aqueles do Genet, e quem é a Gretchen? E já ia discorrer longamente sobre o "Santo Genet Comediante e Mártir" quando ele me elucidou. Tenho que parar por hoje, combinei um encontro com Albert. Logo mais te conto. Aviva-te.

VI.

IRMANITA, VÊ SÓ: estava tenso teso escorregadio. Ele. Albert. Aceitou sim tomar uma cerveja comigo (detesto cerveja), só toma cerveja. É mais pro troncudo, a camiseta justa, um cavalo-marinho tatuado no braço, os antebraços peludos. É lindo de sorriso bagos e prendas (vide referência na III carta). Pasme: tem ótimos dentes. A mãe era portuguesa, porque brasileiro sem ascendência portuguesa ou italiana ou etc. nunca tem dentes. Tu sabes quanto o sacana do Heliodoro (!!! meu dentista) me cobrou por uma jaqueta da frente? Quarenta mil dólares. Agora é tudo na base do dólar no nosso país de polpas pombas ponteiros e pregas. Sabes de tudo isso ou andas desligada bossa Oblomov do Gontcharov e igualzinha a ele? Ontem antes de ir ao encontro de Albert, a caminho aliás, deparei com estes escritos no muro: morte aos dentistas! E logo abaixo: ó cu de sapo ó cu de lagoa, ando numa boa. Brasil!!! ô terra safada! Hoje ouvi na rádio Eldorado que um pernambucano que está no Kuwait se recusou a sair de lá, com guerra e tudo, dizendo que preferia ficar à mercê dos iraquianos do que voltar para cá. Imagina só a vidinha dele aqui. Bem, esses assuntos me enojam, nada a ver. Voltemos a Albert. Sentamo-nos numa mesinha redonda, muito da capenga, escolhi um bar brega (coisa de macho aos olhos do bofe) e aí passou por perto uma ancudinha gostosa, ele olhou muito e eu também, fingi me interessar e comecei um papo bordelesco só falando de mulheres. Que as adoro, que meu tesão é patológico, que preciso esgaçar várias vezes ao dia, que tenho sim uma amante mas ela é casada, que tenho medo de pegar mulheres por aí, tudo isso da aids me alarma e por isso tenho sempre que me masturbar. Citei vários homens ilustres defensores da masturbação, John C. Powys, Havellok Ellis, Theodore Schroeder etc. Mas falei com muito brilho, com muita elegância, levemente agitado, de vez em quando passava-lhe fortemente a mão na coxa assim como um homem muito do viril, do simpático, do solto. Descrevi pinadas admiráveis e quando detalhei uma certa posição incomum (queres saber, irmanita? ela de pernas abertas na beirada da cama, eu lambendo-a e embaixo da cama uma outra mulher chupando-me o quiabo) ele riu com gosto, fez movimentos nervosos com a perna, olhei rapidinho e visualizei a dele pica estufada dentro das calças. Perguntei de chofre: nunca te masturbaste com teus amigos?

ELE: quando era garotinho sim.
EU: eu digo agora já homem.
ELE: (seco) não.

Continuei temas afins mas insisti largamente na masturbação, dizendo-lhe também que a fantasia é a melhor amiga do homem (ele ri) e de repente na quinta cerveja fui incisivo:

vamos depenar o sabiá por aí?

Gostou, riu muito da expressão "depenar o sabiá". Ele: (largo sorriso e pedindo a sexta cerveja) Por que não? Irmanita, fiquei agitado, minha vontade era de agarrar-lhe a piça ali mesmo, abrir-lhe a regueira e enfiar meu taco naquele of certamente peludo. Mas fui fino: levantei-me rapidinho mas com discrição, paguei a conta, fui andando ao seu lado e em direção ao carro, minha mão amigavelmente colocada no seu potente ombro e no seu cavalinho marinho, abri a porta da Mercedes...

ELE: é a primeira vez que me sento pra valer numa Mercedes.

EU: (só pensando)

primeira vez também que vais te sentar num pé de mesa. (Ou não?)

Entramos no carro. Nem sei como consegui dirigir até uma ruazinha escura.

EU: que tal depenar o sabiá aqui agora?

ELE: (certa tensão, sorrindo)

por que não?

AÍ OUSEI: que tal, garotão, se te abrir a braguilha?

ELE: (muito calmo mas rindo)

por que não?

Achei surpreendente aquela calma, mas não era eu quem ia começar uma dialética a respeito. Então vi: o malho rosado, lustroso, orvalhado. Caí de boca. Foi se largando todo. Depenei meu sabiá enquanto chupava aquele magnífico bastão. Ele suava e gemia abandonado. Beleza! Rosado! Lustroso orvalhado!

ELE: (muito sério, depois de me encharcar a boca)
nunca deixei um macho me chupar a pica.
EU: (seriíssimo)
compreendo. Também nunca chupei pica de ninguém.
ELE: (olhando-me nos olhos)
mentira.
EU: (olhando-o nos olhos e fingindo-me irritado)
que é, cara, por que tu acha que eu ia mentir?
ELE: (meio tristinho)
pois é... então é esquisito, né?
EU: (neutro)
tá chateado?
ELE: (nervoso)
por quê? não dei o rosquete, bolas! olhe, é melhor me deixar num ponto de ônibus mais adiante porque nunca ninguém viu um carro assim onde eu moro. Dá na vista.

Comecei uma falação teatral meio babaca, mais pro sentimental, pro sem jeito, pro acanhado (sou comovente quando faço o gênero) do que pro racional, e disse-lhe: essas coisas acontecem, cara, e daí? acho que me emocionei contigo etc. talvez até tenha me apaixonado. Parei num sinal vermelho. Acendi um cigarro. E ele estava (imagina, Cordélia!) chorando. Coitadinho! Como são adoráveis essas crianças! Que alminhas ingênuas! Chorandinho, Cordélia! Que corpinhos famintos! Que modestos neurônios! Coloquei, como sempre com naturalidade, minha mão sobre sua coxa, e arrisquei um deliquescido "perdoa-me", e em seguidinha um "acho que te injuriei". Ele: o quê? Eu: (traduzindo) acho que te ofendi com os meu "arroubos". Ele: o quê? Eu: (traduzindo) te ofendi porque te chupei? Oh Cordélia, talvez deva começar a tal língua fundamental do Schreber? Enfim, deixei-o no ponto de ônibus. Chorandinho. Deixo-te aqui também, irmanita. Até mais.

VII.

CHI! QUERIDA, NEM SABES! Deu uma confusão a história do Zé Piolho! Odeio essa gentalha. É preciso fazer caras de compreensão, de piedade, é preciso ter muito cuidado, porque qualquer coisa que te saia da boca em relação a essa gente, todo mundo fingidão cai matando em cima. Tu dás casa, comida, roupa lavada etc. e te odeiam. Aí entram os compassivos: é perfeitamente racional que te odeiem, tu és rico, meu caro, tens tudo, e esses coitados são os esquecidos do mundo. Se eu tivesse alguém que me desse casa comida roupa lavada e ainda me pagasse, ia chupar-lhe a verga ou a xereca até o final dos tempos. Isso das hierarquias sempre existiu.

Diferenças... bolas, nunca ninguém resolveu. Napoleão tentou. Acabou com o feudalismo. Deu terrenhas para muitos. Mas que catástrofe anos depois! E pensar que a monarquia voltou depois da Revolução Francesa! Toda aquela sanguera pra nada. Pois é. E não há até anjos arcanjos querubins potestades? E lá no alto sentado na poltrona de ouro não há Aquele? Hierarquias até nos microrganismos. Leia o Koestler inteiro e vais entender tudo. O Arthur. Aquele d'*As razões da coincidência*. Bem, voltando ao Zé Piolho. O cara não se conforma da onda que se espalha pela vizinhança, aquilo da Gretchen ter sido vista lambendo-lhe o traseiro. O mais singular é que a Gretchen, protegida por Frau Lotte, não está nem aí. Continua espanando tudo muito bem e faz carinhas de riso o tempo inteiro. Eu fechadão. Frau Lotte veio conversar comigo. Fingi nada saber apesar de ciente de todas as minúcias, pois o Franz se encarrega disso. A história verdadeira, segundo Franz, é que Gretchen está perdidamente apaixonada pelo brega oiti do Zé Piolho e pelo Zé Piolho inteiro. Precisavas ver o tipo. É magrinho, bundinha nervosa, narigão, sorriso de dentadura postiça mas muito bem-feita. Alguém lhe pagou a dentadura. Tem gente que paga qualquer coisa pra lamber um cuzinho. Falando nisso, já te contei de uma amiga do Tom, que é primo do Kraus, que chorou copiosamente porque o Kraus não a deixou lamber-lhe o aro? A mulher é viciada em lamber pregas. O Kraus piou grosso: aqui ninguém mexe, negona. Mais tarde quando a dita-cuja voltou a insistir ele respondeu às gargalhadas: bichinha, a minha religião não permite, não insista, meus guias não vão aprovar. Cada vez que a mulher se atirava na regueira do Kraus, o Kraus ria pra morrer. Riu tanto se fechando inteiro que teve até convulsões. O outro dia a mulher encrespou: ou tu me deixa te lamber o buraco ou nada feito, não lodo mais contigo, me mando. Pois acreditas que o Kraus nem pôde responder e nem se despedir, de tanto que ria? Ele nos contava convulsivo: não é possível que alguém tenha se apaixonado perdidamente pelo meu mucumbuco! Até agora se alguém lhe diz: conta a história daquela que é amiga do Tom que é teu primo, ele começa a rir perigosamente. Todos os amigos andam pedindo pra ninguém mais falar na amiga do Tom. O Kraus pode ter uma síncope. O caso é sério. Ele anda fazendo terapia de apoio. Aliás, "tentou fazer". Foi a três terapeutas, mas os caras também não paravam de rir. Enfim, um problema. E a amiga do Tom (aliás lindíssima) se "chamava" Amanda, sim, chamava, porque agora todos a chamam de "A Cuzinho". A história não para mais, porque cada vez que alguém vê Amanda, diz: lá vem "A Cuzinho" — e quem está por perto e não sabe quer saber toda a história, e de novo alguém tem que contar. Uma maçada. Voltando a Frau Lotte.

Frau Lotte: senhorrr porrr favorrr non vai acrrreditarrr naquele histórrria do senhorrr Zé Piolho.

Eu: (fingindo-me de besta) que história?

Frau Lotte: non acontecerrr nada daquilo, o certo que acontecerrr foi que o senhorrr Zé Piolho terrr uma furrrúnculo na parrrte de trrrás e a senhorrrita Gretchen quis currrar Zé Piolho.

Eu: (fingindo-me de alarmado) como é que é, Frau? a Gretchen quis currar o Zé Piolho?

Frau Lotte: non serrr nada disso... o mero Gott, mero Gott.

E aí ela me pede para receber porrr favorrr o senhorrr Zé Piolho que ele me explica tudo. Achei demais, irmanita. Tive um daqueles meus acessos que tu conheces e disse à Frau que a mim pouco me importava se o tal Zé Piolho se suicidasse com um tiro no ó. Frau Lotte ameaçou ir embora com Gretchen e tudo. Então comprei-lhe um lindo tecido de gabardine inglesa para que ela encomendasse um tailleur no meu alfaiate. Depois pontifiquei: nunca mais quero ouvir falar de "burrracas" nesta casa. Uma coisa, Palomita: explica-me por favor os teus "entreveros" com papai, teus pesadelos. Insinuas o quê? o nada se fazendo culpa penso eu. Ou não?

VIII.

AH, SINTO-ME UM ADOLESCENTE, Cordélia. Ele estava de guarda-chuva me esperando na chuva. Não cantava mas estava ali quase escondido no pequeno terraço de uma casa velhíssima e vazia a duas quadras da oficina, terraço onde vi um pneu encostado à parede. Albert me diz que é "daquele ali" e me aponta um tipo muito do coitado, do vadio. O pneu é o travesseiro dele a cada noite. Eh vida! Bem, comecei dizendo a Albert que isso de meter no mosqueiro ou dar o roxinho não tem nada a ver com consciência. Sim, porque ele dissera antes: tô com a consciência pesada. Pobrezinho. E depois cansei de minha própria eloquência e explodi um último discurso sobre culhões flores, gardênias e dejetos e concluí aos gritos que acabasse com aquilo de resguardar cus e caralhos, que eu não tinha mais tempo para ficar fazendo o *grand seigneur* e *pas de deux*, rodopios, batidas de asa de borboleta, tremeliques, que o urro da vida se grudara ao meu peito, assim, garotão, em cores vivas, e mostrei-lhe o mangará duro, enfezado, segurei-lhe os bagos e... vê, Cordélia, começou a chorar novamente. Irritei-me, porque o choro para mim tem qualquer coisa de nobre.

Eu só choraria se Deus não quisesse o meu sim-sinhô. Ou se apenas me mostrasse a língua sem me deixar sugá-la. Petite chegou. Já te falei dela? Já já falamos.

P.S.: Comi-a na posição que chamo "A Degolada". É assim: a cabeça totalmente fora da cama (lembra-te de nossas camas aqui de casa, altíssimas), a perna direita lá no alto. É preciso ser delicado para não destroncar o pescoço do parceiro ou parceira. Fui grosso. Além dos gemidos restou-lhe um suave torcicolo. E não é que Franz conhece o Genet de cor? Como pôde se confundir com piolhos e chatos? E sabes que até leu *A morte de Ivan Ilitch*? Os alemães me surpreendem a cada dia. Depois "daquilo" pensei que nada mais leriam, só orassem. Estou indignado. Genet e Tolstói lidos por criados. Onde estamos? Que tempos! Beijo-te a pomba.

IX.

CORDÉLIA, DE ALGUMA FORMA insinuas o que desconheço. Falas do saudável que era o pai. Bobagens. Saudável sou eu. E neste hipotético saudável insinuas uns podres que não sei ou penso que não são os mesmos podres. Aqueles, os que eu sei. Fala claro: fornicaste com o pai? Fui enganado todos aqueles anos? Me excluíste do prazer e do ódio de te ouvir os relatos ou de ver os fatos? Choramingas entupida de culpa por quê? Te lembras daqueles palhaços que eu esculpia no barro e depois vestia-os de cetim branco e fitas coloridas? É assim que me sinto. E o que queres dizer com isso "se eu me lembro de Nietzsche nos finais", ele chorando em plena avenida por um cavalo espancado? Sim, me lembro. E então? Não sou Nietzsche, nem sou o cavalo, nem sou Lou Salomé. Pensas que estou louco? Ou que me identifico com cavalos e com baronesas como tu, Palomita? Fica atenta. Posso ser cruel se me enganam.

P.S.: Insisto: por que falas de Nietzsche? Por que me pensas compassivo terno cruel e louco como ele? E pergunto-te: também talentoso? Que devo me dedicar às letras porque me sentes um escritor? Queres sem dúvida me ofender, Cordélia.

X.

SE É POSSÍVEL, SE É FACTÍVEL tudo o que estou pensando ou melhor tudo o que estou concluindo, tu e o pai dormiam juntos e fornicavam e me fizeram de *claune.* O que queres dizer com "saudável na cama"? Já vejo um tipo comendo melancias, pipoca, deitadão baboso, sujando os lençóis, enchendo-os de semente e amendoins. Certamente esse não era o pai. Cordélia, estou irritado. Continuas tola. Existias em juventude apenas para sassarimbar. Eras muito gostosa. Tu, sim, alguma coisa a ver com saudável, com melancias, inteira para ser chupada. A palavra "saudável" em relação ao pai é francamente tola. A aparência juvenil do pai escondia um homem passional, atormentado até a medula (como diria o abade). Eu sim recebi do pai confissões... estranho tu insinuares cama, e segundo entendi, a dele *ejaculatio precox.* Falas em timidez também? Não te confundiste de parceiro, não? Muitas coisas me foram ditas... a aparência juvenil, o ar esportivo, eram máscaras muito bem construídas... o pai era um sedutor perfeito, um vencedor, amoldava-se como água para obter o que queria. Tênis... ora, Cordélia, achas mesmo que o pai era apenas um exímio jogador de tênis? Um coitado a teus olhos porque não te percebia? Tolinha... Não estás invejosa de alguém? E pensas que a mãe se foi com o outro, aquele sim pateta, à revelia do pai? Bobinha... O pai quis que ela se fosse! E o que é isso de pensares que o pai usava mais as bolas de tênis do que as próprias bolas? Claro, os bagos também devem ser usados para roçar as conas... bem... não usou os bagos com mamãe. Mas Cordélia, incrível, não te lembras mais de mamãe? Aqueles grandes olhos cândidos e todo o corpo uma redondez adorável, o nariz perfeitíssimo, braços e mãos de madona, mas nadinha nadinha de uma meretriz. E uma mulher na cama tem que ser um pouco prostituta, lembra-te de Lawrence: "A mulher que não tem em si o menor rasto de rameira é regra geral apenas um pau seco". Mais ou menos isso. Mãezinha revirando os santos olhos castanhos, imensos sim, mas perfeitos para receber a visita do anjo. As ancas poderosas sempre encobertas por fartos linhos... as mãos ao piano tocando *Lieder*... e na harpa, arpejos. Achas que alguém pode foder corretamente (e corretamente nesse caso quero dizer sordidamente) com alguém que insiste em tocar harpa? Pois lembra-te que ela insistia. Messalina tocava harpa? Cleópatra tocava harpa? Lucrécia tocava harpa? Duvido. Até vou verificar. E agora me lembrei de Mirra que embriagou e seduziu o rei Ciniras, seu pai, e teve um filho do próprio. Mirra, sim, é que ilustra com perfeição o chamado complexo de Édipo. Pobre Édipo! Pois nem sabia que a outra era a mãe. Nem Freud nem Jung leram Ovídio (*Metamorfoses*). Enfim. Foste Mirra alguma vez? Não terias coragem. Ou sou eu que não conheço coisa alguma de mulheres. Voltando a mamãe, só queria a harpa entre as coxas. E o pai chegava lindo, todo suado das duplas, as magníficas coxas douradas, palpitantes do esforço, da vitória, a fita lustrosa sobre a testa, as gotas de suor escorrendo brilhantes, o riso inteiro perfume e fome de outra boca e aí... mamãe. O vestido de linho branco e "casinhas de abelha" na gola... Também fazes casinhas de abelha nos teus panos para as quermesses das tais aldeias? E queres saber, de mim, o que era sexualidade para o pai? Aí tens: medusas hienas pássaros grifos sumos sátiros pauis paias guizos e principalmente (calma irmanita) João Pater, o negro que ele amava. Te acalmaste? Então continuo. Encontrou-o não sei onde, se em Olinda ou Salvador, estava por esses lás nas tais turnês, e um dia, manhãzinha, andando pela cidade foi tomado de júbilo por tudo o que via, o cheiro das frutas, o azul escancarado do céu, uma jaca se abrindo lentamente diante dele... assim mesmo ele dizia "uma jaca se abrindo lentamente diante de mim" e de repente perto das frutas, da jaca, sob o sol, ele... João Pater. O negro acariciava as coxas distraído, sentado, pernas abertas, olhando as próprias mãos que iam e vinham sobre as coxas. Alguém ofereceu a João Pater uma laranja. Ele olhou para o pai e disse: quer? Quero sim. João Pater tirou o canivete do bolso e começou descascar lentamente a laranja. Cortou-a em duas metades. Queremos, não é? E deu a metade ao pai. João Pater tinha vinte anos. Lindo! Lindo! E por que o negro se chamava tão estranhamente João Pater? Porque demorou a nascer, a mãe já ia morrendo quando chamaram o padre João, e o padre começou: Pater Noster etc. Em seguidinha nasceu. A mãe achou milagroso o Pater Noster e ele ficou sendo João Pater. O Noster ela não gostou tanto... toma teus calmantes, Cordélia, ou um punhado de erva-cidreira, já que aderiste ao campo e seus encantos.

P.S.: O que nos resta é a orfandade. Não é que sentimos falta de pai e mãe. Somos órfãos desde sempre. Órfãos d'Aquele.

XI.

QUE NUNCA VISTE um negro lá em casa? Claro, tolinha, ninguém via o negro. Só ele. Viagens constantes, turnês inventadas. O eterno arpejo da mãe, na volta: jogaste bem, querido? E tu perguntas como era tudo com João Pater, como o pai dizia que era? Oh, Cordélia, que era como um lago de acácias, húmus, sol, cordura, deslumbramento. Estás desesperada, sinto. Então não devo falar mais nada. Arrependi-me de te contar. Mas alegra-te: ontem sonhei que te chupava a cona e subias aos céus com uma harpa entre as coxas (reminiscências de mamã) e paisagem e cores tinham alguma coisa das pinturas de Chagall. Em seguida dois anjos arregaçavam-me o ó e lambiam-me com línguas prateadas, podia vê-las (as línguas), eu era lambido por trás mas via-os (os anjos) de frente assim como se tivesse o pescoço de um papagaio, podendo me virar para onde fosse. Depois, o próprio Deus com face de andarilho ou daquele vadio do pneu e todo chagoso, me colocava um pneu no pescoço à guisa de colar, e exibia um não sei quê (como chamar o farfalho de Deus?), um chourição rosado e bastante kitsch, enfeitado de estrelinhas. Fui todo arrebentado por dentro. Vi estrelas (perdão). Acordei molhado e pensei: Frau Lotte vai ver a mancha no lençol. Aí levantei-me e fui lavar o pedaço de lençol na água quente. Incrível. Não posso nem gozar sossegado aqui em casa. Acho que vou mandar a velha embora e contratar uma dona de pensão, uma abadessa. Pois tenho ou não o direito de sujar meus lençóis sem me atormentar? Senti-me no internato. Um colegial limpando as cracas, manhãzinha, pro padre não ver. Não, Cordélia, não me peças novamente, não quero contar mais nada sobre o pai e João Pater. Ainda se fosse de viva voz... Não vens?

XII.

IRMANITA: SE FOSSES SAUDÁVEL morarias comigo, teu irmão. Podias até defecar na minha cama e eu não me importaria. Lavaria tua bundinha e lençóis. Mas insistes em ficar aí na tua charneca. Se ainda fosses a Virginia lá na Cornualha, entenderia. Ou uma das Brontë em Haworth, também. Mas quem és? Ninguém ilustre. Não tens nenhuma tarefa importante que justifique tua permanência no campo. E fodes ou não com esse tal do Iohanis? Quantos anos tem o pilantra? Corta as tuas árvores no machado ou tens motosserra? Se for no machado mentes quando dizes que não fodes com o cara. Outra coisa: não acredito mesmo nas tuas insinuações incestuosas. Tu achas que um homem possuidor de um João Pater ia meter contigo? Bem, há o tempero picante de seres a filha. Mas como pôde ele ocultar-me essas arquetípicas inocências? Eu me sentia um confidente do pai. E sei que ele te pensava uma pequena pomba morenosa, rebolante, os olhos da mãe mas quase tão idiota quanto ela (perdão, mãezinha). Prova-me. Prova-me que tiveste na cabeluda o paterno picaço e seus cachos, linda Mirra. O rei Ciniras quis matar a filha quando se curou do porre. Nosso pai, não?

XIII.

ESTOU DOENTE. Taco, meu médico e amigo, prescreveu champanhe gelado. Brut. E gelo nas têmporas. E sabes por que estou doente? Porque pressinto surpresas, notícias inquietantes, vindas não sei de onde, talvez de ti. (E por outra coisa que já te digo.) Sinto também que não devemos continuar com as cartas. Te vejo dissimulada, escondendo algo muito sério. Por que não permites que eu vá até tua casa? O que guardas aí? De alguma maneira me transformaste num escriba ou melhor num escrevinhador, e só de saber que tu me pensas escritor agiganta-me a náusea. Que tipos petulantes! Que nojosos! Esgruvinham as virilhas, o pregueado, escarafuncham os sórdidos corações, as alminhas magras, e daí enchem-se de arrotos quando terminam os textos. Verdade que adoro os livros, mas se pudesse arrancar de mim a visão dos estufados que os escreveram vomitaria menos o mundo e a própria vida. Tínhamos um amigo, o Stamatius (!) (eu só o chamava de Tiu, porque, convenhamos, Stamatius não dá) que perdeu tudo, casa e outros bens, porque tinha mania de ser escritor. Dizem que agora vive catando tudo quanto há, é catador de lixo, percebes? Vive num cubículo sórdido com uma tal de Eulália que deve ter nascido no esgoto. Muitos o procuram para ajudá-lo. Não quer nem saber. O Tiu quer escrever, só pensa nisso, pirou, sai correndo de pânico quando vê alguém que o conheceu. Carrega no peito uma medalha de santa Apolônia, protetora dos dentes. Ah, não tem mais dentes. Bonito o Stamatius. Elegante, esguio. A última coisa que fez antes de sumir por aí foi torcer as bolotas de um editor, fazê-lo ajoelhar-se até o cara gritar: edito sim! edito o seu livro! com capa dura e papel-bíblia! Só então largou as bolotas e balbuciou feroz: vai editar sim, mas a biografia da tua mãe, aquela findinga, aquela leia, aquela moruxaba, aquela rabaceira escrachada que fodeu com o jumento do teu pai — e quebrou-lhe os dentes com a muqueta mais acertada que já vi. Quebrou a mão também. Bem, mas isso não vem ao caso. Ao caso pior: o Kraus morreu. A Cuzinho num acesso de indignação não só *à cause* do apelido mas desesperada com todas as indignidades vindas do Tom, invadiu a casa do Kraus com o linguão de fora, e alguns dizem que o perseguiu pela casa inteira uma boa meia hora, escobilhando a comprida. Consta que o Kraus tapava o aro morrendo de rir literalmente. E acreditas? Morreu. O Tom quer provar homicídio, quer o testemunho de todos os amigos e dos terapeutas também, mas quem é que vai acreditar que um cara morreu de rir só com a ameaça de lhe lamberem o botão? A turma do polo está estudando um plano, alguma nefanda crueldade para Amanda. Dizem que vão lhe enfiar algumas bolas de polo polpas e pombinha adentro. Se assim for resolvido manda-me os tocos dos tais ficheiros. Haja bola! Tom foi medicado na hora do enterro de Kraus porque não suportou ver o amigo morto e ainda sorrindo. Estou doente por tudo isso e porque não posso pensar na morte, nem na minha nem na do Kraus nem da barata, tenho medo da pestilenta senhora e imagino-me puxando-lhe o grelo, esticando-lhe os pentelhos até ouvir sons tensos arrepiantes. Hoje gritei demente: vem, Madama, vem, e irado, numa arrancada, soltei da pestilenta grelo e pentelhos e eles esbateram-se frenéticos nos seus baixos meios. Se pudesse seduzir a morte, lamber-lhe as axilas, os pelos pretos, babar no seu umbigo, entupir-lhe as narinas de hálitos melosos, e dizer-lhe: sou eu, gança, sou eu, mariposa, sou Karl, esse que há de te chupar eternamente a borboleta se tu lhe permitires longa vida na olorosa quirica do planeta. *Ciao*, irmanita.

XIV.

ENTÃO A PASCOALINA te deitava no sofá da sala enquanto a senhora Lamballe e o pai iam às turnês? E brincava contigo do quê? De ladrão? E que isso vem a ser aquilo que imagino: um beliscar-te a xereca vagarinho... o ladrão vem andando, vem andando e de repente o ladrão entra na casa, isto é, o dedão da Pascoalina dentro da tua xoca. Estás a me dizer que a nojosa da Pascoalina te masturbava, tu tão menininha? E onde é que eu estava? Ah, sim, lá onde eu não era. Mas afinal, de quem herdaste essas programeiras, essas encestadas, alguém te tocando o chiri e tu neném toda largada? E que histórias são essas de dizeres que escrevo algumas coisas que não entendes e que segundo o juiz Eliézer o palavrão é o solecismo da alma? E quem é, por Deus, o juiz Eliézer? Se eu tenho um dicionário de obscenidades? E eu lá preciso de dicionário dessa espécie, eu que andei pelos bordéis da vida no país inteiro? Chamar o ânus de cibazol, de cifra, o pênis de cipa, de cipó, é coisa de criança lá nos nordestes da vida, e não me lembro de ter falado nesses termos de nenhum botão e de nenhum bagre. Mas afinal és tu quem tem o dicionário? Ou cruzaste correspondência? Te correspondes com quem mais? Quem sabe me enganas e és na verdade uma madame de Staël e ris das minhas cartas? Pressinto malinezas. Te divertes comigo. Vives aí com o tal Iohanis, teu barbarroxa, e eu aqui sem gaveta, sem garanhona, sem jiló, girando a bolsinha.

XV.

CORDÉLIA, NÃO VOU PRECISAR dos tocos dos biris. Chamam de biris também, aos ficheiros. Não colocaram bolas de polo na xota da Cuzinho. Sabes qual foi o castigo? Lamber o roxinho das duas equipes. Imagina-te, foi uma longa partida, cus e cavalos suados. Haja língua. Cuzinho foi colocada num cubículo de guardados e policiada por um "amiguelho" do Tom, um tipo enorme, parrudo, focinho de tira, até a partida terminar. Eu não entrei nisso. Depois do jogo fiquei bebericando o meu uísque e palrando com algumas pentelhas, senhoras já velhuscas muito das dadeiras, das encapadas, das pombeiras. Sofrem de ócio. Sugeri-lhes que fundassem uma entidade à qual dei o nome de EGE, sigla do que viria a ser Esquadrão Geriátrico de Extermínio. Atividade: assassinar políticos corruptos, ladrões do povo, e editores de livros *pop-corn* gênero Jacqueline Susann, Jackie Collins, Danielle Steel. Até descobrirem que na hora H dos crimes havia sempre uma velhinha por perto com seu guarda-chuva ou bengala de ponta envenenada, ia levar tempo. O delegado: coincidência, senhores, coincidência, são diferentes velhinhas a cada crime, ou os senhores estão pensando que existe talvez um esquadrão geriátrico de extermínio? Ha ha, e todo mundo ri. Todo mundo competente. Continuando: não entrei nessa da Cuzinho porque achei mais prêmio que castigo. Quando externei minha opinião ficaram furiosos: é porque tu não viu o estado do nosso cabo e cachos... Que mau gosto! E sabe-se lá o que eles quiseram realmente dizer com isso. Pedi que não contassem mais nada porque eu comia deliciosas torradas com salmão. À noitinha arrancaram Cuzinho do cubículo depois de tudo aquilo. Fui até lá só para lhe ver a cara. Acreditas que ela saiu sorrindo? Assim como se estivesse embriagada. Tomou um porre de pregas! Há coisas inexplicáveis no ser humano. No planeta também. Fora fantasmas e óvnis. Te lembras de toda aquela história do Mishima? Não quero acreditar que te esqueceste dele.

Aquele que fez o *seppuku*. Te contorcias inteira de pavor quando lias aquilo. Havia os detalhes: comeu repolho e finas fatias cruas de galinha no jantar da véspera. Depois encheu os trazugues com rolos de algodão para que não lhe saíssem as fezes na hora H. Tenho horror de escritor. A lista de tarados é enorme. Rimbaud, o tal gênio: catava os dele piolhos e atirava-os nos cidadãos. Urinava nos copos das gentes nos bares. Praticamente enlouqueceu Verlaine. (E a mãe de Verlaine? O que querem dizer aqueles fetos guardados nos potes de vidro em cima da lareira? Mãe de escritor também não é fácil. Seriam irmãozinhos de Verlaine?) Outro doido. Deu um tiro em Rimbaud. Se não me engano, incendiou a própria casa. Depois Proust: consta que enfiava agulhas nos olhinhos dos ratos. E espancava os coitadinhos. Genet: comia os chatos que encontrava nas virilhas do amante. Foucault: saía às noites, todo de couro negro, sadô portanto, ou masô, dando e comendo roxinhos. O próprio Mishima, louco por soldados suados e por sangue. Gozou a primeira vez vendo uma estampa de são Sebastião flechado. Sabes que o Franz, não o Kafka (o Kafka é o mais normalzinho apesar da barata), o Franz aqui de casa é bastante chegado a lixeiros? A cada manhã ouço um pequeno diálogo:

tudo bem, senhorrrr lixerrro, está difícil o trabalho?

tudo em cima, seu Franz.

non serr desagrrradávell o serrviço?

O segundo lixeiro abrindo os braços e deixando à mostra os tufos azulados das axilas: desagradável é bater as botas, seu Franz.

Franz sai rindo, comentando: gostarrr muito dessas bonitos senhorres lixerrros, non, Frau Lotte? e que pelos engrraçados e ton fofos nas burracas dos brraços... parrecem minha gente... forrtes fortes... Franz talvez seja um escritor. Vou prestar mais atenção nele. Por que alguém como Franz leria Tolstói ou Genet? Uma coisa, a mesma, de novo: não insista, Cordélia, não contarei mais nada sobre João Pater. E como ousas me perguntar se eu vi a estrovenga do negrão? O pai é quem via. Não eu. Insinuas o quê?

XVI.

OS OSSOS. OS OVOS. A sementeira. Essas coisas me vêm de repente num tranco. Ando cuspindo nas rodelas. Estou lixoso, áspero comigo mesmo e com o mundo. E confuso, Cordélia. Uma vontade louca de escrever na língua fundamental. Aquela. Te lembras. A do Schreber. Vontade de não dar sentido algum às coisas, às palavras e à própria vida. Assim como é a vida na realidade: ausente de sentido. E por isso quero te dizer agora que me lembrei de outras revoluções. E de mães, mulheres, de nomes, de mim, de nós. Lembrei-me do nome da mulher de Ramon Mercader. Chamava-se Orquélia. E tu, Cordélia. Nada a ver? Mas lembrei-me. Ramon, de Ra, o sol. E a mãe de Ramon chamava-se Caridad, stalinista roxa e autora intelectual da monstruosidade. Imagine, chamava-se Caridad! E foi o filhinho de Caridad quem golpeou aquela linda cabeça. Linda mesmo? Novos autores referem-se a ele como um ditador raivoso. Estás confusa porque te relato tudo isto? Mas é que Ramon Mercader disse ao ser preso, ou logo depois ou muito depois: fui enganado. Este "fui enganado" é que ressoa, persiste no meu ouvido ressoando. Porque também fui enganado. Aquele retrato que o pai recortou da revista dizendo que era a princesa de Lamballe não era verdade. Tu sabias? Não é a princesa. Idêntica à mamãe sim, só que descobri que a retratada chama-se madame Grand. Foi mulher de Talleyrand. No livro de um historiador, Simon Schama, está lá o retrato daquela que não é a Lamballe, igualzinho ao retrato aqui da sala. Penso que o pai me queria afastado de mamãe. Sabia que eu a amava mais do que devia. E como toda a história de Lamballe é horrível (além de degolarem-na, retalharam-lhe a vulva e dela fizeram bigodes! franceses... meu Deus... tão finos...), e eu, sabendo desta história, jamais teria tesão (no entender do pai) por mamãe-Lamballe. Tinha ciúmes de mim o espertalhão! Que família! Que mentiras! E todos tão *collet-monté* e elegantes!

XVII.

IRMANITA, ISSO DE SABER tão pouco da tal madame Grand (a cara da mamãe) me deixa feliz. Talvez me cure definitivamente do mal-estar contínuo em relação às mulheres. Então, ouça, vê se vem. Vou me fixar em prexecas logo mais. Vez ou outra posso ter recaídas porque bozó é bozó e comer bozó é dilacerante mesmo, dilacerante para o outro e bom para os dois. Na verdade o que queremos é dilacerar o outro. Dão o nome de desejo a essa comilança toda. Na natureza tudo come. Do leão à formiga. Até as estrelas se engolem umas às outras. Tenho cagaço do cosmos. O Criador deve ter um enorme intestino. Alguns doutos em ciências descobriram que quanto maior o intestino, mais místico o indivíduo. E quem mais místico do que Deus? Grande Intestino, orai por nós. Falando em comilanças devo dizer que comi de novo a Petite. É uma das doninhas casadas lá da Hípica. É magrinha, ruiva, neta de ingleses (por que não "Little"?) e recebeu do bisavô a primeira edição do livro de Joyce, o *Ulisses*. Guarda-o há anos numa caixa de laca e nem sequer o folheou. Tem medo daquele monólogo da Molly, diz que não gosta de ficar excitada com esse tipo de leitura e sem ninguém por perto. Ofereci-lhe para meter-lhe a brenha enquanto lê. Achou muita graça. É idiotazinha mas belíssima de coxas. Fuma aqueles cigarros More, mentolados. Ah, não fumas. E também não fodes com o tal das árvores. O Iohanis. Não acredito. Continuando, a Petite. O marido está em Cartum. Missão especial. É diplomata ou funcionário graduado do Itamaraty, sei não. Cartum. O que há em Cartum? Deve colecionar besouros. É jovem, mais jovem do que ela. Todas, jovens ou velhas, lá da Hípica têm maridos jovens. Algumas pagam muito bem para casar com esses bofes grandalhões ou esguio-elegantes ou esportistas ou corretores da Bolsa. Sou esportista grandalhão esguio-elegante e ainda jovem, mas não me pegam. Foi difícil sair da Hípica com Petite sem que os pulhas dos muitos maridos percebessem. Também andam de olho nela. E sem que as outras também, as punheteiras (todas elas enganam marido e amantes e gostam de bater punheta em homem. Pra foder são mais complicadas), percebessem. Quando Petite entrou no carro já fui passando-lhe as mãos nas coxas, régias! régias! e desabotoei-lhe a blusinha encarnada. Não era branca nem de linho nem tinha casinha de abelha. Mas pensando bem, gostaria que fosse de linho e branca com os tais pontinhos, pois mamãe a partir de agora pode tornar-se uma fantasia bastante apetecível. Adorável madame Grand. Bem, na hora que enfiei a língua na boca de Petite, depois de sugar-lhe os bicos dos peitos (meio caidinhos, por sinal), ela me disse (Cordélia, vê se não é mesmo um carma, uma perseguição): tua língua é igual à de papai. Como assim? perguntei. Assim vermelhinha, vermelhinha. E como é que você sabe que o seu pai tem a língua assim vermelhinha? Ficou furiosa: o que é que você está insinuando, Karl? Eu? nada, imagine! Contou-me então uma longa história de língua, que a do pai era demais vermelhinha, todo mundo reparava quando ele chupava sorvete. Sorvete? Mas quantos anos tem seu pai? Ficou furiosa de novo. É uma idiotazinha mentirosa. Deve ter sugado adoidada a tal linguona paterna. Nós sabemos disso, não é, irmanita? Ou também só viste a língua do pai quando ele chupava sorvetes? Ando meio furioso, sim. Acredito e não acredito nas tuas pseudoconfissões sutis. Até quando vais guardar o segredinho? Dizes que ele não era fiel ao João Pater. Ah, é? E o coitado do negrão nem sabia. E com coisas tão importantes para falarmos, pedes-me notícias da Cuzinho. Por quê? Interessada? Pois bem: a Cuzinho baixou hospital. O Tom descobriu que ela tem uma xeroca rasa, onde só cabe morango. Contratou dois de toreba gigante pra um escaldado da miranguaia. O Tom só pode estar apaixonado.

P.S.: Era contigo que o pai enganava o João Pater?

XVIII.

PALOMITA, lembras-te que mergulhavas o meu pau na tua xícara de chocolate e em seguida me lambias o ganso? Ahh! tua formosa língua! Evoco todos os ruídos, todos os tons da paisagem daquelas tardes... cigarras, os anus pretos (aves cuculiformes da família dos cuculídeos... meu Deus!) e os cheiros... o jasmim-manga, os limoeiros... e teus movimentos suaves, alongados, meus movimentos frenéticos... Ahhh! Marcel, se te lembras, sentiu todo um universo com as dele *madeleines*... Deve ter sugado aquela manjuba magnífica do dele motorista, com *madeleines* e avós e chás e tudo... Ah, irmanita, as cortinas malvas, a jarra de prata, os crisântemos dourados, algumas pétalas sobre a mesa de mogno, tu diluída nos meus olhos semicerrados, teu hálito de chocolate e de... "solução fecundante" como diria aquele teu juiz. Ando me sentindo um escroto de um escritor e quando isso começa não acaba mais. O que me faz pensar que eu talvez o seja é toda aquela minha história-tara do dedão do pé do pai. Pulhices de escritor. Outro dia contei ao Tom a história do dedão do pai, como se fosse a história de outro cara, não a minha. Sabes o que me respondeu? "Se algum filho meu tivesse a tara de me chupar o dedão eu dormiria armado." *Ciao*. Petite chegou. Apaixonou-se. Uma maçada. Continuo daqui a pouco.

Continuando. Foi-se. Às vezes, ela é insuportável. Diz que me ama mas não suporta quando nos meus "arroubos" digo a palavra boceta. Pergunto-lhe se é um problema de ordem moral ou de semântica. Arregala os olhos, e fica claro que não tem a menor ideia do que seja semântica, e responde: é apenas *disgusting*, meu bem, nada a ver com a moral, há outras palavras que me soam também desagradáveis.

quais?

ah, você vai rir de mim... mas não suporto a palavra efusão nem a palavra fartura... fico até fria... veja, será que são os us?

mas o que acontece se alguém ficar repetindo boceta fartura efusão?

ah, benzinho, por favor, posso até desmaiar, já não estou bem... não repita... é mesmo? estranho... já desmaiou alguma vez?

quase morri quando disseram as três ao mesmo tempo... é uma coisa no ouvido... dói...

Fiquei radiante. Desejei sim que morresse. Aos trancos vieram-me frases surpreendentes. E comecei:

houve uma efusão farturosa de bocetas

e naquela efusão... a boceta na cama... a fartura na mesa...

bocetas claras, de pelos fartas, efusões sinceras bocetas sobre a mesa, fartura de ninfetas, efusão de picas

faturo-te a boceta em efusão

efusão sincera, mastruço em ação, e duas metas: aro e boceta

Enfiou-se embaixo da cama, aos prantos, fui atrás, nu, cravei-lhe as unhas na bundinha e fui repetindo fartura efusão boceta, dei-lhe uns sopapos, até que desmaiou. Quando acordou, falei: tô repetindo: fartura efusão boceta. Sorriu. Sarou. O marido agora está em Java (!). Para mim ele não passa de um traficante de ópio. O que as pessoas vão fazer no Sri Lanka ou em Java ou em Cartum? Talvez adeptos de uma nova religião. Quando pergunto essas coisas à Petite, ela diz: Marcius (!) é curioso, adora viajar... Digo: deve gostar de cacetas cor de azeitona. E sempre de besouros, lógico. O outro dia li que um amigo de Richard Francis Burton deu-se muito mal com um besouro que lhe entrou tímpano adentro. Talvez Marcius (!) deseje isso mesmo, ficar surdo enfim, porque Petite é um rádio na cama. Abrindo as pernas já começa uma arenga doentia. Tento contê-la tapando-lhe a boca, mas ela não entende, pensa que é um vício meu, que gosto de tapar sua boca como se eu gostasse de me sentir um estuprador, é burrinha, coitada, mas me diverte. Ah! se fosses tu, Cordélia! Poríamos a fotografia de papai na nossa frente (tenho algumas lindas! posso mandar ampliá-las...), e nos chuparíamos, de cada lado uma fotografia de papai. Depois eu derramaria champanha na tua cona, que deve estar tão sequinha, coitada... ou não? Ou o tal de Iohanis... não, não quero nem pensar... e chuparia teus dedinhos do pé, um por um, os buraquinhos das tuas orelhas (ainda usas Calèche?) e o buraquinho da frente e o buracão de trás... vem, irmã, penso que te negas ilusões e as ilusões são os sustentáculos da vida. Cordélia, medita: vais apodrecer um dia, os vermes vão te roer, tudo bem, vais ser cremada, mas isso também é chato, os cadáveres sentam-se repentinamente, sabias? por causa do calor... aquilo é um forno... pensa que estás viva ainda, e prometo te fazer muito feliz como sempre foste quando estavas comigo, prometo também me vestir de papai, com as tais raquetes Prince e a fita lustrosa na testa, e tu de madame Grand se quiseres, ou só Cordélia, que é como eu agora gostaria... Vem.

XIX.

TE ABORRECESTE. Pedes que eu desista. Não virás nunca. E enfim confessas: que Iohanis é louro, tem coxas douradas, quinze aninhos, adora tênis e é a cara do pai. Sou irmão e tio. És mãe, irmã e amásia. Parabéns. Quantas mentiras. Marafona.

XX.

OS LILASES, O CHUMBO, o verde-rã das águas, tuas blusinhas, amada, cheirando a maçãs, tuas axilas negras, polpudas como rãs pretas pequeninas, estou confuso igual a Talleyrand diante de um cesto cheio de cabeças. Então Cordélia-Mirra, Iohanis é teu filho e nosso irmão. Embriagaste o pai numa noite de águas, junto às baias. E por isso te vi pálida na manhã seguinte arrumando valises e malas... Nunca compreendi por que te foste. Agora sim. Vinte e quatro anos e apaixonada. E grávida do pai. Tem então quinze o irmão? E dizes que nunca posso vê-lo. Tu o queres só para ti, Palomita. Muito bem. É como dizia um juiz (não o Eliézer, um outro) quando lhe recriminaram a fodança com as filhas: eu as fiz, eu as como. E não posso ter nem um caracol dos cabelos de Iohanis? Nem um par de pentelhos? Nenhum beijo? E é assim tão forte que te corta as árvores? Nem posso vê-lo suado, vermelho, nem tocar-lhe os bagos? E a cada dia te olhas nos teus quarenta nos espelhos... e estás ainda mais bela. Torturas-me. Que ele te ama e só conhece a tua cona... Na verdade te alimentas de uma seiva jovem a cada dia... E a mim o que me restou foi voltar com Albert, o moço mecânico. Soltou-se. Fizemos todas as posições ontem à noite, depois de receber a tua carta: torno, macaco, alicate, burrinho. Não vou contar como são, vire-se. Fizemos "carro alegórico" também: eu deitado, ele em cima do envernizado, de braços abertos e cantando "Não me diga adeus". Já não chora.

Karl

Eu, Stamatius, digo: vou engolindo, Eulália, vou me demitindo desse Karl nojoso.

Eulália: quem é esse cara, hem benzinho? é teu parente? escreve coisa de bem, os graúdo, os fino, ou se tu não qué escrevê aquilo que eu já te disse da minha vida, tem coisa pra burro pra eu te contá, tem coisa por esse mundo afora, escreve vá, Tiu, escreve das gente que eu conheci lá em Rio Fino.

Fico ouvindo sem ouvir, pergunto distraído: onde é que tu aprendeu a foder com jeito de gazela?

Sorri grande, se abre inteira, põe a mão com ternura sobre a choca e diz miúdo: vem, Tiu, vem vá. Tem jeito de madame Grand quando se abre, é toda gostosura, é leve, é espuma, é linda, Eulália quando fode. Vou pra esteira, pertinho dela, e se ajeitando me abraça e diz que sabe de uma história preta, um cara que virou cachorro, e antes de virar cachorro era lindo loiro "engraçadinho mesmo" mas vivia comendo a xirica das cadelas da rua e um dia os dentes cresceram, ficaram em ponta, e ele também ficou cheio de pelos... Não serve pra tu, não, Tiu? pro homem que faz livro?

depende. não virou lobisomem não?

não. era cachorro mesmo, ficou lá na casa da viúva Fadinha.

como assim ficou lá? e quem era a viúva Fadinha?

uai, ficou lá, como cachorro ficou sem graça, um cachorrão como os outro, roía osso, essas coisa, latia.

sei. e a Fadinha?

a viúva Fadinha gostava de mulhé.

interessante. onde isso?

em Rio Fino. e a viúva Fadinha se vestia toda de filó, ficava na solera da porta e quando as mocinha passava, ela dizia: vem, lindinha, vem comê bolinho de tapioca.

sei. e o cachorrão ficava lá do lado... é.

tá bem. vou escrever "Filó, a fadinha lésbica".

não. escreve do menino que virou cachorro.

mas só virou cachorro, só isso?

uai. e não é coisa pra burro?

é. é coisa pra editor sim, mas tem que ser um cachorro sacana, fodedor.

ah, isso não era não, era um cachorro simpres, quietoso.

então não dá, tem que ser assim ó (e lambo os beiços lentamente e reviro a língua), um cachorrão sacana.

Eulália ri gostoso. Olha para mim como se eu existisse, nada me olha como se eu existisse, me deu vontade de comer agora um sanduíche de linguado e Eulália de sobremesa. Mas tenho que escrever ao menos um continho reles e vendê-lo quem sabe a um reles suplemento.

qué sabê, Tiu? escreve um conto horrível, todo mundo gosta de pavor, a gente sente uma coisa nos meio... um arrepião.

tá. então começo:

DEITOU-SE. Esperando que tudo aquilo passasse. Tinha medo da vida, dos acontecimentos, da extremada pobreza. Às vezes olhava as mulheres. Via pernas bocas tetas e sabia que jamais as teria. Olhava alguns pequenos pássaros no quintal dos vizinhos. Goiabas. A vizinha mais próxima, d. Justina, tinha um marido triste. Às tardes ele sentava na pequena varanda, olhava ao redor e chorava.

que cê tem, velho?

é nada. é velhice.

Olhei-me. Vinte e oito anos. Sozinho. Fui até a janela. O velho perguntou: e os livros? descobriu alguma coisa? É que o velho me via sempre debruçado sobre os livros. A mesa ficava frente à janela, a janela dava para a varanda onde às tardes algumas vezes o velho chorava.

não quer ler um pouco pra mim, não?

Comecei a ler para o velho *A morte feliz* de Camus. É a história de um homem, Zagreus, que mata um cara para lhe roubar todo o dinheiro, e vai viver a vida num lindo lugar junto ao mar. Não há arrependimento, não há remorso, apenas um olho cheio d'água uma única vez, no trem. Ou ele é que se lembrou do olho cheio d'água de Zagreus? Seo Donizeti, o velho meu vizinho, ficou maravilhado:

formidável, é fácil de fazer, fantástico.

o senhor quer dizer que é fácil matar?

ah, se eu me lembrasse de alguém rico... tive um amigo muito rico, era bem sovina, merecia ser morto, mas já deve estar morto a esta altura.

mas o senhor seria capaz?

Sorriu. Falou sobre a paisagem imutável da vida, o rameirão, dia atrás dia os mesmos passos até a privada, à sala, ao quarto, à varanda. Uma tarde o velho sumiu. D. Justina assustou-se:

onde é que esse homem se meteu?

quem sabe foi até a venda comprar cigarros. beber talvez?

que cigarro, que bebida, ele só toma café, não fuma.

então um cafezinho, quem sabe...

ele não sai daqui pra nada. o senhor não percebeu que só eu é que saio?

À noite o velho ainda não tinha chegado. Dei umas voltas por ali, fui perguntando, não, ninguém havia visto o velho, aliás nem se lembravam dele.

ele nunca sai, né moço?

bem, mas vocês já ouviram falar dele.

que é um velho sim, que é marido da d. Justina sim, e que chora às vezes na varanda sim, e que sempre está sentado.

ele é alto? alguém perguntou.

mais ou menos.

é loiro ou moreno?

é velho.

tem alguma característica? perguntou um soldado que passava por perto.

é triste, eu disse.

Rimos. O soldado e eu. Aí, não sei por quê, resolvi contar que havia lido uma história pra ele... e que...

uma história?

é... fiquei preocupado... uma história do Camus, uma história onde...

de quem?

não importa, mas é que essa história...

O soldado fechou a cara, murmurou alguma coisa, depois disse que estava com pressa e que precisava se apresentar ao quartel, etc., mas ouvi claramente as palavras "imbecil" e "história". Os dias foram passando e nada de seo Donizeti. D. Justina não me deixava em paz, e também não queria procurá-lo:

sabe por quê, seo Pedro? (é o meu nome), eu tinha um sobrinho que desapareceu assim igualzinho ao Donizeti, pois a mãe foi até lá na delegacia, e em seguidinha o moço apareceu já morto. quem dá parte encontra, mas já encontra morto.

a senhora quer dizer que a polícia encontra e mata o desaparecido?

justamente. pra não dar trabalho pra eles outra vez.

bem, d. Justina, vou dar parte, a senhora querendo ou não.

Apreensivo comecei a arrumar meu pequeno quarto, fiz a cama, coloquei os livros em ordem e quando trancava o portãozinho, vi seo Donizeti subindo a pequena ladeira que era a nossa rua. Vinha às gargalhadas, esfrangalhado, bêbado:

Ha ha ha! quantos eu matei, seo Pedro, quanta gente rica que eu já não me lembrava e lembrei e matei... ha ha ha... como é bom tirar o dinheiro dos outros e ir morar no mar... estou no mar... (e uah uah... vomitava).

mas matou mesmo, seo Donizeti?

matei aqui na cachola ó, só aqui na cachola, assim bêbado, é fácil matar todo mundo, ahhhh! como é bom beber... quanto tempo perdido sem beber! daqui por diante só vou fazer isso, beber beber!

D. Justina apareceu aos gritos. Abraçaram-se. Fui andando, pensei: beber sim. E fui andando, depois tomei um ônibus, desci e continuei andando... bebo ou não? E bem na minha frente um bar. E bêbados. E uma mulher. Todos alegres, rindo. Sentei-me no balcão e comecei a beber. E o medo da vida, dos acontecimentos, da extremada pobreza, tudo isso passou. Bêbado, olhei a mulher. Vi pernas tetas boca. Ela: quer dormir comigo? Eu disse sim. Tem onde ir? Eu disse sim. Há dez dias que está comigo. Faz o café, deixa o almoço pronto e sai para trabalhar numa fábrica de brinquedos. Você trabalha mesmo é? eu disse. E o que fazia aquele dia no bar? Estava triste aquele dia e também resolvi beber. É delicada mansa, tem vinte e dois anos não tem ninguém morando aqui na cidade... não tenho ninguém, só tenho uma irmã mas ela mora longe, em Trambique Grosso. Onde é isso? Ah, não tem nem no mapa... é longe. Agora, pela primeira vez me chamou de meu amor, e disse que assim que me viu sentiu uma coisa aqui dentro, ó, aqui no coração. Súbito, senti nojo daquele bem-estar, daquela ternura, da possível devoção daquela mulher. Inexplicavelmente desejei que ela não estivesse ali. Que se fosse. Mas como evitar lágrimas, perplexidade, explicar-lhe que sentia náusea e desespero agora por aquela invasão? E como se guiado por alguém, possuído, fui até a cozinha, peguei uma faca e com um único golpe matei-a. Em seguida chamei o velho. Pena, ele balbuciou, ela não tem dinheiro, pois não? Não. Embrulhei-a num lençol e seo Donizeti me ajudou a enterrá-la no quintal. D. Justina entendeu que estávamos preparando um canteiro: de coentro, ela gritava lá da frente, de coentro e de rúcula... um canteiro! Isso é bom. Depois, eu e o velho bebemos uma garrafa de aguardente, e fomos dormir. Anestesiados. Alguma coisa que eu não compreendia evolou-se de mim. O sol já ia alto quando acordamos. Eu e o velho. Havia entre nós apenas uma desconfortável impressão de que havíamos enterrado alguém. D. Justina procurava inutilmente o canteiro. Os pássaros cantavam nas goiabeiras. Alguma coisa mudou, disse-me o velho, e isso é de certa forma agradável, não? Agradável sim, respondi.

Eulália: ai ai ai, Tiu, que coisa horrível, por que o home fez isso? num era desse pavor que eu te falava! Num me pergunta mais nada, escreve qualqué bestera.

BESTERA

CANSEI-ME DE LEITURAS, conceitos e dados. De ser austera e triste como consequência. Cansei-me de ver frivolidades levadas a sério e crueldades inimagináveis tratadas com irrelevância, admiração ou absoluto desprezo. Sou velha e rica. Chamo-me Leocádia. Resolvi beber e berimbar antes de desaparecer na terra, ou no fogo ou na imundície ou no nada. Contratei uma secretária-acompanhante e disse-lhe o seguinte: és jovem e apetitosa. Quando os homens quiserem ter relações contigo diga-lhes que façam um esforço e deitem-se comigo. Pagarei muitíssimo bem a cada um deles e terás régias comissões a cada êxito. Ficou perplexa. Olhou-me a figura ainda esguia mas bastante deteriorada, pediu-me que levantasse a saia, levantei, olhou aturdida minhas coxas murchas. Senhora, retrucou, será bastante difícil convencê-los, mas portar-me-ei, desculpe a mesóclise... E saiu correndo em direção ao banheiro. Na volta explicou-me que havia sido professora e sempre tinha ligeiras náuseas quando usava a mesóclise, mas diante de um assunto tão repugnante (no seu entender) e acrescido de mesóclise, teve que vomitar mesmo. Estava vermelha e lacrimosa mas bastante altiva. Continuou: hei de portar-me indignamente para satisfazê-la desde que meu salário seja compatível com tamanha velhacaria. Disse-lhe a quantia. Ficou radiante. Chama-se Joyce (!). É mignon e deliciosa, peitinhos de adolescente, tem trinta mas dá-se-lhe vinte (eu não tenho medo da mesóclise), a boca de santinhos levantados, os olhos claros entre o amarelo e o castanho, os cabelos quase ruivos, elegante no andar e na postura. Perguntou-me de chofre, ao anoitecer, diante do meu primeiro uísque (aprendi que qualquer bebida é menos fatal se se começa a beber a partir das seis da tarde) se eu conhecia Chesterton. Não acreditei no que eu ouvia. Seria algum Chesterton amiguinho dela? Um professor? Algum político? Não senhora, refiro-me a Gilbert Keith Chesterton, novelista ensaísta crítico e humorista inglês. Meu Deus! exclamei, eu que deixei de pensar para continuar a viver me vejo diante de alguém que leu Chesterton. Por favor, Joyce, previno-a, e previno-a com uma frase do citado: "Se a tua cabeça te ofende, corta-a fora". Foi o que aconteceu com a minha, porque para mim depois de todas as reflexões sobre a sordidez, a ignomínia, a canalhice da humanidade, prefiro esquecer que um Chesterton existiu.

muito bem, madame, não falaremos mais nele. a senhora gostaria de deitar-se com um homem todos os dias?

nem pensar. uma vez por semana está bem. nos outros dias prefiro beber sozinha, traquear, bater caixeta e pensar em nigrinhagens.

como?

esqueça.

No meu quinto uísque ela já havia entendido quase tudo. Expliquei-lhe principalmente que o homem deveria ser jovem. Que ela se certificasse de sua potência. Que não me mandasse ninguém com bimba ou bilunga. Que estando comigo o homem ficasse mudo. Que eu já havia providenciado uma linda fronha com rendas francesas para enfiar a minha cabeça. Espantou-se. Esclareci: minhas rugas são bastante nítidas, não quero assustá-los.

penso, senhora Leocádia, que está sendo demasiado cruel, cruel consigo mesma.

isso não lhe interessa. sei tudo sobre crueldade conheço Deus.

Mostrei-lhe um lindo pijama de cetim azulado e perguntei se gostava. É lindo, senhora, pretende usá-lo na próxima semana? É para você, Joyce, quando o jovem estiver no ponto mande-o para mim.

perfeitamente, madame.

o bolo de dinheiro estará lá.

onde?

no meu quarto. mande-o olhar para todos os lados. descobrirá, o dinheiro cintila.

Bem, agora quero lhes contar do meu filho. Tem quarenta anos. Casado. Sua mulher é tolinha, dessas que falam sem parar e sempre imbecilidades. Leu algum que discorreu sobre a importância de "agilizar o conceito fala", de extravasar. Sua visita era um inferno. Eu colocava meu xale acastanhado e cantava baixinho só para ela uma canção muito engraçada dos meus tempos de faculdade: cumé que é meu capim-barba-de-bode/ faz tempo que nóis num mete/ faz tempo qui nóis num fode... Ela se arrepiava inteira. Dizia para meu filho: Leocádio, sua mãe está louca. como é que você pode deixá-la aqui sozinha quando ela deveria estar naqueles belos lugares onde as velhinhas bordam, cantam canções de ninar, fritam bolinhos... você já viu as ferramentas que ela tem debaixo da cama?

que ferramentas?

ancinhos, pás, enxadas... e imagine! um emaranhado de terços!

Aí eu explicava com perfeita harmonia entre as palavras que o mais sensato era guardar as ferramentas ali porque a edícula que havia nos fundos poderia ser alvo de ladrões e aqui no meu quarto só entra o jardineiro e o monsenhor Ladeira.

entram no seu quarto? pra quê?

o jardineiro para pegar as ferramentas e o monsenhor para rezar.

e ele não tem o seu próprio terço?

tem. mas pode esquecê-lo. e aí tenho outros para rezarmos juntos.

Claro que tudo isso não era verdade. O monsenhor Ladeira foi um excelente amante mas sempre se esquecia do terço e a cada semana comprava um. Mandaram-no para Roma. Pena. As ferramentas eram o fetiche de um taurino. Amava tanto a terra que só conseguia o prazer se tivesse ancinhos pás enxadas ali ao pé da cama. Desgostoso com a vida foi ser jardineiro num convento. Um tipo Wittgenstein. Tinha um bom mondrongo. Mas meu filho pareceu contentar-se com aquelas explicações lá de cima e disse à cretina da minha nora: Leocádia está completamente lúcida. Depois de tê-lo convencido da minha lucidez rodeei minha nora com pulinhos hostis e lançando-lhe perdigotos à cara repeti minha cançãozinha sem que o meu filho ouvisse. Graças a Deus, agora não me incomodam mais. Leocádio me telefona vez ou outra. Ah, como é delicioso e prático que as pessoas nos pensem estranhas... O conforto de não ser mais levado a sério, esse traquear de repente e sorrir como se não fosse com você, e poder acariciar um peixe morto na peixaria e chorar diante de um cão sarnento e faminto. É bom ser estranho e velho. Bem. Joyce tem sido muito hábil. Encontra-se com os jovens e explica-lhes tudo. O primeiro foi um sujeito muito do franzino, o peito encovado mas uma esplêndida verga, olhou o dinheiro, acariciou-o, guardou-o e disse-me sorrindo: tô sempre às ordens, viu, dona? Quando ia saindo do quarto levantei um pouco a fronha e vi seus pentelhos chamuscados e perguntei o porquê.

é que fui fazer um virado de ovo e uma fornada de batata lá na pensão e o forno explodiu.

Ah...

quer dizer que a senhora fala, dona? e vê sem ver?

claro, não está vendo?

tem alguma coisa na cara pra esconder?

só velhice.

minha avó também é velha e eu gosto dela.

mas não fodes com ela, pois não?

ah, mas também ela não tem essa pataca!

compreendo.

Saiu do quarto. De repente gritou do outro lado da porta: tenho um amigo chamado Bestera que também é supimpa de caceta, posso indicá-lo à Joyce? pode sim, respondi. e por que ele se chama Bestera?

um cara quis dar o roxinho e muita grana pra ele, e ele respondeu: cu de mancebo só espio e não meto. todo o mundo achou uma bestera, porque com grana a gente mete em qualquer buraco.

claro. pode mandar o Bestera sim.

qué saber, dona? a senhora é uma véia muito sensuar!

O Bestera também é muito "sensuar", pensei semanas depois, quando o conheci. Estou feliz. Até já tiro a fronha.

Eulália: tadinha da véia... mas ela se divertiu né? agora se achegue... para de escrevê, descansa, vem vá... hoje é sábado.

SÁBADO

O FOSCO. O DIFUSO. O emaranhado. Roubou-me a mulher. Eu lhe roubarei a vida. Enrodilhou-se opaco, depois perfilou-se em artifícios, poses. Verdade, estufava o peito diante das fêmeas, as narinas um quase nada distendidas porque é assim que elas gostam, o pescoço latejava grosso. Havia finuras: grifes, blusões macios cor de mel, a fala leitosa, o carro, as camisas listradas em azul, a valise cor de tabaco e aos sábados a raquete, a manhã de prímulas, de contrastes. Tenho tudo. E olhava sua própria carnadura, seu rosto pétreo, e pelos aloirados no peito nas coxas nos braços, sim, um gozo se sentir daquele jeito, todo respirante, um vivo adequado àquela manhã, àquela lá de cima, de prímulas, de contrastes. Respirou agigantado, pensou-se, a língua cheia de *recuerdos*, o gosto da linda mulher, do orgasmo, do viscoso. Depois o vinho, ela colocando as meias, os pés da mulher, as unhas de um brilho levemente prateado e... mas por quê, meu Deus, por que me lembrei agora de uma velha mulher maltrapilha, alisando rugosa as escamas do peixe, também de um brilho levemente prateado?

vai levar o peixe, dona?

E eu ali nos meus sábados, só passando, a peixaria finíssima, ladrilhos, balanças, um retângulo azul e amarelo recriando o corpo de um peixe, as polpudas escamas.

tô só pensando, moço, como ele devia ter sido bonito lá no mar.

se não vai comprar vai desguiando, dona.

Parei um instante, todo de linho branco, bermuda, blusão, raquete, e ouvi a fala trêmula da velha.

a vida é crua, não moço?

Continuo. O clube mais adiante. Entro. Vou direto às quadras. E rente aos alambrados, aquela minha mulher, e o amigo sorrindo, tocando-lhe a boca, o nariz, a testa. Viram-me? Não. Em segundos volto o filme, vejo-a, os dedos abertos entre os cabelos, palavras soltas, indolentes...

ela:... tão delicado... teu amigo... parece tão sábio... jovem não? jogam sempre aos sábados? Uma explosão de invisíveis, um som de vidros e trincas, e depois gotejante um langor, um para que a vida, sim, estou preso à mulher como o meu corpo está preso à sua própria medida, fisgado como dizem os jocosos, e de repente me sei aquele peixe desamparado, aquele corpo morto. É crua, sim, a vida, senhora. Pensar que isso existe, a morte, também para mim, imaginem, para mim, ele-eu dentro daquele espaço cheio de frescor, luxuoso. Alguns homens já estavam no bar e vinham risos de lá, e o odor de colônias caras, e guizos na fala das mulheres.

vi teu parceiro... tua namorada também... não vai jogar?

Era verdade esse fosco, esse emaranhado, esse difuso, esse bolor que recobria o dia? Pensou de que maneira ia fazê-lo, lembrou-se do livro *Suicídio: Modo de usar*, não, mas ele não ia matar-se, ia matar o outro, o delicado e no dizer dela "tão sábio". Por que sábio? Ares de zen-adorável, manso, bastante ingênuo nos negócios, nas tramas do dia a dia, até preguiçoso, pois não olhava o quase pôr do sol anteontem através das vidraças do escritório como se sonhasse? pensando o quê, cara? As coisas ainda estão por aí rodando.

Via-o. Era bonito, tênue, o cabelo escuro liso, as sobrancelhas muito perfeitas como as de certas mulheres, um arco-asa negro, gostava muito do amigo, podia dizer que... e num segundo lhe veio o ímpeto de abraçá-lo, de respirar próximo àquela boca, de entrar naquele corpo, de amá-lo. E respirou próximo àquela boca:

já é tarde, tens razão, vamos aos drinques de sempre.

O outro fez-se pálido, contraiu os músculos da cara e sussurrou um entredentes — hoje não — Repenso: talvez amasse a mulher porque a mulher amava o amigo? Ou seria o contrário? Quantas vezes falava sobre ele porque a mulher assim o desejava? Inúmeras. Quase sempre. Era isso o que os unia? O tênue, o manso, o quase sábio. Então quero gritar nesta manhã de prímulas e lembro-me de alguém em algum livro "os gigantes devem ser mortos porque são gigantescos". E gigantesco era o tumulto que sentia, um portentoso inominado, uma avalanche recobrindo pedras e corpos, transformando o instante numa escureza disforme, uma mancha de óleo sobre o seu próprio rosto, escorrendo. Não amava a mulher?

suando sem jogar? há meia hora que estamos te esperando.

Juntos. Perfeitos. A maçã de ouro, como nos contos de fada. E esportivos, adelgaçados, limpos. E olhando-os, um redondo dourado circundou-os, uma vasta iluminura, um sem atrito, um corpo esmaltado, um silencioso liso. Lembrou-se de todas as regras de um condensado jogo, mostrou-se polido, talvez um pouco indisposto.

se ao invés de jogar fôssemos à montanha, na minha casa, lá no topo?

E os nós se fizeram mais apertados, o fosco mais baço, o difuso mais lacrimoso, o emaranhado mais polvo. E o suor que escorria era o melhor pretexto para mudar de ares na manhã tão azul, agora quase fria.

sem jogo, então? que pena. haverá muitos sábados.

Ele sabia que dali em diante jogariam os três um escaldante voluptuoso.

Eulália: num entendi nada. cê não vai pará, Tiu? tô triste.

TRISTE

CURVADO. Dizia coisas estranhas quando se encontrava com alguém na rua. Dizia por exemplo: nem tudo pode ser arrumado. Os outros olhavam-no e às vezes respondiam: verdade. nem tudo. Ou não diziam coisa alguma e continuavam andando e olhando para trás, receosos ou simplesmente surpresos. Não lhe sabiam o nome. Diziam que certa vez apareceu na cidadezinha. Estava bem vestido. Um maço de papéis na mão. Muitos papéis. Além do "nem tudo pode ser arrumado", falava principalmente da dificuldade de ser compreendido. Os outros: é que você não fala nada além disso... mora longe? está perdido? sofreu algum acidente? Ele repetia: nem tudo pode ser arrumado. E o que havia nos papéis? Olharam. Nada, nada, folhas em branco apenas. O pessoal da vila acostumou-se a ele. Uma viúva velha acomodou-o no quarto dos fundos. O homem dormia entre cadeiras quebradas, espelhos carcomidos, baús descascados. Perguntavam à viúva: ele falou alguma outra coisa, hoje? só aquilo mesmo: "nem tudo pode ser arrumado".

Num dia chuvoso, à tardezinha, o homem gritou: "nem tudo pode ser arrumado, arruma-se o que se pode". A viúva postou-se na varanda da casa e começou a gritar entusiasmada: ele disse outra coisa hoje! ele disse "arruma-se o que se pode"! E todos foram comemorar no bar da esquina. A coisa andava assim quando no dia 21 de abril, logo cedo, o homem gritou: quero fudê! quero fudê! Amarraram-no a um poste e encheram-no de pauladas. Um cachorro passou por perto e ficou olhando o homem morrer. Depois passou um mocinho e disse sorrindo: é, negão, fudê não pode não. Aqueles que ouviram, gargalharam. Alguém se lembrou que o homem não podia ficar morto ali, amarrado ao poste. Um velho chamou o delegado. O delegado chamou o prefeito. O prefeito chamou o padre. O padre chamou os coveiros. Vieram buscá-lo à noite. Chovia agora. Antes de enterrá-lo, os coveiros revistaram seus bolsos. Havia no bolso direito da calça a fotografia baça de um menino segurando um porco. Atrás da fotografia estava escrito: meu primeiro amor. Enterraram-no então com fotografia e tudo.

não chora assim, Eulália. eu paro aqui no oco das astúcias.

De outros ocos

... um esplendor infinitamente arruinado
.... o esplendor dos farrapos
e o obscuro desafio da indiferença.
GEORGES BATAILLE

Existir é um hábito que não perco as esperanças de adquirir.
EMIL MICHEL CIORAN

CÁ ESTAMOS. Eu e Eulália na praia. Largamos o lixo, as tralhas. Vendi meus livros. Estou nu e olho meus grãos. Eulália se olha. Ninguém por aqui. Logo mais venderemos mariscos, ostras, cocos. Retomo meu oco. Mas desta vez buscando nada. Só espiando. Espio e converso com bagos e trabuco. Só tenho esse corpo. Olho minhas mãos também. Nodosas. A mão direita ainda se ressente da muqueta certeira no maxilar jumentoso do editor. O pau ainda tem lustros de altivez. Em quantas te meti... Que candentes cavernas. Enfiaste tua cabeça em fornalhas estreitas, tão... que te ralavam as têmporas. Têmporas e cabeça. Falo contigo como se fosses gente comigo. És cego, pobrezinho, e comandado pelo meu grande ovo de caóticas conexões: minha cabeça. Tão parecida com a tua agora. Lustrosa, lisa. Altiva menos. Pergunto-me, sem esperar resposta, a que devo ter metido meu fuso em tantas poças? Lembro-me de ti, fuso pequenino, bimbinha, adentrando um urinol... Que espaço, pensavas, que largueza, que belas espirradas nesse todo tão ancho para mim tão mirim. E depois, eu Stamatius crescendo, te meti em chambicas, em chibius, até em deliciosos maricas, finos, loiros, encrespados, outros troncudos, altos e quantas vezes te tomei nas mãos, avarento de ti, quantas te esfreguei ensaboado, pálido adolescente Stamatius nos ladrilhos azuis sonhando umas meninas, umas ricas da esquina, com guarda-sóis e bolas, pentelhos dourados, regos à mostra.

tu não qué nada não, benzinho?

Tem uma linda barriga, Eulália. De criança. Estufada. Tem coxas vivas. Estremecem um pouco, um quase nada, mas comunicam-se, as coxas de Eulália. Peço que se deite a meu lado. Digo-lhe doce: abre as pernas. Minha mão nodosa contrasta com a sua carne de leite, seu esplendor de fêmea nova e de melindres, tão cortesia Eulália nos inícios da foda, tão gentileza. Vai se abrindo e sorri. Os pelos são quase vermelhos. O que fizeste neles?

pra ti, pra ficar clarinho, é mais bonito pentelho loirim, né Tiu?

Não digo nada mas penso que sim, que o pentelho vermelho de Eulália tem tudo a ver com o meu carmesim de lá de dentro.

Depois roçando-lhe vagarinho o dedo na xereca molhada: minha linda murixaba, minha manceba.

Sorrimos os dois e monto-a na praia vazia, nos meus vazios, nos meus medos.

medo de quê, Tiu?

de tudo... olha aí... do caranguejo (imito-a), uai. Não vou conversar com Eulália dos meus medos. Então chupo-lhe os peitos, o buraco das orelhas, as narinas estreitas, passo a língua nos olhos, lambo-lhe toda a cara, salivo na sua boca e vou metendo, morrendo, encharcado de luz e de suor, digo-lhe todos os nomes, uns vermelhos polpudos, uns chumbos, e ela geme e chora fininho, agora pássaro, agora cadela, ainda passarinho, neste exato momento filhote de pantera, e eu olho o fio do horizonte, envesgado, embaçado vou olhando, um navio lá vem vindo, mais perto o caranguejo de novo e eu olhando e esporrando. Olha ele aí de novo. Saindo do buraco. Minha vida tem sido um sair de todos os buracos. Sair... imaginem, estou cada vez mais fundo, ou saio de um e entro noutro, buracos pequeninos, maiores, agigantados, e outros grandes buracos cheios de excremento, e eu tentando apenas inventar palavras, eu tentando apenas dizer o impossível. Eulália levanta-se e vai procurar mariscos e ostras. Moramos no fim da praia. A casa é de palha e barro. Atrás da casa o rio. Ouvimos a cada noite as vozes das águas. Prefiro isso, o não ser ninguém, a conviver com aqueles pulhas. Que nojo todos! Se tu não lambes o rabo dos canalhas estás frito. E que amigos! Aquele idiota do Karl só pensava em meter. Sabe-se que, menininho, pôs a bimba na boca da mãe. A mãe não suportava o menino Karl. Era um enfiar o dedo no oiti o dia inteiro. E gostar. E pendurar-se entre as pernas da irmã, agarrar-se a elas como um bicho viscoso. Entrar nos meios da mãe. Queria ser escritor aquele cara! Aquele fuleraço! Vivia catando e cantando moçoilos pelas ruas... e as mulheres o amavam. Tolas. Por que pensar nele agora? Porque o que há de cinismo e mistificação entre as gentes não é fácil de esquecer não. E ele é um dos primeiros, quando se pensa em vazio e bandalheira. Vou me devotar ao silêncio. Vou esquecer que sou humano. Posso? Todos se engolem. Posso parar de engolir? Vou perguntando mas não espero respostas, quero continuar perguntando mas sabendo que não vou ouvir vozes, nem Daquele lá de cima que há muito viajou a caminho do Nada. Como será isso de não permitir mais lembranças, nem abraços, nem coitos, como será isso de morrer antes de estar morto? Aí vem A manhosa, A meretriz, A rascoa, A morte, querendo que eu prove do bacalhau dela. Vem, madama, vem, estou inteiro pronto. Há luzes de repente no meu olho esquerdo. Um festaço de luzes. Lembro-me de ter lido que Hildegard von Bingen, mulher erudita do século IX, via estilhaços de luz e anjos e querubins nos dentros de um carnaval de cores. Fosfenas, disseram os sábios. E ponto final. Então fosfenas no meu olho esquerdo. Deveria ensaboar-me, atirar-me ao rio, não para morrer limpinho, mas para esperar Eulália e sua cesta de mariscos e ostras. E deveria ter procurado os cocos e os palmitos. Mas fico a escrever com este único toco e quando acabar o toco troco um coco por outro toco de lápis lá na venda do Boi (tem esse nome porque um boi passou certa vez por ali e peidou grosso). Vendem cachaça paçoca maria-mole carne-seca latas de massa. Então deveria ter ido à cata dos cocos, dos palmitos, e não fui. Continuo dizendo o que não queria. Minhas unhas. Curtinhas e imundas. E as dos pés?... que bom, estão limpas. Eulália cortou as minhas unhas dos pés com um pequeno canivete, imaginem. Como quase não ando porque só fico sentado escrevendo, cresceu-me a barriga. E cortar as unhas dos pés, para quem tem uma barriga, é alguma coisa de apoplético espumante e carmesim. Penso em todas as tripas. Na cloaca deste embrulho que é o corpo. Bela máquina, dizem os fantasistas. E aí te lembras do pacote de merda que é o teu corpo. Do entulhaço. Do fétido de estar vivo. A azáfama de querer ser alguém. Brilhos, originalidade, falação, carro, cavalo, vídeo, computador, cheque-ouro, modernidade, amantes, mulher, ahhhhhh! quero ser antigo, velhíssimo também, caindo aos pedaços e por que não sem dentes? Há dentes inteiriços, claros, nas tumbas, nos esquifes. Minha gengiva dura pode mastigar tudo muito bem. Há canalhas escrotos cheios de dentes. E depois não vou comer nozes nem roer ossos (talvez... roer ossos? sim... posso chegar a isso). Que sem dentes fico todo engruvinhado igual a boca de velha? E daí? O que há com o engruvinhado? Por que seria mais bonito ser liso? Cu é bonito? Não é. Havia uma moça, Adélia, que dizia que cu é lindo. Não deve ter visto nada além do certamente lindo cuzinho dela. Há pestilentas rodelas. A minha por exemplo. Cheia de pelos amarelos. E cus pardacentos, ignóbeis. Aquele nojento do Karl tinha uma aquarela na grande sala de jantar: pinceladas vermelhas num olho negro assustado, dobras cinzentas. Eu comia as lagostas, olhava a aquarela e pensava: e pensar que tudo vai ser esfrangalhado pela minha rodela. Enquanto isso ele, Karl, dissertava a respeito do lindo anel cheiroso de sua irmã Cordélia. Crápula.

Ria-se todo enquanto engolia ostras, pingava o limão e elas tremelicavam, abria a boca: há mulheres-gamela, há mulheres-piu-piu, há mulheres-chupeta e há mulheres-ostras. É mesmo? E o que vem a ser? E vinha de lá uma arenga sobre tudo o que se chupa e o que se engole. Eu segurava no estômago as lagostas. Depois o retrato do pai sobre a cômoda de mogno madrepérola e marfim... beleza sim o pai, mas que sorriso enganoso! Deve ter jantado filho e filha. Bermudas, raquetes Prince e aquele ar de vitória que ostentava em todos os retratos. Que família! E tua mãe, como era? Respondeu-me: a cara desta. E mostrou-me uma mulher tão bela que à noite quase desmaiei vomitando a lagosta mas pensando na dita (não suporto contrastes). Também eu, menino, teria posto minha bimba naquela boca.

Há mães que não podem ser mães. Suculentas Madalenas. E não é que estou excitado e não consigo dizer o básico, o intransferível do que devia dizer? Dizer que não estou aqui por acaso nesta praia, nesta casa, casa sim, já que não há outro nome para definir este oscilante de barro e palha, é mais do que tapera mas não é casa também, é um espaço apenas para alguém ficar excitado, pensar e viver com Eulália. E por incrível que pareça é um espaço para refletir e esmaecer... esmaecer as tintas muito vivas da vida, diluí-las num branco acetinado, cor do que está saindo da cabeça trincada deste outro... este aqui duro, já saciado neste instante depois de ter pensado na senhora que se parecia à mãe daquele Karl nojoso. Madame Grand, ele dizia. E ficava por isso. Grande madame das minhas utopias! Quero dormir um pouco. Mas penso que não é correto Eulália nos mariscos e eu abestado aqui pensando se devo ou não apanhar os cocos e os palmitos. Mas olho o toco do lápis e quando muito por isso devo apanhar os cocos. Levanto-me. Ponho as mãos na cintura, estico o tronco. Lá na cara do mar, passa um iate. Os ricos e suas teatralidades. Eu e meu cortiço. Meu ser exíguo. Meus ninguéns. Películas antigas: eu elegante, barbeado, cheiroso, abotoaduras de platina. De repente no meio da rua arranquei-as e ao primeiro que passava: quer? A estupefação do passante: quero não, seo, tá pensando que sô troxa? Vem vindo a madame de cabeleira negra, lisa, roupinha Chanel: só um instante, senhora... Parou. Algum problema? Não, é o seguinte, senhora, fiz uma promessa para santa Terezinha do Menino Jesus... conhece? Conheço sim, minha mãe tem especial devoção por ela. Então é com a senhora mesmo... e repito: fiz uma promessa que é esta: dar as minhas abotoaduras de platina se eu conseguisse entender o que devo fazer daqui por diante na Terra, e justo quando a senhora passava, entendi. Então quero lhe dar as minhas abotoaduras de platina porque a promessa foi justamente essa. Qual? ela pergunta. De dar as abotoaduras no momento que eu tivesse o insight. E tive. E o que é isso? ela pergunta sorrindo. É uma espécie de iluminação, entende? Mais ou menos. Não importa, senhora, o fato é que entendi o que devo fazer daqui por diante. Tome-as. Abre as mãozinhas e diz: O que devo fazer com elas? Não sei, senhora, mas talvez dá-las quem sabe ao seu marido. Sou divorciada. Então ao seu pai. Meu pai morreu há dois meses. Morreu como? Ah, começou a chover. Vamos tomar um café? É que eu ia ao dentista mas... São cáries grandes? Por que pergunta? Porque pode então derreter as abotoaduras e diminuir a conta do dentista. Olha para mim e para as abotoaduras alternadamente. O senhor está certo de que deseja dá-las para mim? (Lembro-me da série *Dallas*. Aqueles sim cheios de dentes cavalos mulheres abotoaduras.) Claro que sim, respondo, e fartei-me e desejei-lhe um bom-dia. Ficou parada. Fui andando. Ficou parada, olhei pra trás, enfiou as tais na bolsa e gritou: são lindas! obrigada! As mangas da camisa desabotoadas. As minhas. Isso foi o começo do fim. Depois a casa a mulher tudo sumiu. Fui pra pensão. Aquela. Ah, acho que ainda não lhes falei da pensão. Quatro num quarto (sugere bandalheiras, mas não). Um paraquedista que nunca aparecia, sempre nos ares, e quando apareceu mancava. Foi do pulo? Não, foi um tombo na escada. Um outro, muito sobre o psicopata. De vez em quando tirava o pau pra fora: não sei o que fazer com ele. Espanque-o, respondi, e não olhe assim pra mim. Trabalhava no almoxarifado de um hospital. E as enfermeiras? perguntei. Velhas, tristes, se só fossem velhas não tinha importância porque (concluiu) buracos não envelhecem mas não suporto mulher triste. A uma certa altura perguntou-me por que eu ficava escrevendo sem parar e o que eu escrevia.

escrevo bizarrias.

bizarria é eu ter uma caceta e não acontecer nada com ela.

há outras bizarrias.

diz uma.

Digo: um colar de anêmonas te circunda a cara e aos meus olhos ganhas definitivamente uma moldura. Olha-me lânguido... É, isso é bonito. E Valença e Resende que chegaram há pouco repetem juntos, pausados: um colar de anêmonas te circunda a cara e aos meus olhos ganhas definitivamente uma moldura... Neste momento penso que há outras bizarrias estupendas a serem ditas, pensadas, escritas: pedras negras e espinhos dentro de um buquê de borboletas, algumas asas perfuradas, luzentes, malvas, ou um pombal de gritos...

como seria?

frisos, tiras, bandas álacres, gritos pombásticos.

E não devo parar. Há uma orgia de fosfenas no direito e no esquerdo, alguém grita: escuta! tudo vem do espírito! E luzes rosadas, luzes violetas se chocam nos bastões de prata, cometas de ouro sobre as arcas, algumas se abrem e lá dentro arabescos, letras, sons vindos do tanto que se esbatem, e um rio de bizarrias encontra um mar de langorosas serpentes, leio algumas palavras entre escamas e águas... mas silêncio! devo guardá-las, porque devem ser ditas apenas quando chegar a minha hora. Repito em voz alta: a minha hora.

cê quer saber que hora amorzinho? já é tarde, apanhei tudo isso, tô com a mão machucada. Eulália. Beijo-lhe os pequenos dedos, as unhas roídas, digo-lhe que sem ela a vida é uma flor esquisita, quem sabe uma flor de apenas uma pétala.

isso não existe, Tiu.

E digo para mim mesmo: exígua, exígua a vida.

Karl me dizendo: jamais te colocaria nos meus textos. Tu és exíguo, Tiu (e às gargalhadas), tu és uma semiótica, olha, e colocava a mão direita sobre o olho direito e fingia ler um texto, te olhamos (me olhava), e é como se só víssemos o teu lado esquerdo. E pensar que esse frescalhão do Karl anda lançando livros, encontrou editores! Aquele pervertido! Aquele dândi. De vez em quando soltava uma frase do Lawrence: "O pênis é igual a uma haste em direção às estrelas"... Sufocava de riso. Olho para o meu... Haste, estrela... sorrio sim. Por pouco tempo. Estou triste, senhores. Vou despencar daqui a pouco. Arcado, talvez deva vomitar. Vomitar esperanças, dores, o prato de amoras, aquele *carré d'agneau* no jantar de Karl, vomitar todas as fantasias a respeito da senhora Grand seja ela quem for, as homéricas metidas entre tafetás e sedas, as coxas marcadas pelas minhas mordidas, o batom espalhado pela boca... beijei-a tantas vezes que os lábios cresceram machucados, os de cima e os de baixo, lambia-a pelo pescoço, a língua nas orelhas, nas narinas... senhora das minhas utopias... e eu sozinho na cama, a mão em concha, suado, metendo no nada.

olha uma lacraia, Tiu!

escolopendra

quê?

é o outro nome da lacraia

escolo... quem?

Eulália não é real. Está ali à minha frente mas não é real. Move-se e ainda assim não existe. Talvez tenha alguma materialidade porque suspeito algumas vezes de lhe ouvir a fala. Neste instante lava os mariscos... e canta: "Louco pelas ruas ele andava e o coitado chorava"... Agora para de cantar: já te contei, amor, da Efizira que pegou um bicho de praia na cabeça e ficou com o cabelo todo em pé? Não. Pois foi. E daí? Daí que o seu Quietinho, o marido dela, quase morreu de susto, pensava que era um exu que tava lá dentro da cabeça... coitada da Efizira, todo mundo fugindo dela, o cabelo espetado pra cima... foi um deus nos acuda até descobrirem o tal do bicho.

tu acha que aqui na praia tem esse bicho, Tiu?

se tu começá a ficá de cabelo em pé, é porque tem.

vai ficá muito tempo aí escrevendo, num qué me ajudá não?

Eu despencando num caos laranja. Pinceladas ruivas dentro de um caos laranja. *Bewusstsein. Bewusstsein*, é muito mais Consciência que consciência. Consciência é sibilino, lânguido, *Bewusstsein* é grosso, quente. Como é, na realidade, a consciência. Ter consciência é bewusstseiniano. Pesado, chumboso, ardente. Estou em chamas. Sou mortal e fundo e consciente e ainda assim devo acabar a vassouradas, num canto, igual a um rato. Nem tanto, me diz um outro. Pode ser na cama até. Dizendo coisas. O Henry James durante um enfarte: "*So here it is at last, the distinguished thing*". A fina coisa. A gordota de preto que o Marcel viu: "Celeste, deixa a lâmpada de cabeceira acesa, quero vê-la melhor". E como é que eu vou vê-la? Como há de se apresentar a mim? Talvez como a senhora Grand. Sentada na poltrona, o decote cheio de fitas, a cabeleira loira, a cabeça levantada para o lado direito, os olhos olhando ninguém, na mão uma carta... partitura ou carta? A última que lhe escrevi: Amada, Preciosa, vem! quanto aos *siddhis* e *samadhis* que pretendes, hás de tê-los comigo. serei teu guia, teu guru, teu mestre. andaremos, por todas aquelas vias, o mango atrás de ti, roliço, grosso. tu de quatro às vezes. beijando o pó das benditas. queres? também sei ser santo. flagelar-me. flagelar-te depois. enquanto te como a gruta flagelo-te os seios, afasto-me e flagelo-te a cintura. depois te lambo inteira, tu sangrando, arquejante, bela. Então é verdade que recebeu a carta. Siriricou-se depois. Ou fodeste com o pintor? Com a pintora! Mas é claro! Sim, aquela: Élisabeth Vigée Le Brun. Devo suportar até isso! Que uma mulher lhe lambesse a cona enquanto ela sorvia a minha carta! Insuportável. Por isso aquele olhar... desmaiado, gozoso, olhando ninguém. Pensando melhor: a pintora pintava e alguém-outro lhe lambia a mata. Um homem. Eu mesmo talvez. E não é que me lembro? Claro, era eu. Minhas calças de veludo negro, minha blusa de seda branca, as mangas compridas apertadas no pulso. De joelhos. Enquanto lambia madame Grand, me masturbava. Élisabeth dizia: demore-se mais um pouco, senhor, não a faça gozar, a luz vem vindo rosada lá de fora e esta luz sobre este olhar é tudo o que eu preciso, pare um instante apenas, ah, pobrezinha, parou e foi-se-lhe dos olhos aquela água-marinha, recomece, senhor, e eu lá arfando embaixo das suas saias, que perfumes! framboesa e rosmaninho! abre cada vez mais as coxas gordas ahhhhh! ela gritou. E eu: foda-se a pintora, a luz rosada, a água-marinha. Estamos tristes novamente.

que foi hem, Tiu?

por quê?

suspirou fundo, bem?

foi nada não. foi alguém aqui que desmaiou.

tô com tanta vontadinha, benzinho.

é?

num vai pará de escrevê não?

logo mais, Eulália.

lê pra mim, vá, é bonito? é coisa que faz bem pro sprito?

não, Eulália, é coisa porca.

ué, Tiu, tu não disse que ia pará com tudo isso?

só mais um pouquinho, depois só vou falar do pau-barbado de Deus.

fala um pouco do teu que é lindo... fala da minha aqui... põe o dedo.

Deita-se, amasso os papéis, jogo tudo fora, me atiro em cima de Eulália, a xota engole o meu pau, agora ela sentada sobre a minha cintura, toda esticada Eulália, é fina quando fode, já lhes disse, tem ares de princesa, e vagarosa sobe e desce, vem vindo um temporal, nuvenzinhas de areia cobrem a esteira, a casa-choça chacoalha, e ela grita um grito fino e duro, um relho, um osso. Eulália me beija os olhos. Como se eu estivesse morto. Ainda não, o outro me diz. E nem vai ser assim esfolando a piaba. Como é que vai ser? Alguém me segurando as mãos. Alguém dizendo calma, tudo vai passar, é só um desconforto. E luzes, paisagens à minha frente: eu menino, o cachorro ao lado, o Pitt (alguém lá de casa gostava de um inglês com esse nome), o mar e os caranguejos na areia. Depois o internato. Eu subindo as escadas, o olho cheio d'água diante da porta de vidro. Minha mãe e as echarpes de seda. Os adeuses. O padre Valentino: vamos, vamos dê um sorriso pra tua mãe. Adeus, senhora. Eu diante do quadro-negro: e daí, senhor Stamatius, o teorema acabou aí? Pois é, acabou. Acabou uma ova. E o bobalhão do Karl sempre às gargalhadas. Senhor Karl, venha mostrar ao senhor Stamatius como se demonstra um teorema. Ele e o padre Kosta. Sempre os segredinhos. Não é que aquele pulha já andava pelos cantos roçando a bundinha nas batinas? Era bonito sim. Espadaúdo, comprido, pestanudo, o cabelo loiro liso. E não é que esse pulha cínico está lançando um livro? É capaz de tudo. De dar a rodela, de meter no aro de algum editor velhusco, chupar-lhe a pica até fazê-la sangrar, sacripanta bicudo! queria porque queria ser escritor. Ponderava: Tiu, não tem essa não de ascese e abstração. Escritor não é santo, negão. O negócio é inventar escroteria, tesudices, xotas na mão, os caras querem ler um troço que os faça esquecer que são mortais e estrume. Continua: Tiu, com a tua mania de infinitude quem é que vai te ler? Aposto que serei o primeiro na vitrina e tu lá nos confins da livraria. Qual é, negão? Dá umas moquetas na gordota de preto, apaga a lâmpada de cabeceira, lê para ela textos de terceira, ou de terceiros, os meus por exemplo, senta-te nos pontudos joelhos, estraçalha a morte, estilhaça-lhe a xiriba, fala leitoso uns empapados palavrões, ela vai sorrir, vai se encher de humor e de saliva, vai achar lindo te chamar Stamatius, teu nome grego, e vai dizer: tu és pura vida, vou te dar um tempão. As mulheres são famintas por carícias, e muito pouca gente siririca a Maldita. Entendeste?

Eulália: tu qué comê macarrão com manjerona e um prato de marisco?

onde foi que tu arranjou macarrão?

ah, benzinho, fiz um olho molhado pro dono do Bar do Boi. Só um olho, benzinho.

Fui traído, pensei. Mas continuo. A quem estenderei as mãos quando a dona chegar? Haverá luz no quarto? Perfulgência ou sombra? Terei ainda um instante para me tornar perfectível, talvez um santo? E se cortar o besugo ou espancá-lo para que nunca mais fique duro? Ou se tapar as narinas com fiozinhos de esteira para que nunca mais sintam o cheiro de brechecas ou camélias ou o meu próprio cheiro que tresuda de vida e por isso de medo? E por que continuo a sujar os papéis tentando projetar meu hálito, meus sons, no corpo das palavras? Que palavras devo dizer à dona quando chegar? E se não for uma mulher e for um menino? Esguiozinho, dolente, maneiroso... A morte: uma bichinha triste, delgada. Então não posso cortar o besugo, antes amestrá-lo para que fique douto de uns dengues ajustados a um cuzinho ralo. E se for fundo o furo? Há porvarinos longos como túneis... Comer o figo da morte... Mas isso há de me fazer viver? Estou lá deitado, arfante, estendendo as mãos e ainda devo me levantar para uma berimbada no menino magro, lá no canto?

boa noite dona Eulália, o seo Pedro do Bar do Boi mandou entregar essa lata de massa para sua macarronada.

ô menino, brigada, num carecia tanto.

Ensopado de susto, eu é que repito sem parar obrigado obrigado meu Deus, é apenas um menino magro entregando uma lata de massa pra macarronada.

que olho esbugalhado, Tiu, assustou é?

Digo-lhe que o olho molhado que ela fez pro seo Pedro do Bar do Boi valeu tanto como se olho fosse dedo.

quê cê qué dizê, benzinho?

que tu deves ter dedilhado a chonga do cara pra ele dar chegança a essas gentilezas.

Fica triste. Diz que não vai pôr a massa no meu macarrão, que vou comer assim brancão, sem nada. Sorrio. Dou-lhe um beijo no umbigo. E enquanto ela cozinha vou andar na praia. Não chove mais. É lua crescente. Estico os braços, faço genuflexões, ponho as mãos na cintura, estufo o peito e respiro fundo. Sinto-me mal. Não posso respirar tão fundo a vida. Sento-me. Não há nada no mar. Nenhuma luz. Nenhum navio. Luzes novamente no meu olho esquerdo. Como é que o cara disse? Fosfenas. É só isso. Me acalmo. São apenas fosfenas. Um estilhaço de vermelho-laca é o mais insistente. Gosto desse vermelho. Tive uma caixa de laca chinesa certa vez. Guardava os alfinetes de gravata e as tais abotoaduras de platina. Era linda a caixa. Comprei-a na Via Veneto. Quando era aquele outro. Aquele das abotoaduras. Quando era amigo de Karl. Quando jogava polo. Quando era rico. Quando ainda pensava que haveria tempo suficiente para escrever, quando fosse mais velho sim, escreveria... E a futilidade me encharcava a carne, os ossos, intenso de futilidade eu fazia blague: *Bewusstsein*? Soa chulo e besuntado. Depois a *Bewusstsein* foi crescendo e não me deu mais trégua. Consciência de estar aqui na Terra, e não ter sido santo nem suficientemente crápula. De inventar, para me salvar. Enganar a morte inventando que este não sou eu, que ela pegou o endereço errado, o carteiro mijou-se nas calças quando viu o cachorro e gritava: mas este não é o cachorro do seo Stamatius, nem do seo Karl, então este aviso com tarjeta negra deve ser mesmo pra esse que tem o cachorro, mas como posso entregar o aviso se há aqui na porta este cachorro? Aquela confusão. E com isso vou ganhando tempo. O cachorrão aqui me lambendo a cara. Deve ser o cachorro do homem do Bar do Boi. Aquele que peidou. Não o homem, nem o cachorro. O boi. Tenho pena de bois de vacas de cachorros. De animais. De criaturas também.

Nós todos. Sou inteiro piedade. Tenho pena do meu pau também. Sempre devo falar no pau. Ou nos ovos. Ou na manjuba. É assim que quer o editor. "Pode pensamentear um pouco, negão, mas sempre contornando a sacanagem." Estou preocupado porque fora as 1500 posições do *Kama Sutra* devo inventar novas. E novos enfoques. Tô até suando. Chamei alguns amigos aqui na praia para me contarem sordidezes. Chatos chatos. Que fodeu com a gansa. Croc croc, tudo bem. O outro: que lambeu pele de rã porque dá barato, e enquanto lambia... (pensei comia o sapo?) metia a caceta no cuzinho da mina dele. E a rã lá nas costas dela, mais exatamente na nuca, querendo saltar doidona pro charco. Eu digo não, essas histórias não servem, tem que haver putaria, negada. Aí eles querem explicações, dados concisos, mais pro porco ou mais pro sutil? Mais pro imundo ou mais pro sensual? Pro grotesco? Eh, eh, eh, negão, não há muita novidade. Esporrar na orelha? Fiz isso um dia e a mulher ficou mal, teve de fazer uma limpeza no otorrino. Nossa! E o otorrino dizia: minha senhora, há basicamente três buracos feitos pra isso que a senhora deixou fazer no seu ouvido e não é preciso citar os três, mas ouvidos e narinas são impróprios para receber o sêmen, compreende? Vai ficar com otite e sinusite e quer saber mais? a senhora é uma porca. Bateu-lhe a porta na cara. E então? Daí que até hoje aquela porra não saiu de lá. Disse à mulher: mas que porra de buraco de ouvido, nunca ouvi contar que alguém tivesse esse buracão. E daí? Daí fiz a mulher deitar de lado sobre os meus joelhos, o ouvido encharcado do outro lado, e enquanto me chupava dei-lhe três ou quatro safanões no cocoruto até que um pouco daquilo tudo pingou no chão. Que história imunda! E não te serve? Claro que não, cara. Bem, então tu não quer nem grosso nem sutil. E sutil o que vem a ser? É lamber a rosa da andorinha? É fornicar com a bonina? Tá bem, gente, ninguém entendeu nada. Vamos lá pra choça comer o marisco e o macarrão. Cadê a Eulália? Cansada de me esperar, comeu sozinha. Deitou-se. Risco os meus amigos da memória. Fico ali de pé, no meio da choça, olhando. E esquálido num canto vejo o demônio. Está nu. Tristinho. O pau mirrado. Eu digo M'Bata, uma fórmula mágica para que desapareça. Ele diz: não seja bobo, gosta de Blake? Muito, mas por favor desapareça. Ouça antes estes versos: "Escolha cada um sua morada/ Sua mansão antiga e infinita./ Uma só ordem, um só prazer, um só anseio,/ Um flagelo, um peso, uma medida,/ Um Rei, um Deus, uma só Lei". Bonito sim, penso, mansões e reis, ordem prazer, é outro que está se enganando de endereço. Cadê o cachorro? É contigo mesmo Stamatius ou Karl ou Cordélia ou senhora Grand ou madame Lamballe, Princesa corrijo, tudo bem então princesa, tá escrevendo o quê? Quem é essa aí com cara de ganido? Tu achas que Eulália tem cara de ganido? *Undoubtedly*. Materializaste o teu ganido diante da vida e é tão pungente que nasceu mulher. E nasceu como querias ser: pobre de espírito. E como te vês: uma sensualidade cristalina. E certa piedade, certo deboche, e finezas no coito porque no fundo tens medo que tudo descambe para a morte.

por que teu pau é assim mirrado?

desuso, meu caro.

não diga, sempre te associei a caralhos frementes.

não. Isso é Deus e o Lawrence. O D. H. Não o outro.

gostas dele, do Lawrence?

gosto muito das *Reflexões sobre a morte de um porco-espinho*.

e do resto?

muito ingênuo, quase uma criança.

é mesmo é? tem contato com ele?

às vezes ele se desespera, porque no lugar onde está não tem com quem conversar.

que lugar?

a hora do recreio no O Anjinho Azul.

que é isso?

o nome da escola. é para onde vão todos aqueles de boa intenção.

parece chato.

Tranquilo, negão. Bem, tô indo. Acorda teu duplo aí e dá logo uma bimbada. Assim te desfazes da má impressão da minha presença. Contigo fui honesto. Apareci assim como sou: nu. De pau mirrado. Mas posso aparecer com o porongo Daquele. Assusto os arrogantes. Enfio-lhes meu nabo. Ficam fanáticos. Pensam que conversam com Deus os coitadinhos, sentindo todo aquele fogo no buraco.

Eulália acorda aos gritos: sonhei com o chifrudo, Tiu! vem aqui, vá, fica aqui no quentinho, que é que tu tá fazendo aí de pé? se achegue, vem, põe aqui dentro, vá, na petúnia.

que é que tu entende de petúnia?

no carnaval, Tiu, tu não ouvia não o homem dizendo do cheiro das petúnia?

onde isso?

quando eu fui pra casa da prima porque tu só escrevia, tinha televisão aquele sábado, e o homem só falava da petúnia e o outro que filmava as moça mostrava só o trasero e as xerequinha das moça, a gente não via os rosto, só via as parte de baixo... será que o home que filmava as moça era anão, Tiu? então petúnia deve ser a coisinha da gente... quando aparecia a coisinha ele falava olha a petúnia, gente!

petúnia é uma flor, Eulália.

que jeito que ela tem?

o jeito da tua nhaca.

o que é nhaca?

é petúnia.

Abro-lhe as pernas e meto o dedo na nhaca na petúnia na babaca no babau, ela se larga, eu endureço, e enquanto esfuço-lhe os meios me vem a certeza de que foi o Trevoso o criador deste caos que é o homem, esta desordem que só sabe sentir, só sentindo é que aprende, só sentindo é que tem conhecimento, apalpa amassa abre rasga.

ai, Tiu, tá doendo.

Então saio dos meios, da quentura, e de pau duro no meio da choça começo a gritar: sou Deus! sou Deus! Eulália ri: é mesmo, bem, o de Deus deve ser assim. Eu digo: é assim mesmo, Eulália, é igualzinho sim. Quem te disse, Tiu? O demo. Eulália se encolhe: tenho medo. Volto pra cama, tomo-a nos braços, afago-lhe os pentelhos e discorro sobre o Trevoso, seu todo nu, seu pau mirrado, sua tristeza. Ela começa a rir devagarinho, diz que sempre pensou que o chifrudo tivesse um assinzão.

Pois foi isso o que ele me explicou esta noite, que não, e eu vi, Eulália, é pequenino assim, um tico enrugado. Coitado né? E também me disse que você não existe, Eulália, que você é minha invenção. Até que pode ser, bentinho, ela responde, gosto tanto de tu que se um dia tu não me amá mais, vou virá cisco, folhinha, caranguejo.

por que caranguejo?

ah... porque caranguejo é tão triste.

Penso: verdade que construí meu ganido-mulher-diante-da-vida de um jeito pungente e delicado, submisso e paciente.

Vou engolindo Eulália. Vou me demitindo. E vou ficando muito mais sozinho. Restarão meus ossos. Devo polir meus ossos antes de sumir?

Novos antropofágicos

I.

COMECEI DEGUSTANDO SEUS DEDINHOS. Eram expressivos, contundentes. Quantas vezes seu rombudo dedo indicador roçara meu rosto! Ela repetia continuamente seus "veja bem" bastante frios e impessoais. Sou doutor em Letras. Ela dizia-se autodidata.

autodidata?!?!

autodidata da vida, bestalhão, canalha, ela rosnava.

Suportei-a vários anos. Casara-me com ela *à cause* daquele buraco enterrado fundo nas nádegas cremosas. Depois que lhe enfiei a vara sorri quente e prolongado. Depois fiquei triste. Intuí haver cometido um grande equívoco. Mas todas as noites com "veja bem" ou sem, metia-lhe a vara. Entre o gaiato e o choroso fui aguentando seus trejeitos, sua sinistra domesticidade. Uma noite, durante o jantar, o bife escapou-se-me do prato. Ela começou seus "veja bem" e noções de polidez à mesa. Escutei-a atenciosamente e até com certa cerimônia íntima, assim como se escuta a fala de um prêmio Nobel no dia da premiação. Em seguida, ordenado por dentro e por fora, fiz o primeiro gesto criterioso: buscar o bife. Sua trajetória havia terminado debaixo da escada. Ela começou a rir histericamente e repetia "veja bem veja bem", és um perfeito imbecil, um bufo, um idiota. Peguei o bife e recoloquei-o no prato. Limpei a poeira dos joelhos. O chão estava imundo. Ela nunca limpava debaixo da escada. Dei, em seguida, um grande urro, como um grande animal e num salto Nureiev, de muita precisão, enterrei-lhe a faca no peito. Ela ficou ali ainda sorrindo, cristalizada. Neste preciso momento, corto-lhe o dedo indicador, aponto-o para seu próprio rosto e repito: "Veja bem, senhora, no que dá um autodidatismo de vida". Limpo-lhe a unha porque era sempre essa que ela me enfiava na rodela. Eu gostava sim. Ela não sei. Agora, sujo de ódio, atiro o dedo pela janela. A noite está fria e há estrelas. São atos como esse, vejam bem, que fazem desta vida o que ela é: sórdida e imutável.

II.

TÍNHAMOS DISCUSSÕES INTERMINÁVEIS. Eu lhe mostrava meus textos e ele dizia: tu não tens fôlego, meu chapa, tudo acaba muito depressa, tu não desenvolve o personagem, o personagem fica por aí vagando, não tem espessura, não é real. Mas é só isso que eu quero dizer, não quero contornos, não quero espessura, quero o cara leve, conciso, apressado de si mesmo, livre de dados pessoais, o cara flutua, sim, mas é vivo, mais vivo do que se ficasse preso por palavras, por atos, ele flutua livre, entende? Não. E ajeitava os óculos, não e não. Achei conveniente não lhe mostrar mais os textos. Ele me encontrava e insistia: hof hof hof, fôlego, meu chapa, fôlego, espanta as nuvenzinhas flutuantes, dá corpo às tuas carcaças, afunda os pés no chão. Eu implorava: para com isso, para, um dia quem sabe tu entendes. Não entendeu. Na frente de amigos, de minha mulher, de meus filhos ele começava: hof hof hof, fôlego meu chapa. Um dia fomos à praia. Entre uma caipirinha e outra propus-lhe nadar até a ilha. Disse um sim chocho, mas topou. No meio da travessia, enquanto ele se afogava, eu aperfeiçoava a minha *butterfly*, e meu ritmo era rápido, harmonioso, cheio de vigor. Gritei-lhe antes de vê-lo desaparecer: fôlego é isso, negão. Estou em paz. E dedico-lhe este meu breve texto, leve, conciso, apressado de si mesmo, livre de dados pessoais, muito mais vivo do que ele morto.

III.

O HOMEM RECLAMAVA: já disse que não gosto de ver você usando essas blusas fininhas.

por quê?

porque aparecem os teus bicos.

e daí? bico é bonito, amor.

Bonito sim os bicos da mulher, rosadinhos, miúdos, ela inteira miúda e clara, uma madoninha holandesa... já viram uma madoninha holandesa? Certamente, todos aqueles Van de alguma coisa pintaram madoninhas holandesas. Sem os tamancos.

eu sei que bico é bonito, mas não gosto que todo mundo veja os teus.

A mulher era brejeira, grácil. Grácil também é bonito. Ele olhava para ela e refletia: por que será que mulheres pequeninas dão tanta sorte com homens? Alguns amigos seus também haviam se apaixonado por mulheres pequeninas. Parecem-se aos bichinhos da infância (quando se teve uma infância), aqueles fofinhos, ursos cachorrinhos coelhos, aqueles que a gente-criança dormia com eles, apertava entre os braços, entre as coxas... mulherzinhas-criança, mulherzinhas-bicho.

Ela: ninguém liga pra bico, benzinho, depois são tão fresquinhas essas blusas fininhas...

Mania de se exibir que as mulheres têm: no último carnaval ficou abestado. O tempo inteiro bundas, xerecas, convulsões, sacolejos. Há de chegar uma hora que bundas e xerecas devem manifestar uma outra qualidade além das evidentes, porque só isso de se exibirem ficou chato. Haveria por exemplo bundas falantes, xerecas que se metamorfoseassem em flores, oitis que assoviassem Mozart, quem sabe. Encontrou a mulher miúda naquele carnaval. Os bicos de fora. Tudo bem, era carnaval. Mas inadmissível, a cada dia agora, a mulher e seus bicos pelas ruas. Insistiu: cubra os bicos. Ela foi ficando amuada, ranzinza, não conversava mais. Uma noite ele repensou sua própria história, a dele, a solidão, e dolorido, meloso, aquiesceu:

tudo bem, ponha a blusa que quiser, vamos dar uma volta.

Cintilante, fininha, a blusa mostrava não somente os bicos, mas as duas tetas, firmes redondosas trêmulas. Ela pediu cerveja. Ele pediu sorvete. Os homens do bar olhavam a mulher miúda como se ele não estivesse ali. Ela ria: tô bonita, né bem? Foi nesse instante que ele rosnou aturdido:

vai ficar linda agora. Num ímpeto agarrou-lhe as tetas, mordeu-lhe o bico esquerdo, decepou o moranguinho e sujo de sangue e aos gritos colocou o bico na ponta do sorvete de creme, marshmallow e banana. Gritava: agora, benzinho, todo mundo pode ver, chupar e se fartar do teu bico, adeus. A ambulância chegou logo depois. Os caras do bar esclareciam: é aquela ali com aquela blusa fininha. Ninguém sabe que fim levou o bico. O nome do bar mudou: o Bar do Bico. Há novos sorvetes. Um moranguinho na ponta. Sorvete, dona? Com bico ou sem bico, madama?

IV.

VERDADE. TINHA CERTEZA AGORA. A menina o seguia. Sainha xadrez, blusinha branca, meia três-quartos, gravatinha. Teria onze doze anos? Andou três quadras lentamente ouvindo aqueles pequenos passos atrás dele. Sapatos de verniz. Salto mínimo. Ele parou na vitrina de uma charutaria. Cachimbos ingleses suecos suíços. Se ela parasse naquela vitrina tudo ficava evidente: a menina o seguia. Ela parou. Gosta de cachimbos? ele perguntou. Gosta de ser chupado? ela respondeu perguntando. Ficou vermelho. Por mulheres sim, respondeu. E eu o que sou? Uma criança. Alguém parou do lado e silenciaram. Ela tomou-lhe a mão: então, papai, gosta deste? O alguém do lado se foi. Ela continuou: olha para mim, fica bem pertinho, vou chupar meu dedo do jeito que vou chupar teu pau. Ele olhou dos lados. Não seja bobo, não tem ninguém olhando, e começou a enfiar o dedo polegar na boca, revirava-o e lambia-o da raiz à ponta.

mas meu pau não é teu dedo polegar. É maior.

mas eu tenho a arcada larga.

o quê???!!

meu dentista diz que eu tenho uma linda arcada larga.

Toma-me a mão novamente, diz vamos andando vá, e aponta para uma pracinha onde há bancos e carrinhos de sorvete e de pipoca. Sentamos.

por que você faz isso?

porque quero dinheiro.

ahh.

gosto de roupas e o dinheiro compra roupas.

mas posso te comprar roupas sem que você me chupe.

não, gosto de fazer o meu dever.

ah, quer dizer que você não aceitaria que eu te desse roupas sem você me chupar...

é, isso nunca, gosto de trabalhar.

Fiquei olhando seu rostinho moreno, os olhos grandes, o nariz afilado, o lábio superior um pouco estreito, o lábio inferior polpudo, escarlate. Quer um sorvete? Não. Olha, menina, eu não tenho nenhum lugar pra te levar. Mas eu chupo aqui mesmo. Aqui?!?! Claro. Você tira teu paletó, eu deito a cabeça no teu colo, você me cobre com o teu paletó como se eu estivesse dormindo, você compra um jornal ali, e enquanto você finge que lê eu tiro bem devagarinho o teu pau pra fora e vou chupando também bem devagarinho. Só que você me paga antes. Aquilo era demais. Disse tudo bem. Fui até ali, comprei o jornal, tirei o paletó, dei-lhe o dinheiro e ela fez tudo e mais do que prometeu. Dois anos passados, nunca mais gozei com mulher alguma. E percorro o mesmo caminho e aliso adoidado aquele banco e compro o jornal ali mas nunca mais a encontrei. Um amigo me disse: sonho, stress, porre, pó, foi isso, cara. Eu disse não. E meu pau sabe disso.

V.

GOSTARIA DE SER COESO, calmo, frívolo. Sim porque há coesão e calmaria na frivolidade. Ou não pensam assim? Então repensem. Tinha horror ao sexo. Cheiros gosmas ginástica convulsão. Horror principalmente ao silêncio daquelas horas. Melhor, horror dos guinchos e outros sons que se pareciam aos sons das funduras, dos poços, das borbulhas. Gostava de sentar-se e ler. Principalmente Chesterton e sua *Ortodoxia*. Os amigos perguntavam: tu não gosta de foder, não? Não, ele respondia, tenho nojo. Nojo de quê? De corpos se juntando, dos cheiros, dos ruídos. Foi ficando sozinho com seus livros e seu nojo. Gostava de pensar mas pouco a pouco foi sentindo o cheiro das ideias, e as mais possantes, as mais genuínas, as mais veementes tinham o mesmo cheiro do sexo e daquela gosma da casuarina. Então pela disciplina e pelo jejum foi esvaziando a mente. Via cores e as cores não tinham cheiros e isso era bom. Sentou-se no chão da sala e ficou ali até perceber que tinha se tornado um ponto vivo de luz dourada. Até que o garotão o acordou e disse: qué mais uma na berba, doutor?

VI.

EU TINHA DEZOITO ANOS, ela vinte e nove, bordadeira, e vinha todas as quintas-feiras refazer os bordados das roupas de cama de mamãe, lençóis da Ilha da Madeira, lindos lindos, mas os bordados desfazendo-se aqui e ali. Chamava-se Antônia, filha de portugueses, esguia, suave, a boca delicada, os dentes pequeninos. Eu voltava do cursinho às quatro da tarde, ofegante, subia a ladeira numa corrida, medo de perdê-la porque ela saía de casa às cinco. Estava apaixonado. Um dia não aguentei: Antônia, não sei se você vai se aborrecer, mas eu te amo. Sua mãe só vai voltar às seis, pediu-me que a esperasse, e ela foi fazer compras. Sua voz era gélida. Estritamente formal. Fiquei rubro e acreditei tê-la ofendido. Pedi desculpas e fui subindo as escadas, cabisbaixo, em direção ao meu quarto. No meio da escada virei-me para vê-la quem sabe pela última vez. Antônia estava sentada de pernas abertas, a saia azul-turquesa enrolada na cintura. Estupefato quase não acreditei no que vi, mas logo me refiz e fui descendo lentamente as escadas e abrindo a braguilha. Sentei-me nas suas coxas, eu igualzinho a uma tesoura aberta, mas antes de penetrá-la, esporrei. Sorriu mostrando os dentes pequeninos e fez com que eu me ajoelhasse diante dela. A coisa estava ali. Não havia calcinhas. Cobriu-nos com um dos magníficos lençóis de mamãe. Ela sentada. Eu ajoelhado. Antes de começar a chupá-la fiz o sinal da cruz, pedindo a Deus para ser aprovado naquela minha primeira prova. Fui. Gozou muitas vezes, e no gozo repetia ai Jesus, ai Jesus. Éramos decididamente católicos. Durante duas semanas vivi as mais feéricas quintas-feiras, porque mamãe decidiu ser quinta-feira um bom dia para fazer compras e aproveitar assim a presença de Antônia zelando pela casa até às seis. Mamãe não gostava que eu ficasse sozinho no velho casarão. Antes era um bairro grã-fino, depois infestado de puteiros e ladrões. Um dia, por artes do demo como diria o bispo, mamãe chegou às cinco e meia. E ali estávamos os dois, embaixo de um dos magníficos lençóis, Antônia de pernas abertas e eu de pau duro ainda, o linguão de fora. Foi horrível. Desmaios, vômitos, convulsões de mamãe. Até hoje (passaram-se anos) só consigo o prazer ajoelhado diante da xiriba, fazendo o sinal da cruz e pedindo à parceira que repita várias vezes ai Jesus, ai Jesus. E tem isso do lençol também. Indispensável. Mas não é preciso que seja da Ilha da Madeira. Ainda bem. Senão teria que me mudar de país, porque não conheço ninguém que ainda tenha lençóis da ilha, e mamãe num acesso de fúria doou os nossos a uma tal de dona Loira, dona de um puteiro famoso a dez quadras dali. Nunca mais vi Antônia. Mas ela, hoje nos seus trinta e nove, ainda deve estar linda, tão perfumada de cona e coxas e bem sentada em algum lugar com suas esplêndidas pernas abertas e tão intensa em seus líricos e pudorosos ai Jesus.

VII.

NUNCA ME ESQUEÇO daquele peido providencial prolongado e silencioso dos meus catorze anos. Eu era louco por Nena, uma crioula virgem mas bundudinha e voraz, que gostava de morder meu beiço enquanto eu a sissiricava nos meios e no meio das moitas de capim. Ao meio-dia de um domingo, depois de encher a pança com feijão, nabo, carne-seca e jerimum, encontro a Nena tesuda me esperando na moita.

agora tô a fim, ela disse.

a fim de quê?

de te dar a nhaca.

justo agora?

e o que tem agora?

ué, porque a gente morre se berimbá depois de encher o bucho.

bestagem, bobão, todo mundo já tava morto se pensasse como tu.

Foi se encostando, me chupando e me mordendo a boca, a língua deslizando na mucosa, tirou-me o ganso de dentro das calças e enquanto me massageava as bolotas com a mão esquerda, com a direita ensaiava um vaivém no meu porongo. Sussurrava "vem, vem aqui pra dentro da crica, vem vá". Pensei — vou morrer agora, aos catorze anos, sem despedir do pai da mãe da vó, o sol no meu cocuruto. Gritei sem gritar, um grito doído, uma súplica lá no fundo do peito: me salva santo Expedito, santo dos impossíveis, me dá um sinal de que eu não vou morrer se enfiar agora na Nena. E quando ia enfiar, me veio aquele peido prolongado silencioso redondo quente gordo estufado vivo. Nena parou com o dedo caricioso. Me olhou dura nos olhos:

tu peidou, Nico?

eu hem... peidei não.

se não peidou, tu já tá morto.

Deu-me um tapa na cara, disse que aquilo era um desrespeito e foi-se. Deitei-me no capim, fiquei ali esticado olhando o céu: obrigado pelo sinal, santo Expedito, obrigado mesmo, antes peidar que morrer. Dia seguinte quis contar o sinal pra Nena mas ela se safou do meu agarro, resmungando: "Não tô a fim não de berimbá com gente que peida". Deve ter andado de mão em mão pela vida afora porque vez ou outra até doutor ministro embaixador ou rei, se tem buraco, peida.

que coisa nojenta, Tiu.

por quê, Eulália?

porque ninguém gosta de falar dessas coisa.

pois olha, Eulália, se todo mundo lembrasse do que lhe sai pelo cu, todo mundo seria mais generoso, mais solidário, mais...

o que é solidário, benzinho?

é não ser assim tão solitário.

e eu num tô aqui?

Aí peidei. E Eulália sumiu igualzinha àquela Nena que certamente devido àquele peido mudou-se logo mais dali.

VIII.

HÁ DEZ ANOS ELE TENTAVA escrever o primeiro verso de um poema. Era perfeccionista. Aos trinta, anteontem madrugada, gritou para a mulher: consegui, Jandira! Consegui!

ELA (*sentando-se na cama, desgrenhada*): O quê? O emprego?
ELE Claro que o verso, tolinha, olha o brilho do meu olho, olha!
ELA (*bocejando*): Então diz, benzinho.

Declamou pausado o primeiro verso: "Igual ao fruto ajustado ao seu redondo...". Jandira interrompendo: peraí... redondo? Mas nem todo o fruto é redondo...

ELE São metáforas, amor.
ELA Metáforas?!?!
ELE É... E há também anacolutos, zeugmas, eféreses.
ELA ?!?!? Mas onde é que fica a banana?

Ele enforcou-se manhãzinha na mangueira. O bilhete grudado no peito dizia: a manga também não é redonda, o mamão também não, a jaca muito menos. e você é idiota, Jandira. Tchau.

Ela (tristinha depois de ler o bilhete): E a pera, benzinho? E a pera então que ninguém sabe o que é? E a carambola!!! E a carambola, amor!

ERA TELÚRICO E ÚNICO. Sonhava. Sonhava adeuses e sombras. Sonhava deuses. Era cruel porque desde sempre foi desesperado. Encontrou um homem-anjo. Para que vivessem juntos, na Terra, para sempre, ele cortou-lhe as asas. O outro matou-se, mergulhando nas águas. Estou vivo até hoje. Estou velho. Às noites bebo muito e olho as estrelas. Muitas vezes, escrevo. Aí repenso aquele, o hálito de neve, a desesperança. Deito-me. Austero, sonho que semeio favas negras e asas sobre uma terra escura, às vezes madrepérola.

FIM

O pleno pornô & o poder de perder

Bruna Kalil Othero

Quando gozo espio a amplidão.
HILDA HILST, *CARTAS DE UM SEDUTOR*

PARA DEITAR NA MESMA cama que Hilda Hilst, preparo meu corpo como quem sova um pão. As mãos se entranham na massa. Pegam, batem, cravam, metem — até que o amorfo fique macio. Os olhos miram o futuro banquete: serei comida, mas também comerei. Retiro as armaduras, perfumo minha carne, visto de veludo minha pele. Busco a nudez da seda. A caverna em que estamos é temperada por um incenso milenar. Vai começar esta imemorial atividade, narrativa mais velha que o tempo. A leitura ou a transa?, me perguntas. No fim do dia, as duas são iguais: são irmãs. Vens, benzinho?

Na busca incansável e apaixonada pela comunicação profunda com o outro, Hilda Hilst (1930-2004) dedicou sua vida, seu suor, seu gozo e seu sangue ao trabalho literário. Ao oferecer contribuições inigualáveis à literatura, nos deu mais de quarenta livros, uma casa-refúgio amiga da arte e de artistas, e, principalmente, sua maior personagem — ela mesma.

Ao longo de seus 73 anos, a escritora ergueu duas monumentais construções: A Obra & O Mito. Estreando na literatura como *poeta sedutora*, transformou-se em *artista mística*, foi a *santa que levantou a saia* e hoje se imortalizou como *a rebelde canonizada*. Escritora & Personagem. Criadora & Criação. Mãe & Filha de si mesma. O projeto literário de Hilda, feito com consciência e brilhantismo absolutos, alcança o auge na *Trilogia obscena* agora em tuas mãos.

Nesses três romances, sentimos o gosto e o gozo da *pornocracia* arquitetada por Hilst, um mundo de intensa provocação e extensa malandragem. Para fabricar sua bomba-relógio direcionada ao mercado editorial, Hilda Hilst gesta personagens escritores chafurdados em seus fracassos e atormentados com o assédio de editores vulgares. Nesse mundo ficcional, quem se dedica amorosamente à escrita sofre com a incompreensão e a perturbação mental, perde tudo, mora na sarjeta em amargura, se autodestrói. Para ter sucesso em tal mercado implacável seria preciso escrever bandalheiras, numa estrutura palatável e domesticada, seguindo as formas clássicas. Nesse domínio hilstiano, o capitalismo recusa e asfixia o gesto de pensar: logo, a literatura só pode ser um lixo ultraprocessado, feito para ser comercial. Assim, o texto se torna pornográfico e caminha preso na coleirinha do dinheiro. A literatura e o corpo são transformados em produtos e podem ser objetificados, vendidos, degradados.

Porém, nesse cenário desolador, a revolta do pensamento surge como esperança possível. Por que não usar o sarcasmo, o erótico e a gozação como ferramentas de denúncia? A *Trilogia* de Hilda Hilst é uma transgressão feroz em duas vias: ao mesmo tempo estética e editorial. Essa dupla ousadia, combativa e insubmissa, é elaborada tanto no texto literário quanto na performance de "escritora", nas muitas e hilárias entrevistas que concedeu nos anos 1990.

A pornografia resume em si todo o engenhoso projeto da obra hilstiana. Aqui, tem de tudo: a vasta bagagem intelectual da autora, a metafísica inerente à sua multifacetada linguagem, os questionamentos existenciais e sociais; em pé de igualdade com o humor, a ironia, o deleite do gozo zombeteiro & da brincadeira.

Como enunciaria Josete, personagem de *Contos d'escárnio. Textos grotescos*, que tatuou uma homenagem a Ezra Pound lá atrás, no seu buraquinho: perfeito equilíbrio entre Filosofia & Dedo no Cu.

Antes de ser artista, Hilda Hilst era a filha do amor entre um poeta e uma portuguesa. Apolônio Hilst, seu pai, herdeiro de uma família quatrocentona, era fazendeiro em Jaú enquanto defendia o futurismo em cartas aos futuros modernistas Mário e Oswald de Andrade. Bedecilda Vaz Cardoso, sua mãe, era uma mulher rebelde para a época, imigrante, divorciada e com um filho do casamento anterior. Conhecida como Madame Cardoso, impunha sua presença ousada em qualquer salão que entrasse.

Duas personalidades complexas geraram juntas a menina Hilda. Ela fez sua formação acadêmica num internato de freiras, num instituto presbiteriano e numa faculdade de direito: instituições onde aprendeu os crimes & os castigos. Ainda estudante universitária, a jovem publicou seu primeiro livro, *Presságio* (1950), aos vinte anos. Sua obra inaugural chegou ao mundo recebendo elogios de ninguém menos que Cecília Meireles e Lygia Fagundes Telles. Em *Presságio*, lemos poemas etéreos sobre a morte, a loucura, a melancolia, o arrebatamento amoroso e a procura pelo divino. Eis aí a estética da primeira fase da sua carreira, exclusivamente voltada ao gênero lírico. Seu relacionamento monogâmico com a poesia duraria quase duas décadas, antes de a autora convidar a prosa e o teatro pra suruba.

A reverência à sua maior amante, a Literatura, era tanta e tão fervorosa que a escritora resolveu se dedicar inteiramente ao ofício. Hilda Hilst realizou o sonho dourado daqueles que amam as artes: levantou do chão um templo de total devoção ao fazer artístico. A Casa do Sol. Ali fez-se a luz.

Em 1966, ano da morte de seu pai, mudou-se para o santuário onde residiria pelo resto da vida. Esse espaço sagrado foi escolhido para nascer precisamente ao lado de uma figueira milenar, no terreno recebido por herança. Sua arquitetura foi pensada para remeter aos claustros monásticos, com vários cômodos ao redor de um grande pátio que busca colher ao máximo os raios do sol. Uma torre de marfim? Não: segundo a própria Hilda, uma torre de capim, êxtase entre os bichos. Um dia, foi habitada por quase cem animais. Perdidos, sem rumo, ali encontraram um lar. Muitos eram cachorros, amigos fiéis da artista. Em cada canto da imensa fazenda, um pedaço da obra. A própria Casa é uma personagem. Viva. Festiva. Fervorosa. Essa espécie de exílio rural influencia drasticamente sua obra: agora, ela se entrega inteira e intensamente à literatura.

O curso da história brasileira também repercute no seu texto. Em 1º de abril de 1964, o país sofreu um golpe que deu início a 21 anos de uma ditadura militar violenta e repressiva. Devido à censura, artistas brasileiros tiveram que procurar novas formas de dizer o que gostariam (e criticar o regime) para receber a aprovação dos censores e evitar a tortura. Assim, muitos se voltam ao teatro, gênero que combina com o protesto. A linguagem em voz alta, o uso da "criatura humana como meio de expressão", como escorregou da língua do dramaturgo Dias Gomes, e o caráter coletivo são plataformas propícias para a denúncia.

Nesse cenário político e social, Hilda Hilst quis mudar sua atuação. Mesmo no interior, longe das companhias de teatro, sentiu ainda mais necessidade de seduzir o público. "Quero ser lida em profundidade e não como distração, porque não leio os outros para me distrair, mas para compreender, para me comunicar",[1] proclamou em 1975. Nada mais natural, portanto, que partir pro corpo a corpo & língua a língua: nascia ali a Hilda Hilst dramaturga. Numa produção contínua, escreveu oito peças entre 1967 e 1969, para depois se distanciar do gênero. "Mas também não deu certo. As pessoas vão ao teatro para se divertir, ninguém vai ao teatro para pensar",[2] concluiu, em 1990.

O exercício da escrita dramatúrgica foi simultâneo ao de suas primeiras incursões na prosa, que começaram com a publicação do iconoclasta *Fluxo-floema* (1970). Composto por cinco longos contos, o livro estabelece a poderosa estética do fluxo dialógico que caracterizaria as produções mais maduras da autora, além de tematizar cenas de violência e opressão em uma crítica poderosa às atrocidades da ditadura militar.

Aqui, marca-se um novo momento na literatura da escritora. Após a consolidação como poeta, a passagem pela dramaturgia e a inauguração de uma prosa em constante fluxo, Hilda Hilst passa a atuar nos três grandes gêneros literários: poesia, prosa e teatro. Caso raro, Hilst integra o seleto time de autores versáteis que jogam bem em várias frentes — de qualquer posição, é bola pra dentro.

Multifacetada, a autora sustenta estilos completamente diversos nos três gêneros, que, no entanto, conversam entre si e falam de assuntos comuns. A partir de *Fluxo-floema*, Hilda Hilst alternou livros de poesia e prosa, produzindo fervorosamente na Casa do Sol, enquanto recebia artistas e intelectuais das mais variadas áreas, sempre acompanhada pelos amigos caninos.

Tijolo por tijolo — como uma ourives lapidando pedras preciosas ou uma artista costurando a bandeira do Brasil com retalhos —, Hilda Hilst passou quarenta anos construindo sua obra.

Aí um dia ela se revoltou.

Artista ambiciosa que era — adjetivo perigoso para uma mulher —, não se conformava com a falta de alcance e de sucesso. Queria tocar a todos, ser lida por multidões, ovacionada por admiradores ao redor do mundo, pois acreditava que seus livros eram deslumbrantes, magníficos, e mereciam tamanho reconhecimento.

Mas ela era só uma mulher brasileira publicando em pequenas editoras. E o pior — escrevendo em português. Que pepino enorme! "É bom pensar em inglês, em alemão, as pessoas aceitam. Em português, você pensar é uma coisa horrível, os editores odeiam, te cospem na cara",[3] protestou em 1990. O único caminho lógico a se tomar, portanto, seria dar aos editores o que eles queriam: as mais sórdidas sacanagens.

Começa então a sua fase pornográfica, a coroação inteligentíssima e altamente irônica de um projeto literário erguido ao longo de quarenta anos. *O Caderno Rosa de Lori Lamby* (1990), *Contos d'escárnio — Textos grotescos* (1990) e *Cartas de um sedutor* (1990) não são apenas obras literárias: são também denúncias e protestos contra um sistema que privilegia bandalheiras. São, nas palavras da escritora, "uma banana que estou dando para o mercado editorial". Yes, nós temos bananas!

Esses três romances, além de se sustentarem como obras independentes, podem também ser lidos como três atos de uma peça de teatro. Três argumentos para a mesma briga. Carne, cabeça, código: a Santíssima Trindade. Como traços comuns, as obras misturam e contestam gêneros literários — só pelos títulos, já temos "caderno", "contos", "textos" e "cartas". Isso porque estamos falando de "romances". Além disso, são protagonizadas por personagens do meio, sempre ligados ao fracasso, à dor, ao dinheiro. Em *O Caderno Rosa*, há a prostituição do escritor e da escritura dentro de um mercado editorial que vê a arte simplesmente como produto; em *Contos d'escárnio*, conhecemos outro HH, duplo de Hilda Hilst, Hans Haeckel, o escritor suicida; e em *Cartas de um sedutor* lemos as criações de Stamatius, o escritor que perde tudo devido à literatura e passa a morar nas ruas.

Tudo começa com Lori Lamby, a adorável garotinha de oito anos — idade que pode ser lida como uma piscadela irônica ao "Meus oito anos" (1858), do romântico Casimiro de Abreu, clássico que idealiza a infância vivida "À sombra das bananeiras,/ Debaixo dos laranjais!". Entre leite com biscoitos e deveres de casa, ela narra no caderno rosa suas aventuras sexuais com homens mais velhos em troca de dinheiro. Seu pai é um escritor fracassado, pressionado pelo editor, Lalau, a escrever putarias que vendam, e sua mãe é uma ninfomaníaca que gosta muito do Gustavo, um tal de Flaubert. Lori escreve para ajudar o seu papi e, seguindo os moldes da literatura pornográfica clássica, constrói um típico relato de iniciação sexual. Porém, como se descobre no livro, o caderno rosa mescla fabulações de menina com expressões pornográficas encontradas no escritório do pai — revistinhas de sacanagem, vídeos, contos, cartas. Ou seja, nossa protagonista é antes de tudo uma leitora, e, ao se apropriar de diferentes linguagens, aprende sobre o universo linguístico-sexual. Nos encontramos diante de um verdadeiro quebra-cabeça literário: afinal, a quem pertence o texto? É obra de Lori ou de seu pai? Essa transgressão de autoria nos leva a grandes questões da literatura brasileira, como as discutidas no ensaio "Nacional por subtração" (1987) de Roberto Schwarz: onde termina a inspiração e começa a cópia, o plágio, a antropofagia?

Esse texto ambíguo, ousado, polêmico, que encara de frente questões delicadas, como o consentimento (o absurdo: Lori adora lamber e ser lambida), pode causar choque e repulsa, como de fato causou. No entanto, quando analisamos o livro em profundidade, percebemos que esse "consentimento" ocorre apenas no nível da linguagem, já que a personagem confabula as histórias no seu diário sem, naquele universo diegético, executá-las. Há, assim, três camadas narrativas: a primeira, literatura absoluta, escrita com o olhar adulto da autora Hilda Hilst, brincando com uma voz supostamente infantil, que de juvenil não tem nada; a segunda, ficção criada pela narradora Lori Lamby; e a terceira, os textos do pai, apropriados pela garotinha em sua história. Logo, o sexo nunca *acontece* de fato: é pura fantasia imaginativa.

Nesse abismo narrativo, é inegável o humor extremo do romance, sobretudo pela narração divertidíssima que rompe a idealização dos contos de fada (vide o trecho: "Pau d'Alho era um rei muito feliz porque tinha duas cabeças. Dava tempo pra pensar duas vezes mais em seu povo"). Nesse sentido, a crítica e a denúncia jamais saem do palco: aqui, o prazer sexual é associado ao dinheiro, dentro de uma sociedade podre que transforma tudo em produto. No entanto, há algo que escapa à lógica capitalista: a descoberta do prazer. Neste romance de formação sexual e literária, Lori Lamby aprende não a transar, mas a escrever. Essa quebra de expectativa, apresentada com humor tão escrachado, afia ainda mais a crítica da obra. Rompeu o cabaço do texto. Ali, o verdadeiro gozo.

Essa tensão entre sexo e literatura permanece em *Contos d'escárnio — Textos grotescos*, obra que, desde seu título, dialoga com o melhor da tradição satírica em língua portuguesa. A partir do *deboche* e do *gozo*, dois significantes que comportam tanto o erótico quanto o humorístico — conexão brilhantemente apontada por Eliane Robert Moraes no ensaio "Desbocada e debochada: a língua erótica brasileira", de 2018 —, Hilst transita entre o *alto* e o *baixo*, provocando um riso de escárnio nessa quebra de expectativa. Esse romance, composto de "contos" e "textos", fragmenta a ordem narrativa ao propor uma colagem de modalidades textuais diversas. A história principal é contada por Crasso, filho de uma genealogia pornô e que tem como amiga e amante Clódia, a excêntrica pintora de genitais. Nos melhores trechos do livro, lemos máximas como: "se eu continuar falando não vou conseguir nunca mais foder. E foder é tudo o que resta a homens e mulheres. Vamos às fodas, senhores". Falar e foder são incompatíveis: ou lê ou dá, ou escreve ou mete, afinal: "A carne não é/ Como dizem os coitados das letras".

O corpo está em um patamar superior à linguagem, como acontece numa troca de cartas na qual Crasso faz dois pedidos a Clódia: que jogue sua carta fora, mas sem esquecer de seu pau e de sua língua. Ele quer que ela se lembre do sexo, não das palavras.

Melhor engolir do que ficar com a boca cheia. A suposta incompatibilidade entre o sexo e os intelectuais — "com a leitura vão-se as picas duras" — é retomada em diversos trechos — "um livro nas mãos é uma foda de menos" —, sempre com uma fina ironia — "Era triste sábio e profundo. Sua caceta sempre foi magnífica mas o desempenho era prejudicado pela leitura excessiva". No meio dessa tensão, Crasso indaga qual a estrutura ideal para o texto pornográfico: melhor escrever "a fodi", "fodi-a" ou "fui fodê-la"?

Contos d'escárnio ainda faz críticas ao imperialismo cultural e à tirania do inglês no mercado literário. A já mencionada Josete, a acadêmica com o cu tatuado em homenagem a Pound (exemplo perfeito do *alto* versus *baixo*), geme em inglês — ou mai gódi! O Brasil, em contraste, este "verde-amarelo paupérrimo e inflacionário", causa nos seus cidadãos sentimentos "de revolta, dor, absurdez, porque ser brasileiro é ser ninguém, é ser desamparado e grotesco diante de si mesmo e do mundo".

Prosseguindo o debate sobre identidade nacional, *Cartas de um sedutor* se inicia com a localização da voz do seu primeiro narrador, Stamatius ou Tiu, para nós que somos íntimos — "Gozo grosso pensando: sou um escritor brasileiro, coisa de macho, negona. Vamos lá". A instituição mítica Escritor Brasileiro™ é, em uma crítica de gênero e raça, ocupação exclusiva de homens brancos, ativos gozando uma relação sexual que objetifica e vê as mulheres de forma passiva, especialmente as negras. O Escritor Brasileiro™ não goza "grosso" pensando em sua parceira, mas em si mesmo, na sua profissão de "macho".

Nesse romance-colagem, lemos epistolografia, cenas dramáticas, diálogos e pequenos contos, resultando em um impressionante hibridismo de gêneros. O foco, como o título adianta, são as cartas, trocadas entre os irmãos incestuosos Karl e Cordélia. Fofocas quentíssimas como a gente adora. Ao explorar a estrutura da epístola, Hilda Hilst brinca com as tensões entre público e privado, convidando a nós que lemos a espiar pelos buracos.

Há uma imensa violação da intimidade nesse gesto, simulando a *publicação* de algo feito pra pertencer à atmosfera *privada*. O proibido é sempre mais gostoso.

Cartas de um sedutor discute, portanto, diversas tensões: sul versus norte global, português versus inglês, mulheres versus homens, negros versus brancos, pobres versus ricos, empregados versus patrões. Tiu, o escritor que mora na rua, filosofa e goza entre as tralhas e os lixos. Karl, o rico burguês, esnobe, racista e elitista, hostiliza qualquer um que cruze o seu caminho. Ao fim, Karl, representando os donos do poder, obtém sucesso editorial e reconhecimento social, publicando em inglês. *The american dream*.

Lançar a *Trilogia obscena*: uma performance sobre o poder de perder.

Hilda Hilst, grande leitora do francês Georges Bataille, citava sua noção de "dispêndio", discussão sobre a insuficiência da utilidade clássica das coisas. Na contramão do lucro, premissa básica capitalista, Bataille evoca os "dispêndios improdutivos", ou seja, atividades como a arte e a literatura — que não servem pra nada e não servem a nada (ainda bem). Ele relaciona esses dispêndios às ideias de sacrifício e de *potlatch*: um ritual de comunidades indígenas da América do Norte baseado em abrir mão das riquezas materiais para atingir glórias no plano simbólico. Nessa cerimônia, os bens mais valiosos das pessoas são queimados em uma grande fogueira. O incêndio da purificação. A partir da perda, vêm a nobreza e a honra. Sacrificar grandes símbolos em nome do sagrado. Você já ouviu essa história antes — a morte-ícone de um certo rapaz de 33 anos, nascido em Belém (do Pará?)... Segundo as escrituras, ele apreciava transformar água em tacacá.

Em uma apropriação antropofágica, Hilda Hilst utiliza o sacrifício do *potlatch* para explicar sua transgressão: por meio da pornografia, ela "destruiu" sua obra anterior — a riqueza —, obtendo verdadeiramente, assim, distinção e virtude simbólicas.

Como afirma na contracapa de *Amavisse*, seu último livro "sério" antes da incursão pela pornografia:

> *A dádiva de antes (a obra) excedeu-se no luxo.*
> *O Caderno Rosa é apenas resíduo de um "Potlatch".*
> *E hoje, repetindo Bataille:*
> *"Sinto-me livre para fracassar"*

No entanto, esse fracasso — a *Trilogia obscena* agora em suas mãos — foi, na verdade, um trunfo. Como os críticos Alcir Pécora[4] e Claudio Willer[5] afirmaram, e eu assino embaixo, os livros pornográficos não são um "desvio" temático ou estético dentro da obra hilstiana, mas o contrário: eles coroam seus grandes temas de forma consciente e madura. Misturando alto e baixo, trágico e cômico, erótico e sagrado, a trilogia foi um espaço de liberdade no qual a autora pôde experimentar, com muito bom humor, ousadia e alegria, novas possibilidades de escrita. Aproveitando-se das múltiplas opções narrativas dentro do gênero romance, a escritora fez colagens com diário, relato, cartas, poesia, dramaturgia, contos, listas e fragmentos ficcionais — criando algo inclassificável até hoje nos moldes tradicionais.

E essa liberdade tem relação com a opção pelo pornográfico. Afinal, como proferiu Dominique Maingueneau, francês especialista em análise do discurso, "a pornografia agride a literatura, [...] mas a literatura pode ter interesse em virar em seu proveito esse poder de perturbação". Literatura e pornografia são "discursos de fronteira" desobedientes por natureza — existem "por sua capacidade de ruptura com os códigos dominantes".[6] Ou seja, tanto para a escrita quanto para a putaria, é preciso ter peito, atrevimento e sem-vergonhice.

Consciente da potência naturalmente transgressora da literatura, e incentivada pelo poder de perder, Hilda Hilst coroou seu projeto literário com o poder do pornô.

***

Ao fim do banquete, mãos de mulheres limpam a mesa. A comilança foi deliciosa. Do pão e do vinho, corpo e sangue, só sobram rastros: farelos, manchas, embriaguez. Do incenso, fica o pó. A memória de um dia ter amado. *Amavisse*. As coxas puídas. É gostoso observar os escombros da sacanagem, ainda grogue do êxtase. Depois de tudo isso, a caverna se torna pequena demais. Lá fora, correm os cães.

1. "O sofrido caminho da criação artística, segundo Hilda Hilst". *O Estado de S. Paulo*, 1975. Entrevista concedida a Delmiro Gonçalves.
2. "Um diálogo com Hilda Hilst" (1989). Entrevista concedida a Nelly Novaes Coelho.
3. Entrevista concedida em 1990 à TV Cultura. Disponível em: <www.youtube.com/watch? v=5yeFhO4G2OQ>. Acesso em: 2 out. 2024.
4. Alcir Pécora, "Nota do organizador". In: Hilda Hilst, *Com os meus olhos de cão*. São Paulo: Editora Globo, 2006.
5. Claudio Willer, "O conflito entre a sociedade e o escritor". *Jornal da Tarde*, 26 maio 1990.
6. Dominique Maingueneau, *O discurso pornográfico*. Trad. de Marcos Marcionilo. São Paulo: Parábola Editorial, 2010.

Não adianta ter importância e não ter ninguém para te olhar

Entrevista a Marici Salomão

A ESCRITORA HILDA HILST, que na semana passada completou 59 anos, dos quais quarenta foram dedicados à literatura, na poesia, ficção e dramaturgia, possui a lúcida loucura dos poetas que sabem retirar o véu das aparências para penetrar no árduo caminho dos valores essenciais. Seu último livro de poesia, editado pela Massao Ohno, *Amavisse*, deverá chegar em breve às livrarias. Mas Hilda já não guarda ilusões quanto à receptividade de seu trabalho: sempre foi rotulada como escritora hermética, de difícil compreensão. *Amavisse*, a exemplo de obras anteriores, trata do intrincado processo de individuação do homem, passando pelo amor e pela loucura, para se chegar a Deus (ela diz que essa é somente uma maneira de nomeá-lo, mas Deus também pode ser "um sorvete flamejante de cerejas" ou o que se quiser dizer).

Diante do silêncio de críticos e público, ela optou por um novo caminho de salvação: o riso, através da pornografia. Há três anos vem se dedicando a escrever um livro com textos pornográficos, unindo em dois cadernos textos de escárnio e textos grotescos. "*Bossa-pornografia* não deverá ser um livro para se levar a sério. *Amavisse* foi o meu último livro publicado no Brasil para ser levado a sério. Só espero que não resolvam encontrar implicações hegelianas ou metafísicas nos textos pornográficos", diz.

Na última quinta-feira, em sua espaçosa e intimista Casa do Sol, na região de Campinas, Hilda conversou com a reportagem do *Correio Popular*, rodeada de seus doze cachorros vira-latas e em meio à fumaça de cigarros e de muitos livros. Em reação à imprensa, Hilda demonstra um medo: o de repetir o já dito em outras entrevistas. Cautelosa, mas longe de se manter lacônica, a autora de *Com meus olhos de cão*, *Fluxo-floema*, *Sobre a Tua Grande Face*, *O verdugo* (texto teatral), entre tantas outras obras, falou sobre *Amavisse*, seus textos pornográficos e sua parada frente à escrita séria:

Através da pornografia, você tem buscado seu caminho de salvação, no resgate do contato com o público?

Quando você chega a um limite extremo, você procura alguns caminhos de salvação. Muitos autores classificam vários caminhos. O alcoolismo é um deles. O outro caminho é a santidade, mas já está tarde demais para se entregar o bagaço a Deus. A santidade... é bom quando se começa cedo. É uma nostalgia do homem, a santidade, mas é dificílimo. E o outro caminho, impressionante, é o riso, apesar de parecer patético, mas é um dos caminhos de salvação. Chegou uma determinada hora que comecei a ver que tinha trabalhado quarenta anos — eu comecei a escrever com dezoito, publiquei meu primeiro livro aos vinte — e vi que realmente não tinha dado certo. Todo homem de alguma forma quer ter alguma importância. Isso significa ter mais vida, porque isso dá perdurabilidade...

Você diz no sentido dessa relação de intensidade com o outro, na relação que se completa no outro?

É, não adianta ter importância e não ter ninguém para te olhar. Por isso que nas sociedades primitivas tem sempre essa composição binária, com divisão de grupos, para existir competição em relação ao outro. Ernest Becker fala muito nisso. É um fenômeno social, isso de se desejar importância. Para perdurar e ficar no coração do outro. Porque isso dá uma ideia de que você de certa forma vence a morte, que você não se apaga. Aliás, é uma ilusão de cultura tudo isso. Na verdade, como é que se pode saber se você tem mais importância que um gato? Poderia até ter uma filosofia sobre isso. O Becker insiste muito nisso. O homem é antes de tudo um animal e foi a competitividade, a vontade de perdurar que fez com que ele começasse a criar objetivos cada vez maiores, como fazer foguetes para [ir] a Lua etc. e tal.

Essa necessidade de perdurabilidade, bloqueada pela incomunicabilidade com o público leitor em potencial, a frustrou?

Eu imaginava que aos sessenta anos — completei 59 na semana passada — ia enfim ficar no coração do outro, mas o que eu noto é que ninguém sabe do meu trabalho. Porque não sou eu mais que quero existir e perdurar e sim o meu trabalho, que quero que exista, que perdure. Gostaria que através do texto houvesse interesse de algumas pessoas, por exemplo, dos críticos de linguagem; que essa proposta de reformulação de linguagem saísse do contexto realista, da prosa, indo para outro texto. Como Flaubert dizia: eu quero escrever um livro onde não haja história; que esse livro se sustente como a Lua e a Terra se sustentam. Não precisa ter o reconto, esse sequencial chato. Eu não tenho nada a ver com isso.

Na contracapa de *Amavisse* você coloca uma poesia em prosa, dizendo: "O escritor e seus múltiplos vêm vos dizer adeus". É um recado pessoal mesmo?

É, é o meu último livro publicado no Brasil. É o meu último livro a sério. Não vou publicar mais nada nesse sentido. Posso continuar escrevendo, quando morrer talvez alguém publique em algum lugar, mas não vou publicar mais nada, porque considerei um desaforo, o silêncio. O editor não fez nada para que leiam os autores brasileiros. É uma despedida mesmo.

Esse bloqueio de intensidade com o leitor não acaba interferindo diretamente na intensidade do fazer enquanto escritora?

Não, não bloqueia. De certa forma, é um estímulo: vamos ver até onde isso vai. Comecei a escrever prosa em 1970 e achei que o livro já tinha uma reformulação de linguagem importante. O *Kadosh* estava esboçado. Uma crítica portuguesa falou que na língua portuguesa não houve uma reformulação importante como essa. Mas o silêncio da crítica brasileira é que me impressionou muito. Os únicos que falaram sobre mim foram o Anatol Rosenfeld, que já morreu, e o Léo Gilson Ribeiro. Ninguém fala nada.

Esse silêncio de público e crítica não pode também ser atribuído ao caminho de reflexão proposto em suas obras?

Eu acho que sim. Isso que eu vou falar é repetitivo. O ato de pensar provoca sempre um desgosto na própria pessoa. Começa a doer quando você se propõe a traçar seus próprios caminhos. As pessoas preferem naturalmente os livros que contam uma história, do tipo *As brumas de Avalon* ou *A bicicleta azul*. As pessoas me perguntam: por que você é tão complexa? Mas não sou eu que sou complexa, o ser humano é complexo e não posso fazer uma linguagem fácil num contexto difícil. Eu pego uma situação interior do homem e persigo aquele caminho, fragmentando-o também, porque não há na vida de alguém toda uma coerência. Então eu pego um flash, um clarão inicial e procuro cercá-lo de ordem dentro da desordem daquele percurso, porque isso é que é importante: conhecer o roteiro inexplicável do homem.

Sobretudo nas ficções, você se utiliza constantemente da primeira pessoa, como se na terceira a verdade ficasse embaçada pelo véu da aparência...

É verdade. Não gosto muito da terceira pessoa por isso. Porque dá sempre uma aparência de artificialidade. Na primeira, posso me encarnar como cada um de nós, como os assassinos ou os santos. Claro que eu nunca me propus: vou fazer um livro complexo. Mas todo o meu eu já estava preparado para expressar essa complexidade. A rejeição do público deve advir da intensidade dessa reflexão. Por isso, em *Ficções*, peguei uma epígrafe de um autor que era muito jovem na época, Mora Fuentes, que dizia: "Intensidade. Era apenas isso, tudo o que eu sabia fazer". Era exatamente isso, a intensidade das sensações, das reflexões, da lucidez que assusta o outro. Se você tiver intensidade de lucidez toda sua tarefa se reformula do dia para a noite. O conceito de prosperidade também tende a mudar. Hoje, ele varia de acordo com as nações industrializadas. Então, o sentido real da vida vai se diluindo.

O homem nega sempre verdades essenciais...

Ele persegue uma vida que não tem muito a ver com o essencial dele, porque procura negar, o tempo todo, o ato final que é a morte. A única coisa de relevância seria ele, diante do infinito, de si mesmo e de Deus. A palavra "busca" já tem até um conceito elitista, mas é isso que o homem procura, mesmo porque essa insatisfação cotidiana é uma vontade eterna de se conhecer. Você liga o rádio de manhã e é impressionante: são as OTNs, as CDBs. Ficou o conceito "dinheiro" absolutamente sagrado. Desde o começo, o homem fez de tudo para colocar uma máscara, para se enganar a si mesmo, como se não fosse um ser que caminha para a morte. Ele não deseja pensar isso.

Seu isolamento na Casa do Sol por tantos anos pode ser atribuído à dedicação à escrita?

Amigos me dizem que sou uma pessoa carismática, que deveria sair mais, me relacionar mais com as universidades... Mas não quero ficar andando como uma louca para que isso funcione.

Eu quero que a pessoa abra o livro e diga "eu gosto" sem ter nunca me visto na vida. Não me interessa ficar falando, senão seria senadora ou política. Quero escrever e só pude escrever tudo isso porque não falei, fiquei em casa escrevendo. Pode ser que eu tenha tentado o mais impossível, pelo fato de ficar aqui, não aparecer nunca, não ter ambições como me candidatar à Academia de Letras etc. Um dia, disse à Lygia [Fagundes Telles]: "Você está sempre aparecendo, é membro da Academia...". E ela disse: "Mas a tua soberba é maior". Acho que ela tinha razão. Não desejo mesmo a Academia, nada, mas no fundo sempre desejei me comunicar com muita intensidade e fiquei anos trabalhando com essa matéria. Há 33 anos me mudei para cá, pensando: "Agora é a hora de trabalhar mesmo". Só que eu achei que nessa altura eu já estaria sendo até traduzida.

Mas já houve alguns trabalhos de seus textos na França, por exemplo.

Nunca um livro meu foi traduzido para o francês. Houve um comentário no *Le Monde Littéraire* uma vez e uma entrevista com mulheres brasileiras, representativas nas mais diversas áreas. Para o inglês, houve a tradução de apenas um texto para uma revista literária, mas nunca um livro inteiro. Agora tem uma americana que está traduzindo *A obscena senhora D.* Já terminou inclusive, e uma editora dos Estados Unidos, a White Pine, começou a pedir mais matéria. É a primeira vez que alguma editora dos Estados Unidos solicita meus textos.

Entre 1967 e 1969 sua produção de textos para o teatro foi muito significativa. Oito peças e uma premiada. Você não tem a intenção de continuar?

É verdade. Nessa época havia uma repressão muito grande no país. Por isso, me senti estimulada a passar o meu recado através das analogias, pois não podia escrever diretamente;

não queria que me arrancassem as unhas, que me torturassem. Em *As aves da noite*, falei sobre o nazismo, e o grupo Alcazar de São Paulo montou com o maior carinho. Sugeri que colocassem no corredor do teatro todas as chacinas do mundo, mas a colônia hebraica não apoiou a peça, porque queria que ela tratasse especificamente do nazismo. Minha intenção era dar um panorama geral da alma do homem sob o efeito da ditadura. Já *O verdugo*, que recebeu o prêmio Anchieta, interessou diretores como o Ademar Guerra e o Gianni Ratto, mas não adiantou como produção. O diretor quis enfeitar demais a peça e não deu certo.

Seus textos guardam sempre algo de visionário. Como você está vendo a montagem campineira de *A morte do patriarca*, escrita há vinte anos?

Essa peça nunca foi montada. Nela, o demônio diz: "Dizem que eu sou prematuro". Porque todo o meu trabalho, as pessoas diziam, é prematuro. Imaginei que haveria um período de ociosidade, onde as necessidades básicas do homem seriam suprimidas imediatamente, como comer e fazer sexo. Então, seria o caos, porque não há possibilidade de haver um roteiro para que o homem comece a pensar. Os contemporâneos não prepararam o caminho do homem para a ociosidade. Na peça diziam que isso era prematuro, porque as pessoas ainda não têm o que comer. Não preciso manter sempre o mesmo tema; posso colocá-lo mais adiante também. Foi aí que eu quis fazer *A morte*... Achei que chegaria esse clímax de prosperidade, entre aspas, porque seria uma satisfação imediatista. O preenchimento de fato de uma vitalidade álmica não está ocorrendo. Cada vez mais, nota-se o empobrecimento de todos os valores importantes.

"*Amavisse*, o último livro sério da autora Hilda Hilst" (título original). Entrevista cedida a Marici Salomão para o *Correio Popular* (Campinas), publicada em 7 de maio de 1989.

Sobre a autora

FILHA DO FAZENDEIRO, jornalista e poeta Apolônio Hilst e de Bedecilda Vaz Cardoso, Hilda Hilst nasceu em Jaú, São Paulo, em 21 de abril de 1930. Os pais se separaram em 1932, ano em que ela se mudou com a mãe e o irmão para Santos. Três anos mais tarde, seu pai foi diagnosticado com paranoia esquizoide, tema que apareceria de forma contundente em toda a obra da poeta. Aos sete anos, Hilda foi estudar no Colégio Interno Santa Marcelina, em São Paulo. Terminou a formação clássica no Instituto Mackenzie e se formou na Faculdade de Direito do Largo São Francisco, da Universidade de São Paulo.

Hilda publicou seu primeiro livro, *Presságio*, em 1950, e o segundo, *Balada de Alzira*, no ano seguinte. Em 1963, abandonou a atribulada vida social e se mudou para a fazenda da mãe, São José, próxima a Campinas. Num lote desse terreno, a poeta construiu sua chácara, Casa do Sol, onde passou a viver a partir de 1966, ano da morte de seu pai. Na companhia do escultor Dante Casarini — com quem foi casada entre 1968 e 1985 — e de muitos amigos que por lá passaram, ela, sempre rodeada por dezenas de cachorros, se dedicou exclusivamente à escrita. Além de poesia, no fim da década de 1960 a escritora ampliou sua produção para ficção e peças de teatro.

Nos anos 1990, em reação ao limitado alcance de seus livros, Hilda se despediu do que chamava de "literatura séria" e inaugurou a fase pornográfica com os títulos que integrariam a "tetralogia obscena": *O caderno rosa de Lori Lamby*, *Contos d'escárnio — Textos grotescos*, *Cartas de um sedutor* e *Bufólicas*. De 1992 a 1995, colaborou para o *Correio Popular* de Campinas com crônicas semanais.

Entre os prêmios recebidos pela escritora, destacam-se o PEN Clube de São Paulo para *Sete cantos do poeta, para o anjo*, em 1962; o Grande Prêmio da Crítica pelo Conjunto da Obra, da Associação Paulista dos Críticos de Arte (APCA), em 1981; o Jabuti por *Rútilo nada*, em 1994; e o Moinho Santista pelo conjunto da produção poética, em 2002. Hilda morreu em 2004, em Campinas.

ESTA OBRA FOI COMPOSTA POR ELISA VON RANDOW EM DRUMMOND
E IMPRESSA PELA LIS GRÁFICA EM OFSETE SOBRE PAPEL PÓLEN NATURAL
DA SUZANO S.A. PARA A EDITORA SCHWARCZ EM SETEMBRO DE 2025

FSC
www.fsc.org
MISTO
Papel | Apoiando o manejo florestal responsável
FSC® C112738

A marca FSC® é a garantia de que a madeira utilizada na fabricação do papel deste livro provém de florestas que foram gerenciadas de maneira ambientalmente correta, socialmente justa e economicamente viável, além de outras fontes de origem controlada.